义乌之囚

陈河

著

北京出版集团公司
北京十月文艺出版社

义乌之囚

　　杰生是昨天夜里一点半钟到达义乌城的。他一天前坐加拿大航空公司班机从多伦多出发，下午四点到上海浦东机场之后，即坐机场五号线到火车站，用护照买到一张卧铺票，晚上八点才坐上去义乌的火车。当走进卧铺房间时，看到下铺坐着一个非洲黑人女子。他和她打了招呼，随即爬到了自己的上铺位。从上面看下来，这个非洲女子的手臂像乌檀木一样光滑发亮。杰生和她交谈了起来，她会说简单的英语。她说自己是非洲中部一个叫纳布尼亚的部落的人，现在要去义乌。杰生说自己也是去义乌，问她去义乌做什么？她说自己是信使（messenger），说自己的部落被军阀包围了，十分危急，部落派她找人解救。杰生听着，以为她在讲梦话，看她的样子也像在梦游一样。没多久，杰生听到她发出轻微的打呼噜声音，这样他自己也迷迷糊糊睡着了。在到达义乌之前，乘务员把到达的旅客叫醒。杰生和她又说了几句话，问她要住什么地方？

要不要和他一起坐车进城。她说不要了，她自己会安排，要去住一个名字叫"巧心"的宾馆。这样，杰生下火车后就坐出租车到了"花来香"宾馆，时间已是两点多钟。他在飞机上一点也没睡着，喝了酒也没用，人已疲倦到了极点。所以一进房间倒头便睡。

他醒来时，发现窗帘外面一片白亮，响着混杂的人声。这让他明白市场早已经开门了。他一看时钟，还不到七点钟，这里还保持着农民早起赶集的习性，像农贸市场，只是没有牲口的叫喊，只有人们在大声说话。他才睡了三个多小时，脑子昏沉沉的。但他还是决定马上起床，因为他心里堵得慌，在床上躺不住了。

杰生是个动作利索的人，不到十分钟，他就穿戴好了走出旅馆，只觉得外面阴冷潮湿，寒风刺骨。这个时候是二〇〇四年，义乌市场一大部分都还在稠州路一带，福田大市场尚在建设之中。杰生住的宾馆靠着江边，挨着宾馆的是几家卖皮鞋的商铺，夹杂着一家卖菜刀剪刀之类的五金店。其间还有一家早餐店，很多家长带着穿校服的孩子到里面吃东西，可见附近有一所小学，能听到学校广播放的升旗歌曲。杰生进去买了稀饭和小笼包，他熟悉这里，以前来过，认得做馒头的还是那个老板，店里还是和以前一样脏。在吃早餐的时候，他心里还没想出接下来先去哪个地方。他只是觉得十分烦闷，每回到义乌的第一天，他都会对接下来要做的事情心烦意乱。但他知道这是无法回避的，他必须打起精神来对付。

"好吧，就让我先去找那个做围巾生意的小青吧，看来她是知道很多事情的。"杰生对自己这么说，决定先去位于商场三楼的围巾帽子市场。

虽然好几年没来义乌，杰生还是没费力就找到了老市场的巨大建筑。

这个看起来很简易的建筑十分庞大，它是个四方形的房子，每条边长有一公里，有四层高，外墙是简易的石灰墙，粉刷成发紫的蓝色，而屋顶上铺着的是钢架横梁加上玻璃纤维瓦。一、二层是开放式的，店铺挨着店铺。但是三楼、四楼的内部很复杂，像是一个迷宫。这里就是围巾帽子类市场，里面布满多个"井"字形的组合，一个套一个，有穿堂风在回旋，很冷，店铺里稍微聚集了一点热气，马上被冷风带走了。杰生在通道里打着圈子，在一个个挂满围巾的店铺中间张望着。他看的不是那些围巾，而是在寻找一个人。

杰生现在要找的是那个卖围巾的小青。他还记得她的摊位号是H5068，但他发现这里的编号已经采用了一种新的系统，他无法按编号找到原来的那个店面，只得凭着记忆在楼道里寻找。在冷冽的穿堂风中，他努力唤起记忆里小青的形象：齐额的刘海，明亮的眼睛，修长的身材。他只见过她数次，而且已经过了三年，记忆有些模糊，无法准确地在心里画出她的样子。时间还早，这里的商铺卷帘门才刚打开，店主们有的在洒扫，有的凑在一起讲八卦新闻，还有的凑在一起打牌。几个擦鞋的妇女坐在楼梯边等着客人，有小孩在打一种会发光的陀螺，还有些卖青菜豆腐的挑着担子在叫卖。当杰生在一个店门口稍一停留，在隔壁店里聊天的店主飞快地跑回来，问要不要？这里的店主第一句话几乎都是这三个字"要不要"。杰生以前觉得好笑，客人还没进门看货，怎么会知道要不要呢？

杰生对义乌的历史是熟悉的，他知道这里的店主在几年之前都还是在地里干活的农民，而且很多是小学都没读过的农村妇女。她们迎接客人说的"要不要"这句话，其实和以前赶集时卖鸡蛋卖芋头时说的话一

4

个样。但也有例外的，这里的一个店主让他难以忘怀。三年前那一次他从楼下大堂里的日用杂货商区转到了楼上的围巾帽子商区之后，在拐角看到一个店铺的外面陈列着一批色彩醒目设计新颖的围巾。他只觉得眼睛一亮，走近一看，那些围巾看起来质地还不错，像是羊毛的，底下有个商标"CASHMERE"，就是开司米的意思。杰生走进了摊位里面，看见里面的样品更多些，有条纹的，方格的，还有仿造名牌的。他还发现这个摊位精心布置过，灯光和色彩都有点讲究。他正在看着，却听得后面有人问：要不要？还是那句可笑的话，他心里想。但是他回转头来，却发现说话的是个相貌秀丽气质青春打扮入时的青年女子。他心里一惊，觉得这个姑娘不大可能是刚刚从农田里出来的，听她的话音也是比较标准的普通话。那个女青年从一排排围巾中显露出来。尽管第一句也是"要不要"那样的话，她后来介绍产品却十分得体和内行。她就是杰生现在要找的小青。

在这个冬日的早上，杰生这么远从多伦多来到了义乌商品城的顶楼，什么也没做就一直在找这个叫小青的姑娘是有原因的。这个叫小青的女子当时让他觉得惊艳，后来一起吃过两次饭，在KTV唱过一次歌。在最后一次见面的那个晚上，他们一起喝了酒，情欲在心里升起，只差一点他们就有身体关系了，但最终杰生选择了退缩。这一退缩，让他们之间的温情荡然无存了。后来，他们就没有再见过面。杰生现在后悔的是弟弟到义乌为他进货时，他不该介绍弟弟去找她。弟弟是个不会自制的人。从他后来收到的货来看，弟弟一定被她吸引住了，采购了大量她的围巾，质量大不如以前，价格又不便宜。弟弟在义乌出事之后，他父亲在讲述事件经过时一直提到弟弟和一个做围巾的女人关系密切，似乎他们有同居的关系。杰生相信父亲讲的这个做围巾的女人就是小青。

弟弟是一个月前被杀的，他死于一场酒吧里的斗殴。那场斗殴后隔天早晨，一个扫大街的人在街角一排冬青树丛下面发现了弟弟的尸体。他是因腿部动脉被刺断，流血过多致死。看得出来，他是挣扎求生时，钻进了树丛。警察的调查报告称弟弟和几个人在酒吧里时，有一群黑人袭击了他们，其他人逃走，弟弟却被刺中了。义乌的警察很重视这个案子，很快就破案，把杀人者抓到了。行刺者是个在中国签证过期的非洲黑人，身无分文，现在据说已经被关押在广东的外事监狱。弟弟出事的时候，杰生正因为那一批假冒名牌的双肩包吃官司，处于担保假释状态。如果这个时候他回国去料理弟弟的事情，法院会认为他弃保逃跑。所以父亲没让杰生回国，他自己去义乌处理了后事。

杰生想起小时候的事。弟弟比他小三岁，小时候一直和他争东西吃，两个人经常会打斗。杰生十六岁到了纽约，寄居在舅舅家里。那是极其难受的几年。但是弟弟并不知道外面的苦难，一直觉得父亲偏向杰生让他出国，整天和父亲吵着也要出国。弟弟中学毕业就不读书了，成了问题少年，在东门一带打打杀杀，老是惹麻烦。杰生父亲是卖烧烤鹅的，每天起早贪黑在菜市场上。杰生那个时候一直在纽约打工，根本没有能力把弟弟带出来。好多年后他到了加拿大，结婚、生了孩子，开始自己做进口生意。起先是他自己回国到义乌进货。后来，按照父亲的意思让弟弟帮他在国内进货，免得他飞来飞去花钱花时间，而且可以把弟弟带起来，等生意好了可以合伙，下一步也可以带他到国外去。父亲这个决定犯下致命的错误。弟弟在义乌的两年多时间里，开销很大，几乎占到采购成本的百分之十，而且货物很多不对路，到了国外卖不出。弟弟以为杰生是华侨外商，钱挣得很多。其实杰生一直在投钱，把自己以前打工挣的钱全投进去了，还使用老婆娘家的钱。丈母娘用住房抵押了一笔贷款，把钱给杰生做生意。弟弟被人杀了，不管情况怎么样，弟弟都是为他的生意送命的，所有的亲戚都会这么认为，连杰生的父母亲也是这样想的。因此，杰生在心里为弟弟的死背起了一个十字架。不过唯一让他稍觉安慰的是：弟弟还没有成家，没有妻室，这样至少没有连累他人。

杰生转了几圈，市场里的人慢慢多了起来。那些店铺开始忙着做生意。杰生想着一个月之前，弟弟还在这些摊位之间跑来跑去，现在却已经人间蒸发，没有人会记得他，不禁悲从心来。就在这个时候，他转到了一个通道的尽头，看到了那里挂着几条看起来熟悉的开司米围巾。他认出这是小青的围巾店。他还记得一个标志，小青围巾店外面有个窗口可以看见中国银行大楼尖塔顶。他转头一看，果然看到了中国银行楼顶。于是他振作起精神，走进了店里面。

"要不要？"

杰生听到声音。那是一个中年男人，从铺子里的办公桌后面站起来。

"这里是小青围巾店吗？"杰生问道。

"不是的。你要不要？"那人生硬地回答。

"我知道这里以前是小青的围巾店，她现在在哪里？"杰生坚持着问。他急着要找到她，因为只有从她那里他才会了解到弟弟的事情。

"我不知道她在哪里。你到底要不要？我给你便宜一点。东西都是一样的。"

"你得告诉我她在哪里，我找她有事。"杰生坚持着说。

"我说过我不知道。你这人真是很烦。"那人说着，不再理会杰生，坐到桌前开始摆扑克牌算命。

杰生感觉到这个人一定是知道小青下落的，只是不愿说，几乎所有的义乌人都把信息看作是神秘的财产，不肯和别人共享。于是杰生决定使点手段。他说：

"我是来找她赔偿的。我收到一批她发的货全部霉烂了。如果你不告诉我，那我就认你这个店铺。我马上去找工商管理局去，让他们来找你赔偿。"

他这句话似乎发生了作用。那人在一张纸上写下了几个字，塞给了杰生。"你快走吧，到这个地方看看，也许她在那里。"他没好气地说。杰生看看纸条，上面写了个地点是：庐山街四十五弄六号。

杰生知道庐山街是在市场斜对面，处于稠州路和篁园路之间的南侧。庐山街口有一个牌坊，上面写着"文胸内衣专业市场"，紧挨着的是卖袜子的街。他以前并不知道文胸是什么，以为是人工增大乳房之类的东西，在走进这条街之后才知所谓文胸其实就是胸罩。这个市场除了庐山街外，还包括了桂林街、漓江街和保联一街，里面的店面都是卖胸罩内衣的。杰生第一次进入庐山街时是加快脚步走过的，因为他觉得这里的店面如同女洗手间女浴室一样有着性别倾向，男人在这里走不合适。但是后来他在这里进过几批女式内裤内衣，很好卖，之后脸皮也就越来越厚，自如地在这些店铺间走动了。

他仔细看着门牌，发现了四十五弄六号不是在街上，而是在一条小弄堂里面。弄堂内停着一辆桑塔纳车。当他推开这个门牌的大门，发现里面是一个古式的院子，里面有天井、中堂，中堂上堆满了装满货物的纸箱，还挂着各式各样的围巾样品。原来她还卖围巾，并不是改成了卖胸罩内衣内裤了。院子里有几个人在干活，有几个本地工人，还有两个包着香葱一样头巾的印度人在用胶带枪打纸箱包。所有人都转头惊讶地看着杰生。

杰生说要找小青。他们都说小青现在不在。问他们她什么时候回来，都说不知道。再问她的手机号码，也说不知道。杰生知道他们一定有小青的号码，只是不肯说。他说那他就在中堂等她回来。他感觉到其中一个本地人偷偷在后面打电话，说的是义乌本地话。杰生感觉到他是在和小青说话。果然，那人出来问他是什么人。杰生说自己是从加拿大来的杰生。那人又跑到后面去，说了一通话。一会儿他出来让杰生等着，小青还在很远的东阳，要两个小时后才能回来。他带杰生进入一个房间去休息，这里有一张沙发和电视，看来是专门给客人休息的。杰生打开了电视，靠在沙发上看起来。

兴许是路途太累了，加上时差的关系，一阵困意袭上来，杰生沉入很深的梦境。他做的是一个童年的梦，里面有蜻蜓、蝴蝶和很多羽毛。他后来被一些声音吵醒了，醒来时还不知自己身在何处，只是脸上挂满了睡觉时流出的口水。他赶紧擦干了口水，听到外边有人说话，是一个女人的声音，然后看到了一个女的走进来。一开始他还没反应过来她是谁，但很快认出是小青。她以前是长头发，现在剪短了。她冷冷地看着他，问他有什么事情？

"你不认识我啦？我是杰生，是杰林的哥哥。"杰生说，心里不是滋味。

"这个我知道，你以前买过我的围巾。你还来买围巾吧？"小青还是那样冷淡的。

"不是为了围巾，我是想找你打听一下我弟弟的事。"杰生说。

"这个事你不要找我，应该找公安局去了解。"

"是的，我会去那边了解的。我只是听说你是我弟弟的好朋友，所以会来找你。我爸爸说弟弟死之前和他打电话时经常说起你。"杰生说。他看到这句话起了作用，小青的眼圈一下红了。

"那你怎么过了一个多月才来？你是他亲哥哥吗？"小青说。

"是，我来迟了。弟弟出事的时候，我正吃官司，被关在警察局里。后来被保释出来，但那段时间失去了出入境的自由。直到上个星期那边的警察局才取消了对我的限制。"

"先吃饭吧。我这里还有客人。吃好饭再说话。"小青说。然后她到别的房间，招呼客人。

接下去，杰生被叫到了饭堂吃饭。这是老房子后面的一间厅堂，摆着一张大圆桌。他奇怪的是，饭桌上坐着一个年纪很大的老奶奶。她的眼睛有白内障，在喝着一杯酒，吃相凶猛，像是一个年轻人戴着老人面具。桌上摆着一个大火锅，烟雾水汽弥漫，对面看不到人，像是过去的澡堂一样。同桌吃饭的有一个伊朗人，一个印度人，他们都会使用筷子。杰生坐下之后，小青也来了。她的身后跟着一个穿武警衣服的人，自我介绍是当地消防队五号分站队长。吃饭过程大家都很安静，好像是在一场宗教仪式中。

二

　　吃过了饭，天已经大黑了。杰生又等了一会儿，小青终于把事情做好了。她告诉了那个老奶奶要出门。小青是这老奶奶养大的，老奶奶的眼睛一直瞪着杰生。小青背起了包，带着一只小狗和杰生一起走出来。她打开车门，小狗熟练地跳进去，坐到后排。当车子开出一段路，车里暖和了一点，车厢内就散发着小青身上的气息。杰生感到这种气息和弟弟的死亡事实混合在一起。

　　"真不好意思，给你添麻烦了。"杰生说。他这样说其实是想打破车内的沉默。

　　"不客气。应该的。我知道你心里很难过，我心里也一样。"小青说。

　　"我们现在去哪里？"杰生问。他看到车子已经开出了城外，过了一条河。

　　"去你弟弟租下的房子。他的房子已经付了半年的房租，还没到期。我有房子钥匙。他留下的东西都在那边。"小青说。

　　这个时候车子转弯，进了一条小路。这路水泥路面已经铺好，可路灯和交通标志都还没做。车子在一座房子前的路边停下，借着这座三层高的楼房里一些窗户透出的亮光，能看到路基下面还是一片农田。小狗跳下了车，摇着尾巴兴奋地跟着小青。小青拿钥匙打开了楼下的门，小狗一头跑进去，往楼上跑，然后站在二楼一个门边叫了几下。小青把房门打开后，小狗钻了进来，没有叫，只是在每个房间找来找去。

"它在找你弟弟。"小青说。

杰生打量着这个房子。这是一个一室一厅的小单元，是弟弟工作和居住的地方。墙角还散乱着一些样品，桌子上有一部电话机，杰生在加拿大和弟弟通话就是通过这部电话机。杰生因为他进货东西不对路或者花费太大等事情经常在电话里和弟弟大声吵架。有一次他明显地听到了狗叫声，大概就是现在这条狗。杰生看到了床上还有被子，厨房里有碗筷，他心里像是灌了铅一样地沉重。弟弟已经没有了，要不是因为他的生意弟弟不会来这里的。现在弟弟死了，而他的生意也糟糕得像是陷入一个泥潭。杰生坐在桌子前，看着桌上的那部电话，突然控制不住痛哭起来。他埋头哭了一阵，想起小青还在房间里，转头去看她，看到她也在那里流泪。

"他出事的那天，我刚好出差到广州了。"小青说着，"那天晚上我和广州的客户吃饭应酬，很吵，听不到手机响。吃好饭看手机时看到一个小时前杰林给我来过电话，我打回去的时候没人接。后来知道他给我打电话时已经被刺中了，正在树丛里。要是我接到了电话，也许马上可以找人去救他。他要是马上打120的话，救护车也会来救他。可是他只想到了我，可能已经太虚弱了，失血过多了，只能想起我一个人。现在想起来真悲伤。"

"这事说起来还得怪我。我现在很后悔让他到义乌来。他不是一个适合做生意的人。"杰生说。

"这个我同意。你弟弟是个可爱的小伙子，但不是一个适合做生意的人，他太意气用事。"小青说。

"这个我知道。他死得太年轻了，才二十八岁，人生还没真正开始。你能告诉我吗？他死前这段时间过得怎么样？"

"他并不喜欢眼前做的事。他一直说以后要到欧美国家去。他好像对你带他出去失去了信心，有段时间他跟我说起过准备找偷渡的蛇头带他出去。后来他还跟我说准备去非洲。"

"其实他对国外的情况一点不了解，以为国外的生活像电影里一样精彩，地上都铺着黄金。他要是真到了国外会吃尽苦头的。我父亲因为让我出了国，觉得亏待了弟弟，所以就什么事都向着他。我父亲给他钱做了几桩生意，办托运部、开小酒馆、开网吧，结果都亏得干干净净。我一直觉得欠着他的情，虽然知道国外很辛苦，还是惦记着想办法要带他出去。我从美国到了加拿大后开始做生意，开始的时候生意还蛮顺手的。我父亲为了让弟弟有事情做，说服我让他到义乌帮我进货，实际上那个时候开始我的生意已出现麻烦。我前些日子还在想早点把弟弟弄到美国算了，就算让蛇头带他偷渡也行，可是没想到他突然就出事了。"

杰生和小青说了一阵子话。小青说自己还有些事情，先要回去。她把房子的钥匙交给他，让他在这里慢慢整理他弟弟的东西。这里要回城里很方便，一出马路就有出租车。说完，她就先走了。

现在杰生独自待在这个屋子里，弟弟的气息充满了这个屋子。父亲在电话里交代他要把弟弟使用过的碗和筷子带一副回来，这样他在阴间才有饭吃。还有弟弟穿过的衣裤也带一套回来，和碗筷一起放在他的墓穴里。杰生把父亲交代他收拾的东西都收进一个提包里，还收了弟弟穿过的一双运动鞋，他觉得弟弟在那个世界里需要穿鞋子走路。杰生还发现弟弟杂乱的抽屉里有一些非洲地图、黑木面具、硬币、几本关于黄金的书、一些印刷粗糙的图片和小册子。他没仔细看，但有点感到奇怪。他想起小青说的话，弟弟干吗对她说要去非洲？是准备绕道非洲去西方国家吗？弟弟为何和黑人打架而死呢？他抽屉里怎么有这些关于非洲的东西呢？这些事情之间是否有某种联系？

从弟弟的住处回到城里，天已经很黑了。街道上所有的铺面都已关闭，只有马路上的垃圾和破报纸被风刮得在打着滚。风在加剧，把铺面的广告牌和塑料雨棚吹得嘎嘎作响。杰生想起了印度人拉米，上回拉米在多伦多遇见他时告诉过自己在义乌的电话号码。他试着给拉米打了电话，没想到马上接通了。拉米说了自己的所在位置，让他过去见见面。杰生看看时间还不是很晚，就在稠州路上拦下了一辆出租车，前往拉米所在的印度人聚居区一个叫"小小孟买"（LITTLE MUMBAI）的酒吧。

从宾王路那里拐到福田路，马路宽了，看起来像是到了另一个城市。街两边冷冷清清，明亮的路灯下不见行人。这条路的两边原来都是农田，几年之前，政府在这里征下几万亩的地，要建造一个世界上最大的小商品批发市场——福田商品城。在前面的地方，第一期的工程已经完工，一部分圣诞礼品、首饰、画框工艺等市场已经迁入新市场。杰生在出租车里能看到路边那些高高的吊塔，还搭着脚手架的庞大的建筑体。福田市场前方的汽配街附近有一个小街区，因为租金便宜，在义乌的印度人、巴基斯坦人和其他一些阿拉伯国家的人都聚居在这里。这里有了他们自己的宗教场所、出租屋、旅馆、酒吧、饭店甚至学校。"小小孟买"酒吧外面画着大象，有一个寺庙一样的屋顶，亮着几盏不很讲究的霓虹灯。

杰生走进来后，屋内浓烈的咖喱气味扑面而来，里面坐着一桌桌暗色皮肤的人，有几个穿印度衣裙的女人在做招待。杰生远远看见拉米坐在里面的桌子上。非常奇怪，虽然是在自己的国家里，看到了拉米却好像是在天涯异乡看到老朋友一样地亲切。

"嘿！你看起来不错。"杰生对他说。他的确感到拉米比起一年前是精神了许多。

"这地方比多伦多好，我可以喝到天亮。"拉米说。他说得没错，在多伦多，酒吧过了十二点就要关门，而且喝酒的客人还不能把酒带出店门继续喝。

杰生想起"9·11"那天，他正送货到拉米的货仓，在他的办公室看到电视里纽约世贸双子塔倒了下去。那次他看到拉米的脸上有真正的恐惧，而他当时心里多少还有点幸灾乐祸。那以后，生意就开始变得难做了，后来他才明白拉米的恐惧是有理由的。

杰生知道拉米早年在香港生活经商，挣了不少钱。八十年代之前，中国大陆物资大多是通过香港出口的。拉米那个时候做的是中国纺织品出口代理，他卖得最多的国家是利比亚，还见过卡扎菲。到了九十年代，中国大陆开始有了自己的进出口渠道，加上香港主权要回归，拉米的生意开始式微，便带着细软移民到了加拿大。杰生是在街头推销时在爱格灵顿街一个小杂货店里认识拉米的，拉米当时说自己很快就要进入批发行业，他的一个兄弟要把生意让给他。果然，不久之后他接手了一个一万多英尺的大货仓。在后来的几年时间里，杰生卖了大量的货物给拉米。拉米的销售渠道掌握在一个叫帕米的推销员手里，拉米脾气不好，最后和帕米闹翻了，生意也亏得一塌糊涂。拉米后来没有了货仓，只靠自己开着车推销点货物。这个时候他已经六十多岁了，受不了在街上推销货物的辛苦，人开始垮下去。杰生有很久没有他的消息，但想不到这个家伙还是有办法的，到义乌做起了出口代理。他在香港生活过，对中国的事情略知一二，很快适应了义乌的环境。他传话给杰生说自己在义乌很快活很自由，这里有很多的印度朋友，还有很多女人可以搞。他说每天要喝一瓶威士忌才会去睡觉，看他今天喝酒的模样，这话不会有假。

"我为你感到难过。我听说过你弟弟的事情了。你弟弟是个很酷的家伙，在义乌有很多朋友。没想到他会被人刺死。"拉米说。他的眼睛里有真心的悲哀，印度人的眼睛看起来特别真诚。

"我非常自责，不应该让他到义乌来。要是他不来义乌，就不会出这样的事情。有时候我会想到是我害死了他。我对他了解和关心都不够。"杰生说。他的心情败坏，喝了一大口威士忌。

"你去过警察局吗？他们跟你说些什么呢？那些人是怎么打死他的？"

"我还没去警察局，我刚刚到这里，我会去了解一些情况。事情有点蹊跷，我弟弟不是爱打架的人，怎么会和人动刀子呢？而且对方是非洲的黑人。"杰生说。

"你有没有见过查理？也许他知道些什么。"拉米说。

"谁？哪个查理？"杰生问。他像被什么蜇了一下，精神马上集中了起来。

"查理·杜，以前多伦多红龙公司的那个家伙。"拉米说。

"没有。我没有见过他。他不是早就不在多伦多了吗？我很多年没见到过他。你怎么突然提起了他的名字，让我很吃惊。"杰生说。

"他到义乌来了。你看，好多在多伦多做生意失败的人都跑到义乌来了。"拉米说。

"查理并不是因为生意失败离开多伦多。他好像是故意把生意搞糟了，把家庭和生活都搞糟了，然后就离奇地失踪了。没想到他也到义乌来了。"杰生说。

"你弟弟死前有一段时间，经常和查理在一起，有的时候还到这个酒吧里来喝酒。我远远地看着他们，你弟弟对他好像是一个弟子对待大师一样尊敬。"

"有这等事情？我和弟弟经常通电话，他从来没提起过和查理在一起。而且警察在调查和侦破我弟弟的被害案件中，也从来没提起过有查理这样一个人存在。"杰生说。

"我也没说他和你弟弟被杀有关系，只是觉得他也许知道些什么情况。反正那段时间他常和你弟弟一起。"拉米说。

"我要见见他。他在什么地方？你有他的联系电话吗？或者地址？"

"我什么也没有。查理也不是固定出现在什么地方，也没有固定的生意。有时会很长时间都没在义乌。你找他不容易。不过，很多人知道查理的，你多问问店家，不少店家和他有来往的。"

"他在义乌干什么呢？"

"听说是给人家做代理，帮助人家组货。他在非洲打开了市场，在义乌很有势力，非洲这块市场大半都是他的了。也听说他在这里办工厂了。"拉米说。

"他开工厂？在什么地方？生产什么东西？"

"不知道做什么东西。听说工厂是在海边的什么地方。"拉米说。

杰生听到这句话的时候，心里突然有一股海鱼的腥臭味升了起来。这种气味在最近几个货柜里都有出现，他发现是一种迷彩的双肩背包散发出的。他为了驱除这种气味花了很大的功夫，也为这种带气味的双肩包吃了官司。在拉米说起查理在海边开工厂的时候，他不知为何心里会出现这种海鱼的腥臭味。他发现自己的梦魇中一直有查理的影子。查理的影子经过了拉米的叙述，和非洲大陆黑人产生了关系。而杰生意识中弟弟出租屋里那些非洲地图、面具、炼金术书籍等东西，都在那海鱼的气味里漂浮起来。

<h2 style="text-align:center">三</h2>

　　这个晚上杰生回到了花来香宾馆。 他的脑子里一直在想拉米说的查理在义乌和弟弟很接近一事。

　　拉米称他为查理。大家都这么叫他，但杰生知道查理真名字叫杜子岩。他相信拉米所说的弟弟经常和查理在一起的话是真的，因为他说到弟弟和查理在一起时像对待大师那样地恭敬，正是这句话，杰生觉得拉米没骗他，因为他自己最初见到查理的时候，也像一个学生对待大师一样战战兢兢。拉米的描述非常准确。

　　杰生还清楚地记得第一次见到查理时的情景，那个时候他还在多伦多皇后区金先生的批发货仓里做工人。有一天，他看见有一男一女两个华人在货仓里面的货样中间看来看去，不出声响，还避开了金先生不快的目光。金先生是个上海人，在加拿大三十多年了，原先做小生意一直不挣钱，就这几年中国出口廉价商品之后，他的批发生意才好了起来。他很怕生意被人家学走，所以只接待有零售执照的买家，不让做批发的同行参观，对于华人面孔的生人更是防贼一样警惕。当金先生看到这一男一女在货仓里转悠心里便是一股怒气，脸也拉得很长。只是此时货仓里有几个犹太客人来批发东西，金先生得陪着客人说话，才没有去盘问这两人。

这两人一直在货仓转悠是有原因的，他们在等着时机。当那几个犹太人带着货物走出门口，还没等金先生去理会这一男一女，他们自己便向着金先生走过来了，向他说明他们是做进口的，想让金先生看看他们的样品。在获得金先生同意之后，那男的便到外边的车上来样品箱子。

那一天，金先生一直是拉着脸对着他们，看着他们一件件从样品箱里拿出样品摆到桌上，一直摆出不感兴趣的臭脸。而这个时候，杰生就站在不远的地方，看见了这两个人的模样。那个女的四十来岁，衣服穿得很简单，头发也很朴素，说话比较多，但听不出是哪里的口音。那个男的年纪略大一点，头发有点卷曲，头大，下巴部分却是尖的。他的眼睛有点奇怪，有点像庙里的四大金刚，带着一点点的斗鸡眼。他们和金先生说了很久，最后金先生买了他们一些东西。金先生后来有了笑容，和他们说起话来。杰生这个时候听到他们说这些货物是从中国义乌采购过来的。

这些话并不是偶尔钻进了杰生的耳朵，而是他有意去倾听的。为了听到这些话，他故意装出是在整理离金先生不远的一个货架上的东西。

杰生在这里做工的主要目的是在暗地里学生意。他留心收集金先生的供货商和客户的信息，准备不久要自己做进口生意。因此，当他看见这两个做进口生意的中国人时，想到自己很快也要走这一条路，心头怦怦跳动。

这一对男女就是查理夫妇。一个月之后，杰生对查理略有所知，知道了他是美国一个大学的酒店管理业博士，一年前来到加拿大。他现在住在一个出租公寓里，开一辆有二十年车龄的老丰田厢式车。一个初夏的上午，杰生看到查理带着一个样品又来见金先生。那是一种竹子编的汽车坐垫凉席。查理满头大汗，很激动，口沫乱飞，对金先生说这个产品如何如何地好。金先生左看右看，没把握能否卖这个产品，就让他拿两箱子过来试试。第二天查理来了。他抱着一个巨大的纸箱子，用肩膀顶开门就进来了，而通常这样的重货都会用推车的。他的脸涨得通红，咬着牙齿，看起来异常有力，很难想象他是个有博士学位的人。他把箱子放在金先生指定的地方，用开箱刀割开纸箱，把里面的竹制坐垫展示出来。那竹片看起来有点象牙的光泽。

不知为何，杰生对这两箱的竹垫特别在意，一直留心有没有人买它。两天过去了，一张竹垫都没有卖出去。第三天的时候，杭州人戴利维来了。每次戴利维到来的时候，金先生都会很欢迎，干活的伙计也会很开心，因为他总是会带来很多八卦消息。要是说起来，戴利维本身就是个八卦的话题。他原来是杭州一家工艺品进出口公司的，出国之前听一个老资格的科长说在加拿大中文报纸的报缝里有个叫刘贵章的人的电话号码，只要给他打个电话就可以把你接走。这个老科长说话无心，戴利维却牢记在心里了。五年前他随公司来多伦多做展览时，在唐人街买了一份《星岛日报》，在报缝里果然找到一个叫刘贵章的人的联系电话和地址。那时他没办法打电话，只给那个地址写了封信，说自己要脱逃。他把旅馆房间号留下，但用了化名赵联。第二天白天他在展馆，晚上回来时，旅馆前台告诉他，今天有个叫刘贵章的人打电话到他住的房间，要和一个叫赵联的人说话。戴利维知道联系上了，但又极度害怕。带队的领导嗅出了味道，知道有人要脱逃，当天晚上开会宣布明天要全体住到领事馆去。戴利维一听骨头都冷了，他知道一到领事馆，就等于进入了中国领土。在那里国安人员可以审讯他，甚至直接可以带他上回国的飞机，等待他的将是监狱生活。戴利维觉得现在只能赌一把了。他不动声色，装作没事一样。到了夜里，他离开房间，说去大厅里倒杯咖啡。他一离开房间，领队马上跟了过去。此时他已接近旅馆的门厅。他一个箭步蹿出门厅，领队一把没拉住他的衣袖。他像兔子一样狂奔，一逃到街上，就知道没事了。这里有警察，领队不敢动粗了。领队只能改成笑脸，隔空喊他名字，小戴，你回来，快回来！小戴只管大步前行，此时他已熟悉了唐人街的情况，知道用二十五分加元硬币可以打公用电话。他打通了刘贵章的电话，劈头就骂：我操你妈，你差点毁了我性命。这刘贵章连连道歉，说自己给他打电话太鲁莽，很快开车过来把他接走了。刘贵章本来想拉他做些政治的勾当，可戴利维是个明白人，死活不干。他开始在登打士街一带倒卖手表，五块钱批发来，五十块钱卖给游客，很快有了点钱。如今他干的是盘购积压货的生意。把倒闭公司的积压货低价买来，再分类高价卖出去。

就是这个一身八卦的戴利维，知道多伦多杂货批发业的大量消息，每次来都会让人乐一阵子。今天他来了以后，在货仓里转了一圈，看到了竹垫子，就说这是查理放这里的吧？金先生说没错，你怎么知道的？

"他这货几乎铺遍了所有的批发商，你隔壁的几家都有放。都不好卖。"

金先生一听，脸色都挂不住了，因为当时查理说这一带只放他一家的。戴利维还说这竹垫有发霉。金先生让杰生把上面几张拿出来，果然看到下面的几张有发霉点。金先生问杰生卖出多少了？杰生说都没卖出。金先生就告诉杰生，打电话给查理要他把东西拿回去。

戴利维接着说，你们知道查理一家在多伦多的故事吗？大家都说不知道。戴利维说那我来讲讲。一听戴利维讲故事，大家就知道有八卦了，金先生转怒为喜，大家都有一种兴奋感。

戴利维说的是查理家族的故事。

"不知你们去过没有，在东区唐人街杰拉德街和卫斯理街的交接处，有一座双层的屋子。楼上是住家，楼下是铺面。听说这座房子有一百多年历史了，有大半时间都是空的，因为屋里老是闹鬼，是有名的HUNGTING HOUSE（鬼屋），美国一档专门介绍鬼屋的电视频道都来拍过节目。但十多年前，有个大陆来的年长妇人租下了这个屋子，开起了杂货店。"

戴利维渲染气氛开始了故事，一下子把大家的胃口吊了起来。

他说老妇人开杂货店的时候身边还住着一个儿子。这个儿子从美国过来，在当地一个医院当外科手术医生，他名字叫杜东盛。说起这名字大家都有点熟悉，那时大陆新移民社团活动新闻中经常能听到这个名字。戴利维说自己见过他，他喜欢穿一套白西装，确是仪表堂堂，风流潇洒。杜东盛当时快四十了，可还是未婚。但是他有一个非常漂亮的女友朱朱，是多伦多皇后音乐学院一名在读的硕士生，小提琴拉得非常出色。杜东盛因为要和她同居，搬出了杰拉德街的杂货店，住到了湖滨一个高级出租公寓。前年夏天，人们发现朱朱突然失踪了。警察后来在湖滨的几个垃圾场发现了几个装着尸块的袋子，是朱朱的尸体。肢解的刀法非常高明，完全是一个熟悉人体肌肉骨骼结构的医生所为。警察推断杜东盛作案可能性最大，但是却找不到一点可以给他定罪的证据。戴利维说要是在国内，警察只要给嫌疑犯吃点苦头，就能招供。但杜东盛确是个行事严密的人，不仅没留证据，和警察的谈话也滴水不漏，让警察无机可乘。但是这边的警察一点不着急，慢慢等着，用高科技的方法监视了他的所有行动。而杜东盛也知道这一点，一直没有上当。这样过了两年，今年春天化雪之后，有一天杜东盛接到一个医学会议的邀请，让他到尼亚加拉瀑布附近的一个小镇开一个学术会议。杜东盛这天出发了。这是他两年多来第一次去尼亚加拉镇。这一条路上布满了小湖泊，风景优美。他显得轻松，不时观察后视镜了解后面的车流情况。在过了圣卡瑟琳娜镇不久，他在一段僻静的路边停下了车。他走到湖边，这里是一片林地，非常寂静，不见人踪。他不慌不忙掏出一个白色布包，里面似乎是些金属重器物。他一挥手把布包扔进了湖里面，看它沉下去。在他准备转身离开时，看到了对面原来空无一人的地方，怎么突然出现一个钓鱼的人。这让他有点惊慌，赶紧离开了。这一天接下来的时间里，他都有点心神不宁。

　　果然，杜东盛这回中了警察的圈套。警察得知他要去尼亚加拉开医学会议之后，觉得他两年没出门，这回有可能会把作案工具顺路丢弃，所以派人在沿途几个有可能成为丢弃地点的小湖泊边潜伏监视。杜东盛丢了布包之后看到突然出现的钓鱼人，正是皇家警察的一个密探。在杜东盛走了之后，立即有直升机盘旋在那个小湖上空，接着几十辆警察车辆开过来，潜水员下到湖底，把那个布包捞出来，里面是一整套锋利无比的手术刀具。经过刑事专家比对鉴定，朱朱尸块的切痕和这套手术刀具完全吻合。这样，警察有了指控他一级谋杀的证据，马上把他关了起来。现在已经被判终身监禁。

戴利维说故事期间，听的人心都提到嗓子眼了，这时才松了一口气。金先生问道："你说了这么多，可和查理有什么关系呢？"

"当然有关系啦！这个杜东盛是查理的亲哥哥。杜东盛判刑后，查理才从美国过来，现在他就在东唐人街的杰拉德街那个店里做生意，一边零售，一边进口。""原来是这样！"金先生倒吸一口冷气。毫无疑问，戴利维说的八卦故事给查理的形象蒙上了一层不祥的色彩。

第二天查理接到了金先生的电话，过来把竹垫拿了回去。这一回，杰生帮了他一把，用推车把纸箱子运到门口，还帮他装到了车上去。之前，查理只看着老板金先生，没有注意到杰生，这回好像才发现他似的。

"兄弟，你刚来的吗？"查理问杰生。

"哪里啊？我一直在这里。你第一天来见金先生的时候我就看到你了。"杰生回答。

"干吗为这个小气鬼打工？你不想自己干进口吗？"查理说。

"是有这个想法，可是没有门路，不知怎么做。"杰生说。

"这个不难。你什么时候有空到我店里坐坐，我教你几招。"查理把自己在东区唐人街的地点告诉了他。杰生之前在戴利维的八卦中已经知道了这个店铺的位置。

杰生一直记得第一次去唐人街见查理的情景。他从戴利维嘴里听来的八卦让他对这个店铺有一种先入为主的恐慌感。尽管店铺里都点着灯，他还是觉得这屋里黑沉沉的。他看到查理坐在店铺里面，像是一个泥胎的菩萨，看到有人进来也没反应。杰生自己转了一圈。在商店前面部分，放着不少生活用品。还有一部分是礼品区，放着一些东方的工艺制品。但是在后面部分，放着的却是灯笼、佛像，还有香烛、纸钱，这说明以前查理老母亲卖的一部分货物是冥器。他在货架中间转着，突然看见查理就站在一个关公像边上，吓他一跳。

这个时候店里没顾客，杰生和查理说起话来。

"听说你是美国毕业的酒店管理学博士，怎么会对义乌这种做小生意的地方感兴趣？"

"这话说起来会很长。我是个老三届生，还没成年就遇上了'文化大革命'，到处串联。那个时候就是想闹革命，想到可以战斗的地方。我15岁和几个同学去了云南，加入了金三角的知青军队。我的青年时期就是在金三角丛林里度过的。我参加过很多次游击战，打死过人，也负过重伤，生过很严重的疟疾病。我认识不少金三角的毒枭，他们其实都是些老军人，一辈子在丛林里打仗。我就是在这样的环境下生活了八年，到"文化大革命"结束才离开了那里，回城考上了大学，后来又来到了美国。你知道，我的心里面有一些很奇怪很黑暗的念头，它们像种子一样，遇到了合适的条件就会膨胀发芽。多少年来，我一直觉得自己像是在烈日下行走，内心焦灼不安，像是一个没有贝壳的寄居蟹，裸着身体。我在美国得了严重的焦虑症，差点进了精神病院。"

查理一说起这些事就显得精神亢奋，眼睛发直。杰生觉得他说得没错，他看起来的确有点精神病的症状。

"后来为了写博士论文，我回到中国考察酒店业。我最初只是去广州、上海、香港这些大城市，那些地方并没有让我觉得有意思。可我第一次踏上义乌的土地，我就发现自己内心起了变化，好像沙漠上行走的人进入了绿洲，感到清凉和舒适。你知道，以前我们读书时都说抗日战争时期革命青年都向往着延安，不管那是不是真的，反正我到了义乌之后就像当年那些青年到了延安一样地兴奋。多么美好的地方，你看那些商城和摊位都是从泥土里长出来的，那些原来种地的农民都变成了企业家，一个小小的县城突然成了世界的中心，全世界的人们都往这里跑，不管是美国、英国，还是最穷的非洲，做小生意的人都往义乌跑。当我站在义乌的街头，就觉得这里是世界的中心，一条条纽带从这里伸展而去。只有义乌这样一个和土地紧密联系的地方，才可以和世界上那些有真正生命活动的地方产生联系。到了义乌之后，我发现了自己的方向，我内心那块黑暗开始融化了。这里才是我心灵的故乡，是我精神的圣地。"

"你的意思是觉得义乌是做进口生意的好地方吗？"

"目前我想到的只是这样。自从我发现了自己内心和义乌这种神秘的联系之后，我就离开了美国酒店管理业，开始从义乌进货到多伦多销售。我母亲的这个店铺正好可以让我用来起步。我现在还刚刚开始做，事情不是那么容易，我遇到了很多困难。最近我内心那种焦躁的感觉又来了，好像随时会爆炸一样。"查理说，他的脸上再次出现了一种疯狂的神色，但很快就消失，恢复到了正常。

有一阵子，杰生听他说话，已经忘了戴利维说的他兄弟分尸朱朱的事情。但这回查理脸上露出的这一种神情，让他又联想到那件事。他们都是兄弟。

"看你说的样子，好像义乌对你来说重要的还不是做生意挣钱，而是别的方面的一些事情。"

"我现在还说不出来，我只是觉得在义乌有一条通向我梦境的路径。我前些日子看过一本书，里面写到了对一个失落的梦境的描述。一个失落的梦境可能在秘密的山峰上原封不动，被稻田埋没或者被淹在水下。它广阔无边，不仅是一些八角凉亭和通幽曲径、萤火虫、随风飘落的树叶，而是由河流山川、部落、省份和王国组成，这样一个梦境是错综复杂的，包括了过去和未来，在某种意义上还关系到了银河之外的星云。"查理说着这些，完全沉浸在虚幻的想象中。

"你说的这些事情我无法理解。你是不是把义乌当成你过去的金三角了？"杰生说。

"某种意义上说，义乌的确包含了我的过去、现在和将来。"

就在这个时候，店里面进来了两个姑娘，是那种当地高中学生模样的白人。她们在店里面东张西望转了一圈，眼睛不时瞅着查理。查理觉得她们有什么事，就转头问她们：

"May I help you？"（我可以帮你吗？）

"是的，我们想要买一种彩色铅笔，是迪士尼品牌的。米老鼠那种。"两个白人姑娘说。

"没有。我们这里不卖这些。谁告诉你们这里有这些的？"查理突然生起气来，脸色涨红地说。

"大叔别生气。是我们的一个好朋友告诉我们的，她以前在这里买过这种彩色铅笔，特别喜欢。过几天是她的生日，我们很想给她一个惊喜，在生日派对上给她送十二打这样的彩色铅笔，让她当礼物发给大家。"

面对着这两个可爱又性感的女孩，查理的怒气消退了下去。他看起来有点犹豫，狐疑地看着她们。但最后他还是改了主意，对她们说：

"你们等着，我去找找。"

查理进到后面的库房，一会儿出来，拿着一个内包装纸盒。他当着女孩的面把纸盒打开，里面的彩色铅笔真的印着迪士尼米老鼠的图案。

在打开纸盒之后，那两个女孩都发出快乐的惊叹。然后她们付了钱，拿到了收据。一个拿出了照相机对着纸盒连续拍了几张，另一个的脸色变了，对查理说：

"对不起，我们是多伦多迪士尼公司律师事务所的代表。你所贩卖的迪士尼彩色铅笔是冒牌的，已经侵犯了商标权益。这是我们律师事务所给你的信件，请你在指定的时间缴纳罚金三万加元。否则我们将提告法庭，控你犯罪。"

查理一听，脸上的怒气上升。他后来说自己的怒气是对着自己来的，怎么会这样笨，中了小孩子的圈套。他当时就大骂起来：

"Fuck you of bitch, get out here！"（操你的母狗，滚出去！）

那两女孩见状赶紧掉头跑了，要是晚跑一步，弄不好查理真的要对她们动粗。

查理坐在那里气得脸色发白。杰生得知了这件事的来由。大概是一个月之前，有几个警察过来堵住他的店门，搜查了店铺，搜出几个冒牌的香奈儿、库奇的女包，他们要查理缴纳一大笔罚金给品牌公司的代理人。查理了解到那几个警察是在休班的时间被品牌公司雇用来搜查他的店铺的，并没有正式的搜查令。一个华人大律师得知详情后，愿意免费帮他打官司，控告品牌公司违法搜查他的店铺。眼看着他的官司就要赢了，没想到对方施了一计，用几个女孩子引他入套。这下对方有了新的证据，帮他的律师也没办法了。

那以后，杰生没有再去他的店里，也不知这个官司是如何结束的（后来听说他还是被罚了一大笔钱，坐了一个星期监狱）。就在杰生即将淡忘查理的时候，查理突然变成了多伦多进口业的 BIG GUY（大人物）。他成立了一个叫大红龙的进出口公司，在一个展览上，杰生看到了查理身穿高级西装，开着奔驰车，戴着墨镜，很是风光。那时据说他在海上走的货柜有几十个，每天都有三四个货柜到达。他租了市中心地段五万尺的货仓，雇用了几十个印巴人当推销员。那时只要是他进口的货物都非常好卖，他进的产品成了市场风向标。查理在生意最兴盛的时期，多伦多同行的人都叫他疯子查理（CRAZY CHARLIE）。杰生就是在这个形势下开始进口的，他完全是在查理的阴影之下的，生意起步非常艰难。有一天他经过东区唐人街的时候，看见了查理原来的店还开着。他进去一看，看到了店里坐着一个白发的老妇人。起先他以为是查理的母亲，仔细看想不到是查理的妻子。比起第一次在金先生货仓见到她时，她的样子变化很大，头发全白了，神情落寞。杰生和她交谈，得知她的儿子回中国老家东北读中学了。杰生好生奇怪，国内的人都千方百计把孩子送到多伦多读书，而查理的孩子为何居然独自回东北老家读中学？还有他老婆怎么会一头白发独自在看一个卖冥器的小店？这和查理风光的样子反差太大了，这可不是正常的现象。

果然，不到两年的时间，查理的大红龙公司就灰飞烟灭了。最初的那种繁荣很快过去，他的生意一落千丈变得很萧条，行业间还传出消息说查理的老婆疯了。有一天查理突然消失了，家里的人也跟着消失。人们发现那五万尺的货仓里剩下的都是卖不出的垃圾货，推销员的工资拿不到，都来哄抢积压的货物。查理欠了很多个月的货仓房租、银行贷款、信用卡的透支、员工薪水，他留下的一份遗产就是他的几十个印巴人推销员都学会了做生意，在接下来的时间里成了多伦多市场的主角。他们知道通往义乌的路线，从义乌进货继续供应给多伦多市场。而查理从此没有再在多伦多露面。一个疯狂的茧子孵化了，飞出一条恶龙，翻云覆雨了一阵，然后不见了踪影。

四

不知为何，查理在他的记忆里总有一种不愉快的感觉。在查理消失之后，杰生以为再也不会见到他了。但现在查理出现了，而且和他弟弟的死连在了一起，和那噩梦一样的双肩包腥臭气息连在一起。为了查清弟弟死前的活动情况，他觉得应该找到查理和他谈谈。在这之前，他要先去一下公安局。

第二天一早，杰生前往公安局刑警队。他向一个负责接待的女警员说明了自己是不久前的命案死者杰林的哥哥，想来了解一下弟弟的案情经过。那个女警员翻了翻卷宗，说这个案子已经结案了，没有什么东西可了解了。杰生说自己刚从外国赶过来，还给那女警员看了自己的加拿大护照。外籍华人的身份还是有点作用，女警员让他等等，拿着护照进里面和领导说话。她出来后，让他到隔壁的接待室等待，他弟弟案件的经办人员会过来和他见面。

一会儿，一个看起来很干练的警官带着一个助手过来见杰生。警官自我介绍姓杨，他问杰生有什么疑问需要解答？杰生说想看看弟弟命案的现场，想知道他最后是怎么死的。杨警官说这个可以做到，他现在就带杰生到案发现场看看。说着，他就让助手去开车。

警车一开到街上，就鸣起警笛闪起警灯，好像是去执行一个紧急任务一样，遇见红灯也不需停车。没多久，车子在一条小街边停下来。那个街角是一个酒吧，但是现在还贴着封条，处于停业状态。杨警官带着杰生走到酒吧背着街道的一面，这里有一排齐胸高的冬青树丛。杨警官指着冬青树丛，他弟弟最后就死在这里。杰生盯着看，发现了地上还隐约可见一个人形的白色喷漆印记。杨警官说这就是当时的尸体位置。

杨警官接着带他进入处于停业状态的酒吧里。酒吧屋内很凌乱，到处是破碎的酒杯和玻璃瓶，桌子椅子都被掀翻，杨警官说这就是那天打架的现场。他说这个酒吧是他的心头之患，自从去年这里开始成为黑人聚集的酒吧，就不断地会闹事，还成为贩卖毒品的点。义乌黑人治安管理是个新课题，难度很大。公安部对待黑人有专门外事纪律，警员又不懂黑人说的复杂的五花八门的语言。杨警官说义乌这一点警力很难管理和控制频发的黑人治安案件，而黑人的数量每年都在成倍增长着。他对杰生说你弟弟真不应该到这样的地方来。

杰生看着凌乱的酒吧。他以前在纽约见过黑人社区的酒吧，所以能想象得出这个酒吧夜间营业时的情况。但是他无法想象弟弟会坐在这个酒吧里和黑人在一起，他根本不懂英语或任何外语，干吗会在这里？

"案发的时候，我弟弟是坐在什么位置的？"杰生问。

"据我们所知，应该是在中间的那个地方。你弟弟和七八个黑人在一起喝酒。"

"我弟弟不会说英语，更不会其他外语，怎么和黑人交谈呢？是不是还有别的中国人和他一起？"杰生问。

"是的，当时的确还有两个中国人和你弟弟在一起的。后来，有另外一群黑人冲进了酒吧，和你弟弟这一群发生了冲突，开始打架。先是在酒吧里面打，后来打到了外面。你弟弟那帮人打不过，撤退了。但是你弟弟被刺伤，逃到了树丛里，结果失血过多，死在里面。他的伤口其实不大，主要是刺到了腿动脉。"

"他要是早点有人救援，把伤口包扎起来止血，是不是可以活下去呢？"

"也许是的。可是你弟弟那帮人被打散了，也许是你弟弟被刺后钻到了树丛里他们找不到他了。你弟弟的运气不怎么好。"

"和我弟弟一起的那两个中国人后来你们找到他们了吗？"

"是的，找到了。经过调查之后，我们找不到他们有犯罪的证据。他们坚持自己只是在酒吧里喝酒而已。因此他们最后都和案件洗清了关系。

"那你们是怎么抓到刺死我弟弟的凶手呢？"

"酒吧周围我们早已装设了几个监视的摄像机，可以调摄像资料找案犯。可是这个难度实在很大，因为在摄像的资料里，酒吧里进出的黑人长相几乎全都一个模样，很难分辨。不过我们最后还是破了案，查出了那个刺死你弟弟的人。这种案件我们这里还是第一次发生，我们不知道怎样去审判一个外国人，所以这个犯人转到了广东的监狱。那里有好多外国人罪犯。"

"你能告诉我那两个和我弟弟在一起的中国人是谁？还有他们的联系方式吗？"

"恐怕不行。他们没有被起诉，他们的信息就有隐私保护权。我们不可以把他们的信息透露给第三方。"

"那我自己去找他们吧。我知道里面的一个人是谁，是查理，在加拿大人们这样叫他。他的真名叫杜子岩。"杰生说。

"既然你知道他，那就好，义乌不大，你应该会找到的。"杨警官说，"我在调查中知道了他的一些事情，他会说流利的英语，黑人都叫他 Doctor查理。他在义乌行踪不定，大部分时间是和黑人在一起。不过我得提醒你，你得小心一点，这个人身边的黑人脾气不大好。"

"谢谢你的提醒，不过我还不知他在哪里呢。"杰生说。

这天中午，他离开了公安局。接下来的时间，他来到了老市场日用品区。他现在心里空空的，但有一条他是明白的，弟弟死了，他还活着，得把生意做下去，这一次来义乌不只是为了调查弟弟的事情，还要把供货的关系重新建立起来。

现在，他来到了老市场西侧楼梯口的厕所附近，那浓重的气味自然让他联想起了张国珍，她的摊位是挨着厕所的。果然，他眼睛扫了一下，就看到了张国珍的摊位，她就坐在摊子后面。张国珍看见他，马上从摊位后跑出来问候，虽然几年没见，她还是清楚叫出他的名字。杰生有一种亲切感，如果在义乌他算还有个可以信赖的人的话，张国珍大概是唯一的一个。张国珍问候他近来可好？甚至还问候他的父亲身体如何？多年前杰生自己到义乌进货时，怕自己忙不过来，带了父亲来帮忙，这事张国珍都还记得。杰生看看张国珍摊位上的货物，大部分和以前的差不多，都是竹子的制品。这些竹子制品杰生一直在卖，最初卖得最好的是一种放在桌子上搁热锅的竹垫子。杰生想起最初大批要这些竹制品的有朝鲜人JHON，还有意大利老家伙杰克、S&G的保罗，他们后来一直要这些货呢。现在想起来，张国珍的竹子制品大概是他的生意能立足下去的一个不起眼的重要部分。

　　"你弟弟出事之后，我一直觉得难过。他真是个帅哥，也很聪明。不过他和你很不一样。"国珍说。杰生听得出她的话里还是有点别的意思在里面。

　　"你经常能见到他吗？我一直交代他到你这里拿竹子制品，你的竹垫子一直好卖。"

　　"是啊，他来市场的时候，都会来这边看看，开一部分单子。只是他和你不一样，你以前每次都结算清楚，他的账要拖很长时间才结。你看，这回他出事了，账都还没结。不过我倒不担心，知道你会来结的。"

　　"是吗？他还有货款没和你结？"杰生一惊，这情况他之前都没想到。他以为是最后一批货的货款，数目不会太大。

　　"是啊。开始的时候还好，可后来越欠越多，还不停要货。我是怕不给他货了，前面的货款也拿不回来，结果就越欠越多。我总觉得你还会回来的，只是没办法联系到你。"张国珍把一个本子翻开来，里面有一大沓子的货单，都有他弟弟的签字。明细上写了半年前就开始欠了，共欠了十五万多人民币。

"奇怪啊，我可是每次货柜一出，就把货款汇给他的，还交代他要及时和摊位结清账目，怎么会欠这么多钱呢？"

"老板啊，我知道你弟弟不幸去世了，还向你要他欠下的钱有点不好意思。只是我们是小本生意，赚的是蝇头小利。这么一笔钱对我们可是大数目。"

"国珍，我不是赖账的意思，也不是不相信你。只是我没想到事情是这样，我一下子还不知道怎么办。你给我一点时间，让我想一想。"

"不着急，我不会给你压力。你慢慢来就是。你是个好客人，我们都是老朋友了。"

从张国珍摊位离开，杰生感到脸红，因为他觉得自己骗了人家一样。他从来不习惯拖欠人家的钱。他有点担心了，既然欠了张国珍的钱，那么一定也会欠其他摊位的钱。张国珍的产品是比较少的，不是主要的供应商，那么那些主要的摊位会不会欠更多呢？因为这样想，他在市场里往前走时，就有点心神不宁的感觉。

现在他漫无目标地走入了工艺品市场摊位，这部分摊位面积较大，每个摊位是独立的隔间。他看到了橱窗里一些橙子大小的密封玻璃球，里面有三条彩色的小鱼在游动。他马上想起了以前来过这里，因为第一次看见这个玻璃球时，他以为里面的鱼是假的塑料鱼，但仔细看发现是真的鱼。店家告诉他这个玻璃球密封之前灌进高压氧气，水里还有营养食物，可以供里面的鱼生活六个月。他问那六个月后呢？店家笑笑，意思是那就管不了那么多了。这个情景让他想起了人类登上火星之后如果回不来，大概就是和这些鱼一样的下场。他当时觉得这个产品新奇，但太残忍，就打消了进货的念头。他接着看到货架上的流沙画，在一个方形的玻璃密封框里面，装有彩色的沙子和一种油，沙子沉积在油的下面，像是山脉一样好看。当把玻璃框倒过方向时，沙子压到了油液的上面，重力作用下沙子会慢慢穿过油层下沉，这个过程中彩色沙子会显出很奇妙的状态，最后沉到底下形成新的图形。杰生当时喜欢这产品，进过二十箱货，但并不是很好卖。他在货架上还看到了熟悉的八音盒，上面有会跳舞的人；还有包在玻璃球内的雪花飞舞的圣诞夜房子。他在这个展示厅里转着，突然看到了一个员工和里面一个老板模样的人交头接耳。之后他便感到那老板的眼睛余光在跟着他走，让他不自在。他准备悄悄离开，转身时却见那老板模样的男人挡住他的去路，他的脸上带着微笑。

"先生你好，你那些流沙画还好卖吗？"

"老板真是好记性，我是三年前来过的，就这么一次，没想到你会记住。"杰生说。

"说真的，我没有记住你的人，只是记住了你的鞋子，你的鞋子很特别。"那人微笑着说。

杰生也笑了。他的鞋子是有点特别，是在国外的 Footlocker 店买的，是一种印第安人古老式样的鞋，鞋背中央有一条缝。杰生突然有点紧张，没想到义乌人的记性会那么好，会记住他几年之前穿过的鞋子。这样的话，如果弟弟欠了人家的钱，那么人家肯定都会认出他来的。好在这个老板什么也没说，只是寒暄了几句，请他在店里好好看看，也许会找到感兴趣的东西。

杰生本来已经准备离开这个店铺，看那老板这么热情，就不好意思马上离开，在店里多看了几眼。就在这个时候，他发现了一样熟悉的产品，是一种带着宗教图像的玻璃镜面时钟。一个系列是基督教的，有好多种耶稣和马利亚的图像，还有一个系列是穆斯林的寺庙和经文的图片。这两个系列产品正是杰生上半年卖得最好的货物，卖了好几个货柜，原来弟弟是在这个店里采购的。本来，他应该和店老板谈谈这个产品，但是他的心里有一种恐慌，生怕弟弟欠人家的钱，所以他就不敢说了。正在心神恍惚之时，他在交错的镜面中看到了火车卧铺里遇见的那个非洲女人，她像黑檀木一样黑，一脸庄严的神色。杰生搞不清她在哪个位置，因为她虚晃的影子在环绕店铺的玻璃镜中形成了无数个影像。杰生想起她说过自己是带有紧急使命的信使，她怎么会在这里转悠呢?

　　杰生离开这个工艺品店铺。现在他走在连接商场左右两翼的那一条长长的通道里，这里还是那样灯光昏暗空气潮湿，有很多孩子穿着会闪亮的冰鞋在滑行，让这通道里变得好看起来。从这里走出来，正好就是手套市场了，前面几排都是卖白色纱线手套的。杰生没想到一走进这里，马上就看见了熟悉的摊位主人陈玉兰。做白手套的陈玉兰不知从哪里突然闪出，一见到他马上给他迎头痛击，问他要欠款。杰生还没明白她说的货款是怎么回事，她就开始发飙了，开始用最大的声音嘶喊起来："你还我钱，你还我钱!"陈玉兰的嘶喊引来了周围人的观看，人们都用一种仇视的眼光看着杰生。杰生这个时候感觉到就像在噩梦里一样。的确，他在前些日子的噩梦里常见到这样一个用力嘶喊的女人。他知道这个时候无法说话，赶紧转头离开了。还好做白手套的陈玉兰没有追赶过来。

　　从这个时候开始，杰生内心的不安开始浮现出来。这种不安随着一个具体的人物形象而浮上心际。那是几年前的一天，在宾王市场一个卖沙发坐垫的店铺里面，他的对面有一个看起来身体虚弱上了年纪的人。他也在挑选着沙发垫子的样品。杰生已经忘了那人是怎么开始说自己被囚禁的经历的。他还能想起那人的脸形，消瘦苍白，头发稀疏，声音软软的，他是个出生在美国的第三代广东华人。那人非常平静地说着自己的故事，他说自己已经在义乌做了十几年的生意，从义乌开埠他就来了。他的生意做得很大，义乌的厂家都争先给他发货，延期付款。他说自己的生意大了，都没仔细算账，但是有一天，他的麻烦来了，在美国的生意突然大亏，付不出义乌的货款。他当时还不知道后果，还到义乌来找老供货方商量。结果，他被囚禁了起来。他说自己被关在一个迷宫一样的屋子里，有人看守，在屋里行动自由，但是他是无法逃脱的。他每天都能听到市场里喧哗的声音。一年半时间，他就在屋子里兜着圈子，直到半年前，他在美国的家人还清了他的欠款，他才获得了自由。那一天，杰生在这个摊位上待了大概半个小时，一直在听他讲被囚禁的事情。从那之后，这个被囚禁的人的形象就进入了杰生的意识深处。现在，这个人的脸形从内心深处里浮现出来，变成了一个面具一样的东西，一个象征囚禁的符号。

下午三点多，他转到了福田箱包新市场。这里是一个巨大的建筑，有气派的滚动式电梯，大理石的地面，暖和的中央空调。但是铺面实在太多，且每一个店的陈列都相似，他走了一大圈还是提不起兴趣进店面里面看看。突然，他感觉到了一种熟悉的气味，一种变了味的海鱼腥臭。气味很淡，几乎难以捕捉，市场里那么多的人大概没人会去注意这轻微的气味。如果他没有特殊的记忆和恐惧，一定是捕捉不到这气味的。它像是从内心的意识里浮现出来似的，在他被杨警官带到弟弟死去的现场时，他内心里曾浮现过这种感觉。但是现在，他知道这气味不是心理的，而是空气里面真实飘荡着这一种气味的分子。这是他的噩梦的气味，一连串的厄运就是从这里开始的。

三个月前那个货柜到达多伦多之后，柜门一开，立即有一种浓重的腥臭味跑出来，弥漫在货仓里。当时隔壁的绣花厂就有人过来抱怨受不了这气味。待货物全卸下来，还是搞不清这气味是从哪里来的。直到把一批双肩包的纸箱打开时，才发现气味的源头在这里。这些双肩包都有内塑料袋包装，颜色很鲜艳，打着一个巨大的钩形耐克商标。这样的包怎么会有气味呢？看看里外都是全新的，干干净净的，不像被污染的样子。杰生后来明白货柜在海轮上漂过太平洋时，是在烈日的暴晒之下，柜内的温度很高。这些包的材质有问题，是再生的人造革，所以在高温之下原材料的气味跑了出来。杰生的厄运从这气味中开始了。为了把这些带着气味的双肩包卖出去，他想尽办法，从沃尔玛买来了许多瓶纺织品清香剂，喷洒在包上，结果使得气味更加恶心。但这种双肩包设计新颖而且是耐克品牌，卖起来没问题，很快都卖光了。这批货连续来了几次，引来了一个更大的麻烦。警察包围了杰生的货仓，全面搜查，查走了所有冒牌的货物，而且还控告他卖假名牌货。他被关了半个月，最后是交了十万加元才被担保出来。就在这个时候，他得到了弟弟被杀死的消息。好不容易等官司了结了，他才脱身来到义乌。

杰生在箱包区转了几圈，终于看到了有一个店铺墙上挂着几个双肩包，样子和颜色和他那一批货很像，但是没有耐克的商标。在义乌，现在也在反假冒，商店里不能展示冒牌的商品。但是杰生知道，一些店家私底下冒牌的产品还是有做的。这时候一个胖胖的店主凑了过来，问："要不要？"

杰生说他要这种双肩包，但是要有耐克的商标的。店主把头摇得拨浪鼓一样，说："不行不行，我们店不做冒牌货。"但是当杰生假装说要离开，说自己去其他店里问问的时候，店主叫住了他。不知怎么的，杰生突然想起了那一回在查理的店里面那两个卧底的女孩引诱查理上钩的事情。而且，他有一种感觉，觉得眼前这个中年男人是戴了假面具的，拿掉面具背后的脸就是查理。

"客人别走，你好像以前进过这种双肩包的？"这个人低声说。他掏出了一包中华烟，递给了杰生一支。杰生已经戒了烟五年，但还是会想抽的。他接过了烟，点上了。

"的确是这样。就在不久前我还进过这种包。这批货每五个一小捆，黑色两个，蓝色两个，灰色一个。耐克的标志是在拉链的上方。"杰生准确地描绘了那一批包的包装特征。那个人盯着杰生的眼睛看了一会儿，然后突然头一歪，使了个眼色，说：跟我来。

他转身往店铺里间走，进去后把门关上了。他按了一下开关，墙面上有个活门开了，原来这里是有一个夹墙的。里面点着灯，但还是显得黑暗，空气很闷，有汗味霉味混在一起。杰生突然看见了在屋子一个角上坐着两个黑人，光着头，油黑的身体和昏暗的背景融在了一起，只有那特别白的眼白闪着亮光。店主人对着他们做个不要作声的手势，他们便低头了。杰生看到他们在一个女包上装着一个金属的商标，大概是香奈儿的。

店主打开了一个射灯，一面墙上的样品都照亮了。现在杰生看到了有几个绣着耐克商标的双肩包和他收到的那批货一模一样。

"是的，就是它们。"

"是谁帮你订的这批货？"

"是我的弟弟，他代表我长住在义乌。他叫杰林。"

"不认识，没听过这个名字。也许看到人会认识。"那人说。

"那奇怪了，他怎么会有你这些包呢？这里还有别的店在经销这个厂家的包吗？"

"没有了，只有我一家。除非他直接从那个厂家里进的货。"

"你听说过一个月之前有个年轻人，在酒吧里打斗被人杀死的事吗？那个被打死的人就是我弟弟。你看看，这是他的照片，他是不是来过这里。"杰生把照片交给了那人。

"不认识，真的不认识，我从来没见过他。"那人有点老花了，把照片放得远远地看着。从他的动作和表情来看，他说的是真话。但是杰生发现那两个黑人好像知道他在说什么，低声咬着耳朵。他便问他们：

"你们认识他吗？"杰生把照片给他们看，用英语问道。

黑人接过照片，稍稍一看就说：

"Yes，I seen him before."（是啊，我以前见过他。）黑人说。

杰生还想和黑人说话，可店主人示意黑人闭嘴。之后，他就带着杰生走到了前面的店铺。他看杰生不是来订货的样子，就对他很冷淡，而且有一种防备态度。杰生知道再待下去也了解不到什么情况，就离开了这里。

五

下午，杰生拖着疲惫的步子回到了旅馆，时差开始发作，他困得要命，加上心情低落黯淡，他躺在床上，昏睡过去。即使在睡眠里，他还是感到心里非常难受。不知过了多久，他被手机的铃声吵醒，是小青打来的。

"嘿，你怎么样？前天晚上之后就没了你的消息。"小青说。她的声音里透着一丝关切。

"情况有点不好。我没有搞明白弟弟的事情，反而觉得自己正陷入一个大麻烦了。"

"什么大麻烦？"小青说。

"我也说不清。反正我觉得好像是在一个黑暗的树林里一样，身后正尾随着一些野兽。我有点害怕了。"杰生没有说明自己的害怕是因为弟弟欠了大笔的货款，只是笼统地说。

"没那么严重，没什么好害怕的。你等我，我来接你出来喝杯咖啡吧。十五分钟后你到旅馆门口等我。"

杰生赶紧从床上起来。他只觉得身上一股臭气，满脸油腻，嘴里发苦牙齿发臭。他赶紧去洗个澡刷了牙，然后穿上干净的衣服，跑到了旅馆门口。他觉得风很冷冽清新。一会儿，一辆红色的跑车开过来，在杰生的身边停住。杰生发现小青白天的车很普通，夜里开的车则是高级的好车。他打开门，坐了进去，车里有一股好闻的法国香水气味，能看见小青化过妆的脸在街灯变化的光线中时而明亮时而带着阴影。车子开得很快，杰生虽然大致熟悉义乌城的路，但很快就分不清方向，不知车往哪里开。不久后车停了下来，进入了一个庞大的建筑里面，杰生明白，这里大概是一个夜总会之类的地方。

小青带着他走到一个相对幽静的角落坐下。桌子上一个玻璃杯里点着一支小蜡烛，那柔和的烛光照出了小青脸部的轮廓，显得说不出来的漂亮。夜总会大厅中央地带有两组钢管，穿着比基尼的女郎正在扶着钢管表演。侍者端着盘子送来了两杯香槟酒。杰生隔着香槟的泡沫看着小青无比美丽的脸庞。尽管他正身处麻烦之中，这一刹那间他还是感到了一阵阵幸福。但他的这种幸福感很快就荡然无存了，因为他看到在不远处的桌子上坐着一个穿橄榄色军装的人，细细一看，他就是前天在小青家厅堂里围着圆桌一起吃饭的那个消防队军官。他好像一直在注视着这边，用眼睛的余光观察着。和他一起的是几个穿西装的人。

"你的脸色很不好，看起来在发愁。说说你这两天的事情吧。"小青说。

"我发现了一个很奇怪的事情，弟弟好像欠了很多账，他好像有个巨大的资金黑洞。我每个货柜的钱都已经付给他，他却没有付给摊位厂家。我现在所知道的还很少，也不知这个资金黑洞到底有多大。"

"在义乌，做货物代理的人有时欠摊位厂家个把月的货款是有的。但是超过这个时间就不正常了。我和你弟弟虽然经常在一起，但是对于他的财务情况却不了解。只是经常听他说资金很紧。"

"我很奇怪，弟弟这些钱都到哪里去了。听我父亲说，他来处理我弟弟的后事的时候，发现他只有几千块现金，银行里也只有一万多存款。

这个很不正常，别说我已付清的货款钱，就是平时我在他这里也有二十几万的周转金。现在都没有了。"

"你大概不会怀疑他的钱被我拿走了吧？"小青说。

"不会，我不会这样想。"杰生说。他说的是实话，他能感觉到小青很有钱，而且小青身上有一种非常诚实的气质。看她那富足的样子是不会用弟弟的钱的。

"我弟弟有赌博吗？有吸毒吗？"杰生问。

"这个我可以保证，他没有赌博，没有吸毒。"小青说。

"我这几天发现，我弟弟和一个叫查理的人来往密切。这个叫查理的人以前也在加拿大，我认识，是个想法和行为都很奇怪的人，对义乌有特别的狂热。他后来在多伦多破产，人也失踪了。可我现在知道他就在义乌活动，到处有他活动的痕迹，而我的弟弟正是紧紧地跟随着他。我弟弟在被杀的那个晚上，是和他一起在酒吧喝酒的。我现在想，弟弟的资金问题是不是和查理有关系。"

"你说的是不是那个做非洲生意的人？"小青说。

"正是他，他的身边有很多非洲黑人。但是我却无法知道他在哪里，也不知道他的行踪。你知道他的情况吗？"

"我听你弟弟说起过他，也知道他很崇拜这个人。但是我并不知道他在什么地方。你是想找到他吗？"小青说。

"我也说不清。从内心来说，我对查理这个人有一种恐惧，如果在路上远远看见他的话，我的第一反应大概会是躲开来不愿和他照面。但现在我想从他那里了解弟弟死前的情况，还有，我得搞清我弟弟的资金去向问题。我觉得应该找到他。"

"也许我可以打听一下他的情况。这个夜总会里有各个码头的人，有放高利贷的，有做私人侦探公司的，还有地下公安的。我过去问问吧。"小青让杰生独自先坐一会儿，她起身往通道深处走去。杰生目送着她，看到那个消防警官也站了起来，陪着她往里走。

一会儿，一个戴着墨镜脸色发灰的人走了过来。看得出这人是吸白粉的。他坐下来，把眼镜一摘，他的眼神是温和友善的。

"你找的这个人我知道得很少。他的路线和我们不交叉的，他做的事情也和我们做的很不一样。他是一个奇怪的人，我们不喜欢这样的人，所以他进不了这个夜总会。而事实上，他根本不愿意到这边来。"

"你能说具体一点吗？我不大明白你的意思。"杰生说。他往前挪了挪身子。

"我们义乌人做事情无论做什么，有一件事都是一样的，都是为了赚钱。我想全世界做生意的人也都一样，赚了钱再投资赚更多的钱，有了钱可以过体面的生活。而他不是这样的，听说他在义乌也赚很多钱，做代理，开工厂，还有洗钱什么的勾当。但是他一直没有在义乌花钱，听说他到义乌时住的是五十多块钱一夜的宾馆。他搞到的钱全部都投到了非洲一个鸟不拉屎的丛林里。那里一定有很多猩猩，也许他讨了头母猩猩当老婆。"

"是吗？听起来像是个电影故事里的怪人。"杰生说。

"听说他在这里做很多大胆的事情，我们都知道他是做冒牌的大王。他就是靠这个挣了大钱。什么耐克、阿迪达斯、香奈儿、库奇包他都做，而且他都能搞定海关运出去。还不止这些事，我最近听到消息，说他正在偷运一批军火到非洲某个地方去，那里正是他的地盘，是从缅甸那边起运的，有没有经过义乌我不知道。反正这个人是非常厉害的，义乌的黑人都叫他查理博士。我听说在国外的黑道上，那些被人叫作博士的人是特别厉害的。他和广州那边的帮派有关，能摆平很多事情。他的势力在非洲，义乌的黑人都聚集在他的门下。我们对他的世界不了解，不知道他的幕后背景，只知道他是一个国际性的人，很危险，很神秘，所以也都远离他。"

"你知道他平时在什么地方吗？"杰生问。

"这个不是很明白。他没有一个准确的地方，人家说他住五十块一夜的宾馆也只是传说而已。但是有一个地方应该是真的，他有一个生产基地，一个生产冒牌箱包的工厂，大概是在海边什么地方。但是没有人知道确切的地方。"

"那你见过他本人吗？"

"没有，我没有见过他。我们这里没有人见他。也许有人见过，只是不会知道是他。因为这个人极其低调，见了他你也不会觉得他和别人有什么区别。"

这个人说完了话，戴上墨镜就起身沿着刚才过来的通道往里面走去。之后，小青走了回来。她刚才和别的人说了话，带了一些消息过来。

"我听到了一些不大好的事情，说你弟弟的确欠了摊位和厂家很多钱。这些钱零零星星的，加起来数字很大。"

"是啊，我也感觉是这样。我今天去了几个熟悉的摊位，好像都欠着钱，真不知道欠了多少。"

"你得小心，现在的摊位会委托讨债公司去追回欠款。讨债公司如果发现某个债主欠了很多摊位的钱，他们会下功夫去追讨的，甚至会用特殊的手段。所以你现在还是小心为好，不要公开在市场上露面，不要让熟悉你的人知道你在义乌，也不要让人知道你是死去的杰林的哥哥。"小青说。

六

来义乌四天了。

如果说杰生最初像是进入一个黑暗的丛林什么也看不清的话，那么现在他的瞳孔应该已经张开了些，看清了环境，看见身边的一些路径。他虽然感到欠债的危险在等着他，但是想继续调查的念头越来越强烈了。

他不再去熟人很多的商场看货，而是走到了春江路上。这里是一条街，店铺在路边，大部分是做皮带、帽子的店铺。他记得做棒球帽的黄历明的店开在这里。他好几年前进过黄历明的棒球帽子，上面绣着加拿大枫叶的图案。但是这几年，他没有进棒球帽了，因此觉得不会欠他的钱，可以去他店里看看。

当他离那店还有几十米的时候，就看到小白脸黄历明坐在店里面。他这会儿大概闲着没事，看着马路，远远就认出了杰生，起身迎接。

"你有很多年没有来义乌了吧？我一直都觉得纳闷，以为你不做生意了。"

"做倒是还在做，只是我一直没来，是我的弟弟在这里给我代理组货了，所以我都没来义乌了。"

"有一次你们加拿大的查理到我店里来，我问过他认不认识你，他说认识的。"黄历明说。

"这是什么时候的事情？"杰生说。他的神经一下子绷紧了。他终于触摸到了查理在义乌的行踪，好像他发现了一个蜗牛在菜园里留下的一条丝带状发亮的踪迹。

"好几年以前了。那时他常来我这里。现在他不来了，但和我有联系。"

"查理现在怎么样？"

"查理现在在这里生意做得很大，有专门的仓库，每天要出好几个货柜。他在我这里也经常有订单，你看，今天我就要给他发一百箱棒球帽，一个小时后我就要过去给他送货。"

"他在做哪里的生意？加拿大他已经没戏了。"

"非洲国家。他现在是有名的非洲王，几乎所有非洲黑人出的货柜都是他代理的。我见过他几回，只见他身边总是有一群群黑人。"

"我很奇怪，查理在加拿大的生意曾经做得很大很好。不知为什么突然败坏了下去，而他的家庭也毁坏了，他却跑到这里做非洲黑人的生意。"杰生说。

"这件事有点复杂。不过我大概知道其中的一些原因。早些年他还在加拿大的时候，有一回他拿来了一个图案，是格瓦拉的头像，要绣到一批棒球帽子上去。现在我知道这个头像叫格瓦拉，可那时我不知道的，义乌人都叫这个头像是雷锋，因为和雷锋的一张标准像很像。查理告诉我这是一个了不起的古巴英雄，是在玻利维亚打游击时被打死的，之前还去过非洲的刚果打过仗。查理说他最大的愿望不是做大生意，而是有一天要像格瓦拉那样去干一件大事情。"

杰生想起以前在查理的店里面的确看到有很多切·格瓦拉的画像。

黄历明说大概在四年之前，查理有一天来到他的店里，带着几个行李箱。他说自己在加拿大的生意彻底破产了，说自己欠了很多债，再也回不去。看他的样子很狼狈，衣衫不整，胡子拉碴，头发凌乱。但是神气里却不见那种破产落魄人的沮丧。他说自己现在无路可走，老家在东北,回去也无事可做,所以就准备先在义乌待下去。当时他还住在旅馆里。过了一些日子，他又来了，说自己要到非洲看看，他还把几只暂时用不到的箱子寄存在他的店里面。

"一年之后，查理再次来到我的店里，来取那几只箱子。我差点把这些箱子扔掉了，因为他那么久没回来，我以为他不要了，后来在一个角落里找到了它们，里面已经住进了老鼠。我问他这一年去哪里了？他说自己一直在非洲。我虽然没出过国，但对非洲还是了解的，以前咱们国家不是帮助他们建设过坦赞铁路吗？我的一个姑父就是去建坦赞铁路的，最后得传染病死了，所以知道那是个可怕的地方。查理告诉我坦桑尼亚那些地方算是开发过的，他去的地方是非洲的黑暗之心，在最内陆的地方，那里的人们至今都不穿衣服的，部落之间还相互猎头。他说自己在那个地方的部落里都开设了贸易点，深入到了村庄。他和部落酋长结盟，最后还成了酋长们家里的常客。看这个家伙的样子，他在加拿大的破产是假的，他是把钱都卷来了,现在用到了非洲。他的样子变化很大，身上有被火烧过的疤痕，脸上被刀砍过，据说肩膀上有被子弹穿过的洞洞。

"你知道，以前义乌很少有非洲黑人来的，和非洲做生意的是一些已经在那边的中国人、印度人。但在查理从非洲回来之后，带来了一批非洲人。他们直接来到商铺进货。最初他们只会一句话：最低最低。意思要你报最低最低的价格。黑人越来越多，非洲的市场也越来越大，黑帮的势力都加入了，争地盘打打杀杀的事情越来越多。查理这些年成了黑人的教父，很多事情都要他介入。他说除了用钱摆平事情，有时还得靠打架。听说上个月有一帮从广州过来的黑人和他的一帮人打起来了，结果打死他手下一个小兄弟。"

杰生没有说这个被打死的小兄弟正是自己的弟弟，只是在心里叹了一口气。他又一次听到了弟弟是在一场和查理有关的打斗中丧命的。接下来，黄历明说要去给查理送一批货，那边已经开始装货柜。杰生说也跟过去看看。

那个仓库在靠江边的江滨北路。黄历明说这个仓库前年发生过一次大爆炸，仓库被封。后来是查理打通关系，把废弃的建筑改装成为出口非洲的专用仓库。当车子进门时，外面有保安检查核对。进来之后，仓库里面气味很浓，虽然是冬天，里面还是闷热。这里有不少的黑人，但他们不是干活的，干活的都是中国人，在扛着箱子往货柜里面堆。在昏暗的光线中，这里像是中世纪贸易商船的码头。从这里，有一条纽带直接通到了非洲的最心脏的地方。杰生看见有一个黑人收到货之后往单子上划了一下，算是签字；还有一个黑人在一张张数钱给人家，他数钱的方法太笨太慢，收钱的人有点不耐烦；还有一个黑人熟练地用筷子在吃方便面。一个头上缠着布的黑人妇女带着几个黑人小孩住在仓库的一角，她正在给一个婴儿喂奶。如果周围有几棵香蕉树、杜果树的话，这里就成了赤道几内亚某个部落的一角了。这里是黑人的地盘，一切都是黑人在做主。但是杰生知道，他们背后有个人是查理，虽然查理自己并不在这里。杰生从黑暗的库房里看着外面阳光明亮的街路，再次看到火车上同一个卧铺房间的非洲女子正在走过，她的影子像蝴蝶一样飘动。

这天晚上，他独自在春江路口的温州饭店吃了他家乡的饭菜。吃好饭，他走着回旅馆，要经过商场门口的那一片空地。这里白天是停车点，是装卸散货的地点，也是人行道。还有的店家会把大件货物摆到这里卖。杰生吃饭前经过这里时，这里还很热闹，正在举行流行的家家乐节目，商场摆摊的一些家庭自娱自乐陆续上台表演。可这会台子还在，灯光全黑了，人也散光了，地上都是纸片，被冷风卷着在空中打转。这一切都让人觉得内心空虚，想尽快地离开这黑影幢幢的区域。杰生往前走，突然见前面昏暗的路灯下有个女子站在一边，对他说："大哥帮个忙好吗？"杰生一惊，问什么事？她说自己到义乌找一个朋友却没有找到，现在身上的钱都没有了，还没吃饭，问他能不能给她一点钱吃个晚饭。

杰生是个怕惹是生非的人，他知道路上这些要钱的人都是骗子，通常都是不搭理的。但是他看到眼前这个女子衣着整洁，梳着整齐的头发，脸孔也秀气，身上还背个双肩包，像个学生范儿。虽然他知道她的话是编的，但觉得她这样要钱也辛苦，而且要求很低，只要一顿饭。于是他掏口袋，可口袋里只有五元零钱，其他都是一百元的。他掏了几下，都没找到更多零钱。他只得把五元钱给了那女子，那女子说了声"谢谢"就走开了。

杰生往前走了几步，总觉得自己给那女子的钱太少了，五块钱怎么也不够吃一顿饭啊！可是他又原谅自己，因为口袋没有零钱，总不能给她一百元吧？要不我就给她一百元吧？他突然想。要是她看到我给她一百元一定会高兴。也许，我应该叫她一起去吃饭，虽然我已经吃过了，可是陪她一起吃饭也是应该啊，也许她还会讲讲她自己的身世。是啊，应该给她一百元才对，给她五元真是太少了，一定很伤人家自尊心。

杰生转过了身，决定去找那个女子，这个时候他已经走出了半条街。他加快了步子，沿着原路回来，一路张望。他觉得这个女子也许还在原来的地段继续向人家要钱。可是当他回到了原来的昏黑的路灯下，却不见一个人影，那女孩不知去哪里了。她也许是去火车站了？也许是去一个快餐店？也许去睡觉了？她有地方住吗？天那么冷，她会住在桥洞吗？她会不会只是要到五块钱？要是她真的只有五块钱，今晚她可得饿肚子了。

杰生在黑暗中继续走着，转着头颈张望，内心里满是后悔。他潜意识里的东西现在都浮上了心头。要是刚才给了她一百元钱，可以和她一起去吃饭，其实还可以多给她一些。也许可以带她回旅馆，让她有个温暖的地方可以住，可以让她洗个热水澡。他要帮她脱衣服，然后，她一定会愿意和他做爱。

在黑暗中的冷风里，杰生像是那个卖火柴的女孩一样做着美梦，卖火柴的女孩梦想着圣诞老人，杰生则渴望着那个路边骗钱的女子，只恨自己给她骗去的钱太少。在这样一个黑暗的街角里，他的性幻想如一面风帆被吹起来了，让他今晚上要驶向那闪着月光的神奇海洋。

杰生回到了房间之后，心情突然非常低落，什么也不想做，不脱衣服就仰躺在床上睡着了。他睡得很沉，但是被一阵电话声吵醒了。他知道这些电话是旅馆内的小姐打来的。他一直不接这些电话，本来都会把电话搁起来，免得吵。但今晚他不知怎么的没搁起来，而且听到电话声就去接了。是一个细细的女孩声音，问他要不要按摩？他略微犹豫了一下，让她过半个小时后过来。

杰生迅速整理了一下凌乱的房间，把一些重要的东西放好了，然后去浴室里洗澡。他这次到义乌之后，因为弟弟的事情麻烦缠身，所以都没有碰过小姐。如果没有晚饭后在马路上遇见那个女子要钱的事，他是一定不会让电话里的小姐过来的。但现在他需要小姐，要不今晚会过不去。他冲好了澡，然后穿着浴衣等着。

他看着手表，半个小时快要到了，他的心怦怦跳了起来。他提前到了门边，从猫眼里看着门外的动静。他很小心，听说国内的社会治安很凶险，害怕这个小姐会带着劫匪过来。他几年没来义乌，对这边的情况可不了解了。没多久，他看到走道里有个小姐从电梯出口处过来了，只有单独一人。然后，听到了门铃叮了一声。他没有立即开门，要不人家会知道他躲在门后。他数了十下数字，这样大概会是三秒钟，然后把门打开，让小姐进来，立即关上了门。他看到了小姐，心里不禁失望。这哪里是小姐？分明还是个小孩子。

他坐到了沙发上，看着她。她在距他约两米的地方站着，也看着他。她很瘦，皮肤发黑，脸上的轮廓线条很深。她的头发以一种奇怪的样子高绾着，插着一朵令人注目的绢制大丽花，手上还挽着个小提包。她的神情倒不胆怯，固执而冷漠地看着杰生，问他：

"你要我留下来还是要我走？"

"留下来吧，没叫你走啊。"杰生说。虽然他犹豫过想让她回去，但她这么一说，他倒不忍心了，这么个半夜，不可以叫这么个小姑娘来了，又让她走回去。女孩子听他这么一说，脸上绷紧的神情松了下来，露出了笑容。

"你刚才躲在门后，从猫眼里看我，是不是要搞阴谋？"女孩子说。

"我是害怕有坏人骗我。所以我要看清楚是什么人。"杰生说。心里奇怪她怎么会知道他躲在门后。

"你怎么还没有睡觉？是不是睡不着啊？"女孩子打量着房间四周，把小提包放在桌子上。

"我本来已经睡觉了，是你打电话吵醒我，还问我为什么睡不着。"

"那你为什么要让我等半个小时，你是不是在搞阴谋啊？"

"我刚才睡得昏头昏脑，起来洗个澡，我不想让你见到一个脏脏的人。"杰生觉得这个女孩子嘴里会说出阴谋这样的字有点好玩。现在她就坐在他的边上，等待着他的动作。杰生感到她只有六七十斤重，那手像是鸡爪一样，胳膊像树枝，大腿不如他的胳膊粗。她的脸形和神情都有点远方外族的味道。她的眼神很动人，一点不胆怯，兴致勃勃。还有虽然她瘦，但是她的胸却不是平的，在紧身内衣上方露着部分小而坚实的乳房。他觉得自己慢慢习惯这个女孩子了。

"你叫什么名字？"杰生问。

"这里的人都叫我'外星人'，因为我什么事情也不懂，好像外星球来的一样。你也这样叫我吧。真的名字不告诉你，告诉你也没用。"

"那你是哪里人？不要告诉我你的家在火星上。"

"那我不会这样说的。我的家在温州平阳水头镇。"

"你是平阳水头人？看起来不大像啊？"杰生说。因为他去过那个地方，知道那里的人不是这个长相的，说话的口音也不是这样。

"我没骗你，我真是那里的人。我妈妈是水头人，我爸爸是云南人。"

"我去过水头，那里是有名的风景区，两座山之间有一条美丽的小溪。但是后来当地人在溪水中硝制牛皮，把溪水污染了，臭气冲天。我不知道现在怎么样。"杰生说。但是女孩子对于这条溪水的污染问题没什么反应，她显然不关心这些事情。

"我住在镇上，现在镇上很热闹的。我在那边有很多姐妹的。我在那些女孩中可算是见过世面的大姐呢。那些有钱的老板对我很好，我把好些个还在中学读书的小妹子介绍给他们玩。我当时想挣些钱，买一辆QQ车子开。"

"你说你爸爸是云南人，那是怎么回事？"

"我妈妈年轻的时候到云南那边做生意。平阳水头那个地方的人过去都是出去做生意的。我妈妈到了云南边境遇到了我爸爸，后来就留在了那里。那个地方挣不到别的钱的，只有运送和贩卖毒品。我爸爸妈妈干的就是这些事情。我还记得我妈妈在我很小的时候抱着我上街，把一包包白粉塞到我的衣服里面躲避检查。还有一次我看到了妈妈在街头被批斗，衣服被脱光，只戴着一个胸罩。反正那个地方大家的日子都是这样过的，抓住了，再放出来。可是我的爸爸五年前出了大事情，被判了二十年的刑。这样我和妈妈在那里待不下去，只好回到了妈妈的老家水头镇来。"

杰生听得入神，怪不得他觉得她像外族，也许她真是傣族的，她的样子像只野孔雀。

"你现在还去云南吗？"

"我的祖母还在那边。我去年去看过她，她说要是我们有钱送公安局的人，我爸爸是可以提早放出来的。所以我现在要多挣些钱，把我爸爸搞出来。"

"真是个懂事的孩子。"杰生说。

"你是哪里人啊？你住在哪里？"

"我是加拿大来的。"杰生如实说。

"好像听过这个国家的名字。你可以给我一点那边的钱吗？只要一点点，我想收集外国的钱，我已经收到了一点点。"

"这个没问题。"杰生从口袋里翻出了一个二元的加拿大硬币给她。她看了半天，爱不释手的样子。杰生说这个就给你了。她显得很高兴，说："真的给我啊？你这不会是阴谋吧？"

她突然想起了什么，说自己已经有一些外国的钱，想让杰生看看是哪里的钱。杰生说可以。她说那些钱就在楼下她住的地方，她下去拿上来。杰生同意了。

没多久，她又上来了，把自己一点点的收藏给杰生看。杰生看到一张是印度尼西亚的纸币，面值数额五千盾，还有一张面值一千的意大利里拉。杰生知道这些面值很大的外币其实只抵几块钱人民币。他看到了一个熟悉的硬币，加拿大铜色的一元硬币。他便告诉女孩这也是加拿大的钱。

"怪不得我说加拿大的名字有点熟呢。上次给我这钱的人说过。"

"那人你还记得吗？是什么样子的？"杰生说。他突然有一种奇怪的感觉。

"他是个东北人。有点斗鸡眼的。年纪比你大一些。后来我还遇见过他一次，是今年上半年，我还认得他。这一回，他又给了我一张钞票。

是这张。"小姑娘指着一张纸币说。

杰生拿起这纸币。上面印着一个穿元帅服的黑人头像。他试着拼上面的字母，是法语的，大致能拼出是非洲的国家。他一下子想到了，给她钱的这个人可能就是查理。

"你怎么啦？好像很奇怪的样子？"她说。

"我认识这个人。你知道这个人现在在哪里吗？"

"这个我可不知道的。"

杰生再次感觉到了查理的存在。通过这个女孩子，他感觉到自己在追逐查理，查理在前面不慌不忙地走着，时隐时现，在他到达这个女孩子之前，查理已经给他留了一个记号，或者是一个暗号。

尽管这个女孩子像个小孩子，瘦得像麻雀，但是杰生感到她的性格是成熟的，她的乳房也结实饱满，让他觉得喜欢。他最后还是和她发生了性交。由于怕压坏了她，他让她在上面，看到她是屏住呼吸，一副认真工作的样子。当杰生在她的体内滑动时，心里不可遏制地想到了查理，想到查理的性器曾经在同一个阴道里滑动，好像他的性器还在里面。他这样想的时候竟然有一种和查理交媾的快感，好像他在操着查理的肛门。

女孩子离开的时候，杰生在付过钱之后，又多给了两百元。女孩子接过钱，没说谢谢，说：

"喂，你多给我钱是不是一个阴谋啊？"

七

次日，花来香宾馆的饭厅供应港式早茶。杰生今天起得比较晚，独自进餐。

餐厅里面比平时要嘈杂许多。有许多人好像在聚餐开会。上面有条横幅，写着"义乌台湾商会年联谊会"。看起来他们是刚刚改选了会长，有一派的人显得很不服气，有一派的则喜气洋洋。有一个人上去唱了一首《爱拼才会赢》，马上下面有人喝倒彩，还有人站起来指着他直接骂。后来的一个人大概是被选下去的前会长上去说话，并不是说些客气话，而是指责了对方搞不光彩的拉票。很快局面失控，双方争吵扭打成一团。

杰生被眼前的这一幕闹剧所吸引，一时间忘记了连日来的烦心事。这个时候，他看到有两个人在他的桌子边上坐了下来。他以为是餐厅满座没空位，这两个人是来拼桌子的。他为此觉得有点不快，如果要拼桌子至少得征求他同意一下。但是那两个人都没吱声，也没点菜，一声不响坐在那里，好像是在等待杰生结束吃饭。杰生觉得有点不自在起来，他匆匆吃好了早餐，想站起来走开。而这个时候，对面的那个人向他说话了：

"你是杰林的哥哥吧？"

"是啊，你怎么知道的呢？"杰生说。

"我们是杰林的朋友。我们想和你谈谈杰林的事情。"

"那好，我正想知道他的事情。"杰生说。

"我们在这里不方便说话，还是到一个清静的地方再说吧。"对方说。

杰生同意了。起身跟着他们下楼，路边停了一辆雪铁龙轿车，有司机已坐在上面。杰生上了车，车子就开动了。

车子沿着稠州路向前，越过了跨河的大桥，向着城外的方向开去。杰生对义乌的地形略有了解，知道许多厂家办公室都设在城外，所以对于车子往城外开并没觉得意外。但是，车子开出了郊区的范围，路边都是一片农田了，车子还没停下的意思，他有点不安起来。问边上的两个人，回答说马上要到了。这个时候，杰生觉得事情有点不对头，好像自己已经遇上麻烦。

车子离开大路拐进了小路，再开了一程，然后在一个废弃的工厂一样的地方停了下来。

"我们是讨债公司的。厂家和摊位收不到货款，只好委托我们来收。我们现在只是在办我们的公事。"那两个人对他说。

"你们想怎么样？"

"也没什么，我们只是想让你见一下我们的老总。现在我们得把你的眼睛蒙起来。"

杰生知道自己已经落入人家手中，不服从只会让对方有动粗的理由。于是就同意他们用黑布蒙住自己的眼睛。先前他预感这个时候会到来，但是没想到会这么快。

接下来的车程有将近半个小时。他的眼睛被黑布蒙着，意识变得漆黑一片。慢慢地那个在沙发坐垫摊位遇见的义乌之囚的形象浮现上脑际，他的灰白的脸庞、柔弱的声音和勉强的笑容都活动了起来。他所描述的被囚禁两年的生活就摆在杰生的面前了。杰生逐渐认识到自己的处境有多糟糕。现在，他真是心乱如麻。

杰生被解开蒙眼的黑布时，看到自己是在一个 KTV 一样的地方。一切就像警匪电影里一样，一个光头的胖胖的人坐在沙发上和他说话。

"听说你是杰林的哥哥，从加拿大过来，欢迎你来义乌，我们一直在等着你过来。杰林出事了，我们都很难过。"

"你们和他有生意上的来往吗？"杰生问。

"是啊，生意上的来往。我知道杰林是给你收货出货的。你的生意做得很好，每个月都走那么多的货柜。"

"货出得是不少，可是好多货都不对路，积压得很多，钱都压在货上。"

"这个我们可以理解的，生意做得越大，资金会越紧张。不过，你们欠下的货款也实在是太多了。你们欠了三十多个货柜的货款，总共有八十多万美金了。"

"你说什么？我欠了三十多个货柜的货款？欠了八十多万美金？你开玩笑吧？怎么可能？我每一次收到出口货物的发票之后，马上会把钱打过来，每一笔账都会及时清理。"杰生说。

"你的钱付给谁啦？付给了厂家和摊位吗？"

"付到了我弟弟这边。由他再付给供应方。"

"可是你弟弟并没有及时付给供应商啊。是的，最初的时候他是及时付款的。但从去年开始，他经常延期付款。摊位和厂家觉得他的生意还可以，货出得还正常，量也比较大，就只好迁就了。可是他拖欠的时间越来越长了。他们都很担心，不想再给他供货，可是如果不供货给他，又怕收不回前面的货款。所以呢，他拖欠的货款越来越多。"

这个人说的话杰生前几天在张国珍那里已经听到过，弟弟看来的确欠了很多人的钱。杰生的脸色开始变得发白。

"你们准备把我怎么样？"他问道。

"这个问题问得好。"光头说。这年头黑社会的人也会用这个热门的外交辞令。"我们是专业的地下讨债公司，当然会有很多不同寻常的方法。通常我们都是用拘禁欠债人的办法，少则几天几个星期，多则几个月，也有超过三年的。大部分的结果还好，钱财总没有生命重要，很多人懂这个，最后会还钱换回自由。当然也有个别不好的结局。你大概听说过，去年有个债主把欠债人装在一个铁笼子里，从百米高的大桥扔到了水库里面。最后捞出来时笼子里只剩下几条白骨。"

"听着，我真的不知道弟弟会欠了这么多钱，也不知是真是假。而且我现在根本还不出那么多数目的钱，就算你们把我关押起来也没办法。"杰生说。

"是啊，关押并不是一个好办法。对不同的对象，我们会用不同的办法，而且我们也一直会用一些新办法。比如对你，我们就觉得最好不要用拘禁，因为这个事情成本很大，得给你吃喝，得有人看守，而且很危险，你要是有后台我们还得吃官司。你要是自杀了，弄不好我们还得偿人命。所以我们用了别的办法，而且已经成功地实行了。"光头胖子说。

"你们准备用什么办法对待我？"杰生说。

"不是准备，而是已经完成了。你还记得这个姑娘吧？看看这张照片？"光头把一张照片给了杰生，是一个神情呆板的姑娘。杰生不认识她，但是觉得有点脸熟。有点像昨天晚上路上拦着他要点钱的那个姑娘。

"我不认识她。你干吗给我看这张照片。"杰生说。他有点紧张。

"真不认识啊？不会吧？昨天你给了她5块钱之后，又转过身来去找她。其实她那时离你不远，正在一个角落里看着你。"光头说，对他挤挤眼睛。

"你们在监视我？"杰生的脸涨红，怒气上升。

"不是监视，是我们安排的行动。"

"你们干吗要做这样的事情？"杰生说。

"是为了引导你进入我们的计划。我们已经暗中观察你几天，发现你冷冰冰的，对女人不感兴趣，这样我们的计划就无法实行。现在我们有学心理学的大学生做策划，对你这样的对象得慢慢吊起你的性子。所以我们安排了一个看起来还清纯的姑娘向你要点小钱，让你觉得她是个需要帮助的而且是有机可乘的女孩。这也是一次测试，当你回头来找她的时候，我们就觉得接下来的计划有可能实现。"

"那你们为什么又不让我找到她？"杰生说。

"当然不能，要是让你找到她，带她去吃饭，带她到旅馆里打炮，那我们的计划就落空了。我们安排昨天夜里和你在一起的不是这个成熟的姑娘，而是这个小妹子。"光头说着，把一张照片摆出来。杰生认出是昨夜那个给他看外币的女孩。她照片的样子很漂亮，盘起的头发上戴的就是昨夜那朵红绢花。

"漂亮吧？很喜欢她是不是？虽然才十四岁，人很瘦很黑，像一只野性的小鸟，可云南人发育早，奶子不小了。看你昨天夜里和她还是蛮开心的。"

"这也是你们安排的？她也是你们的人？"杰生问。他觉得自己正

　　　　　　　　　　　　　　　义乌之囚

滑入深渊。

"当然是我们的安排。不过她不知道我们的计划，只是在做一次普通的接客。她做得很好，我们所有的目的都达到了。我们拍摄下了所有的音像记录，还保留了你留有精液的避孕套。再跟你说一下，她还差三个月才十四岁，身份证复印件你要看看吗？你当然知道，在中国和没满十四岁的少女发生性关系就算强奸。"

"你们现在要我怎么样？"杰生说。

"你是聪明人，又是加拿大来的，所以我们就尽量选择了不让你吃苦头的计划。你现在要赶快把欠款还掉。在还清欠款之前，你是不能离开义乌的。你先跟我们住在一起，不要想逃跑。你要是逃跑，那么我们马上会把你和十四岁未成年女孩子性交的案件发到公安系统，我们有人，有足够的证据，这些事能做得很熟练。机场的禁飞名单里马上有你的名字，你是离不开的。还有，如果你不听话，我们还会把你和女孩子打炮的录像给你的老婆，你大概不希望这件事发生。"

到了这个时候，杰生完全失去了心理防线，低下了头。他知道这下自己是遇上大麻烦了。

"所以，你现在就在这里住下去吧。等你把钱付清了，或者告诉我们你付钱的办法，我们会放你出来的。"

八

杰生在到达义乌的第七天，开始被监禁。

他被关的地方是一座四层楼房，这里地势很高，能望见远处的义乌城。

看守的措施并不严格，他的囚禁生活基本上像是住旅馆，有个中年妇女会上来打扫卫生，并送来三餐饭食。他被告诫不要下楼去，因为楼下是有带武器的看守人员的。屋里没有电视电话，他的手机也给拿走了。有一天，他无意中掀开床单，看到床板上的一道道刻痕，每七条一组，有很多组。他明白这些刻痕一定是一个被囚禁在这里的人刻的。这些刻痕有八十多组，算下来有五六百天。这说明，这个人在这里被囚禁了一年半多。这个时间吻合了他遇见过的那个义乌之囚所说的被囚天数，莫非这就是那个人刻的？杰生一想起那张苍白的脸，不禁打了个寒战。

杰生苦思如何才能从目前的困境中摆脱出来。他知道那些人囚禁他是因为要钱，而不是想要他的命。只要付清了他们所声称的债务金额，他马上可以获得自由。但是他一想到要付出这么多钱，马上心里有刀绞一般的痛。他知道如果要筹集这笔钱，不可能向父亲要，只能告诉自己的妻子。但是怎么开得了口呢？妻子娘家的房子抵押贷款他都还没还清呢。杰生甚至觉得，如果把妻子逼得再去筹钱，让家庭陷入贫穷，还不如自己被关在这里，哪怕是会死掉。他害怕贫穷超过死亡。现在他想得最多的一个办法就是去找查理。他觉得弟弟的资金肯定是流到了查理那边去了。要是他自己能见到查理，也许可能说服查理，把资金还给他。杰生把这个主意说给囚禁他的人听。但是他们觉得这个主意不可靠，没有答应他，还是让他给自己家里人打电话筹钱。杰生不愿意，就这么僵持着。

杰生想着现在能帮助他的只有小青了。他把小青的电话号告诉给囚禁他的人，让他们联系，但他们总说联系不上。杰生怀疑他们没说真话，觉得他们已经在联系了。他有几个晚上做了同样的梦，梦见有人敲他窗门。他起来一看，窗外是那个消防队军官站在一个高架的消防云梯上，把他从窗户里接出来。那云梯收缩起来，让他下到了地面。然后他看到了小青，他们一起坐在一辆庞大的消防车驾驶室里向义乌开去。

几天之后的晚上，囚禁他的人上来和杰生说话，说他的朋友来见他，会带他离开这里。至于杰生以后的事情他的朋友会告诉他的。杰生下了楼，看见了小青来接他，开车的正是那个消防队军官。

车子向义乌城里开去。小青告诉他，她和讨债公司的人达成协议，让他先出来去找查理。讨债公司答应给他在外面一个月，如这个时间还不了钱他们还向她要人。小青说这事也只能这样办，因为杰生弟弟的确欠了义乌摊位厂家一大笔钱。小青说现在杰生不宜住在旅馆里，她安排他住到他弟弟原来租下的屋子。小青带他到了这个屋子，杰生看到，自己原来在旅馆的东西都已经搬到了这里。屋里已经打扫过，冰箱里有食物，厨房用具齐全。小青吩咐他尽量少外出，他的安全应该没有问题。

当晚他睡在弟弟租下的屋子里。他到达义乌的第一天，小青就带他来过这个屋子。虽然他现在还是处于被小青担保状态，讨债人时刻还可以让他回去，但毕竟他是在自由的空间里了。当太阳升起时，他感到莫名的激动。

弟弟房间里有电视机。他看了一阵，很快就发现看不下去。他关掉电视机，呆坐在屋子里。这时他想起了上一次小青带他来时，他看见过屋子里有些非洲的地图、面具、书本之类的东西。现在房子打扫过了，桌子上什么都没有了。他在屋子里找起来，后来在桌子下面的抽屉里发现了它们。

在这堆东西里面有两本中文的书，一本是《黄金的矿脉分布》，是科技出版社出的；还有一本是《黄金提炼技术》，是中国冶金出版社的。这让杰生很不明白，弟弟怎么会有这种关于黄金的书？一堆印刷品中，除了好些鲜艳的外国杂志，还有一本印刷质量很差的地图册。杰生拿起来仔细看，这个地图的比例很小，里面能看到一条条小河流的支流，上面还有一些是非洲村庄和人的图片。杰生看不懂上面的内容，猜想这大概是非洲某个小地方的地图册，杰生怎么会有它呢？有什么用呢？还有一本更奇怪的本子，像是一本工作手册，里面有一张张非常黝黑的黑人的照片。杰生慢慢翻着，他对于黑人的长相是能分得清的，在美国、加拿大，他常和黑人打交道。当他翻过了几张，突然看到了一张熟悉的脸，她就是在火车卧铺上碰到的那个黑檀木一样黑的非洲女子，后来在义乌城里也遇见过她几次。

这张照片让杰生突然想起那女子说自己是个 messenger（信使）。那样的话，弟弟这本手册里的黑人照相册莫非是一本信使的相册，用来辨认信使的面貌？如果这样，弟弟怎么会和他们发生关系呢？毫无疑问，一定是因为查理的关系。弟弟跟随着查理，已经成为他身边的一个人。杰生突然想到，如果是这样，那么这个黑人女信使说自己有紧急的任务要去见人，不可能是见弟弟这样的小人物，而是要见重要的人物，那么一定是去见查理了。这样的话，她一定知道查理在什么地方。

杰生还记得，那个黑女人在火车上说过自己住巧心宾馆。他前几天还在街上看见过她，所以他觉得可以去巧心宾馆找找她。但是他不敢贸然去找她，他戴了一顶帽子，尽量低着头，坐出租车到了巧心宾馆附近。他看到马路对面有个茶馆，就在茶馆里坐下来，张望着旅馆的门，等待着她的出现。这个宾馆住着不少黑人，进进出出很频繁。杰生聚精会神地观察着，他在当天就看到她走出了宾馆。杰生在后面悄悄尾随而去，她走出不远，在一个理发店里做了一下头发就回了宾馆。第二天下午时分，她再次出来，这次走得远一点，在文化宫那边的肯德基快餐店吃了一份汉堡餐，之后还是回到了宾馆。杰生一直等到天黑，没见她再出来。

第三天一早，杰生又来到巧心宾馆对面的茶馆。这个时候，他看到她又出来了，手里拉着个拉杆箱，像是要出个小门。她上了出租车，杰生马上叫了车尾随而去。车子开出不大远就停住了，杰生看见路边是宾王汽车站。

九

宾王车站紧靠着宾王纺织品市场。据说唐朝的骆宾王是这地方的人，所以以他的名字给市场和车站命名。在义乌商场发展最初阶段，客人需直接到市场提货，所以宾王车站客流很旺。现在义乌在城市周围建起了几个大车站，宾王车站只保留了几条市内的短途线路。

杰生看见黑人信使走进车站，看起来她对这里很熟。她没有去买票，而是径直走进了停车场，上了一部开着门的大巴士。杰生看到那个巴士的车头挂着个牌子，写着义乌——白浦镇。他想都没想，一头钻进了车子，坐到了靠后的位子上。几分钟后，售票员上车售票，车上人不多，坐不满。很快，车子就开出了车站。

杰生靠在车窗上望着外边景物，路边基本看不到农田，大部分是各种房子，只有小块的农田在房子的间隙一闪而过。除了高大的厂房，那些农宅也很高大，每个屋顶上都有一串糖葫芦似的不锈钢串珠，房子越大，串珠越大。这些串珠大概是避雷针。

车子开了五六个小时，在一个地方停下来。潮湿的空气中立即充满了浓重的海洋气息。司机叫到站了，都下车吧。车上的人一下车，都往小镇里面的方向走，车边有很多三轮车和残疾人的电动车在拉客。杰生眼睛盯着前面走的黑人女信使，看她拖着箱子走出车站。他回绝了所有拉客的人，跟在她身后往小镇走去。走出车站后，人流车流都少了。杰生看见路边有个黑人跨在一辆嘉陵牌摩托上。女信使奔向他，他们拥抱了一下后，女信使坐上了后座，摩托以飞快的速度狂奔而去。杰生还没反应过来，摩托车就消失在路的前方了。这时杰生的边上没有车可以搭乘，即使有那些三轮车、电动车也赶不上那飞驰的摩托。杰生放弃了跟踪的念头，他想这个黑人小伙开摩托车来接人说明他是从不远的地方来的，这么小的地方应该能打听到的。于是他就继续步行往前走去。

他在小镇狭窄的街路上前行，路上有很多水洼坑，路边杂乱地停着车，好些摊位又搭着棚子占掉了路面一部分，他只能在路中间走着。后面猛一记车喇叭，他紧急避开了，直见擦身而过的小皮卡上有一条巨大的鲨鱼。起先他以为这是一条假的鲨鱼，塑料做的，但是看到鲨鱼的皮随着车子的震动而抖动，血水从鱼鳃边流出，一群苍蝇在上面打转，才知是真鲨鱼。越往前走，只见运鲨鱼的车子多了起来，有几千斤重的大鲨鱼，也有一米多长的小的。再往前走，他看到一个大门上挂着"环太平洋海产加工公司"的牌子，工人就在大门口那块地上切割鲨鱼。杰生看到了有一排木架子，晾晒着剥下来的鲨鱼皮。还有的铁丝上挂着切割下来的鲨鱼鳍。杰生知道鲨鱼鳍里面的软骨就是名贵的鱼翅。杰生和站在门口看门的保安聊了一下，得知这里是东部沿海有名的鲨鱼产品集散地。这里的鲨鱼商人会雇船在海上收购渔船捕到的鲨鱼，也有捕到鲨鱼的人主动送到这里出售。鲨鱼在这里被做成鱼皮、鱼翅，还有鱼肝油。

整个小镇在一群群黑色苍蝇的包围之下，掺和着浓重的鱼腥臭味，让杰生无处藏身。他捂着鼻子穿过了小镇，在小镇的另一头，这里已经没有鲨鱼加工厂。路边有一个小饭店，他走了进去，准备吃点东西。他叫了几样小菜一瓶啤酒，心里奇怪为何黑女信使到这么个地方？难道查理会在这里？然而直觉告诉他，他来对地方了，他已经接近了查理。他已经闻到了那种腥臭的海鱼气息，这气息躲藏在那双肩包里，在货柜里穿过了太平洋和北美大陆，到达了加拿大东海岸，最后散发出来。他的桌位对着窗门，窗门外是那条狭窄的道路，两车交会得慢慢擦肩而过。小镇只有这条道路，刚才那个黑人小伙的摩托车一定是沿着这条路开下去的。他把饭店老板叫过来，问他这条路通到什么地方？老板说这路下去有一个废弃的码头，还有一个工厂，听说是外资工厂，是生产人造革制品的。听起来越来越对头了，查理的工厂和基地就在这个镇上，就在这条水泥路通下去的海边。现在，杰生已经接近到了目标，他的心怦怦跳了起来。

他从饭店出来，向那辆摩托车开去的方向走。走了没多久，就看到了海边一个城堡一样的建筑群。越走近，越看得清楚。其中有几座高高的合成塔，还有冒着黄烟的烟囱。在工厂的门口，插着许多设计古怪的旗子。有两道铁门，外面还有一道铁丝网，里外站着好多个保安，有两个保安是黑人。

现在他已经到达了查理城堡大门跟前，只觉得心潮起伏难以平静。但这个时候他告诫自己冷静下来，他不敢肯定自己是不是真的找到了查理的工厂。他决定暂时不进去，先熟悉一下情况，明天再作计划。

他看到离这个城堡不远处的路边有一个小旅馆，于是决定先在那里住下来。他向登记的人说要一个能看到海景的房间，结果进房间后，发现这个房间正是观察城堡的最好位置，能看到工厂全貌，还有背后的码头和大海。他想起刚才经过小镇时，有一个航海器材店，橱窗里有望远镜。

他于是返回去，买了一个望远镜回来。整个下午在太阳下山之前，他一直在观察着工厂的地形和动静。

从小旅馆房间窗口观察查理的工厂，能看到正面的建筑和厂区的一个操场。在望远镜的目镜里，大门的牌楼上除了奇异的旗帜，还装饰着羚羊的角、一圈骷髅头、弓箭和长矛，正中央还有一个人的浮雕塑像。这塑像像格瓦拉一样戴着贝雷帽，但是模样却很像查理，杰生觉得这个塑像一定是按照查理的面相塑成的。

第二天清晨，杰生早早拿着望远镜在窗户后面观察着，他想看到查理出现在他的眼前。七点的时候，他听到厂区响起了电铃声。很快，那操场上热闹起来。只见从主厂房边的宿舍楼里跑出来很多穿着绿色工作制服的工人，动作飞快地排成了一列列队伍。有个工头一样的人对着一排排队伍说了一通话，之后工人们排着队进入了工厂的厂房。

杰生没有在操场上看见查理。他开始有点焦急起来。他觉得老是在这里看来看去解决不了问题，决定直接去找他试试看。他离开了旅馆，走向了查理的工厂。走进大门的时候，保安问他要干什么？杰生说要见厂里的老板。保安对着对话机说了什么，一个秘书模样的人出来，问杰生什么事？杰生说自己是从加拿大来的，有重要的事情要见一下查理。秘书说查理现在不能见客人，让杰生留下电话号码，明天告诉他情况。说着，就让他走。杰生还想赖着不走，伸头往铁门里面看，结果一个带着狼狗的黑人保安把他轰走了。

第二天，那个秘书真的给他打了电话，说查理要两个礼拜以后才能见他。杰生说自己有急事。对方说两个礼拜算是最快的，一般见面得安排到三个月之后。说完就挂了电话。

虽然被拒，但是杰生觉得还是有了进展，因为毕竟找到了查理，而且已经听到了他的消息。只是这个家伙藏在里面不愿见他，或者是做贼心虚，想拖延时间。现在就剩下最后一条路，杰生决定自行进入工厂，直接到办公室里找他。

他用望远镜观察了工厂周围的地形，看到工厂后面靠海边的地方布满礁石。涨潮时礁石被淹没，可退潮时，礁石连到了一起。礁石区没有铁丝网，他可以从这里进入厂区，然后想办法找到查理的办公室，突然出现在他面前。这个念头虽然不那么光彩，但现在他只有这一招了。

在第二天退潮时，他攀越过一块块礁石，从海滩悄悄潜入了工厂的背后。这里有一个码头，有一条船在卸货，都是一些废弃的渔网，有好几个工人在干活。借着附近一排绿化灌木丛，他猫着腰躲过了工人的视线慢慢接近厂房。他看到主建筑有个小门开着，就闪了进去。

进门就是一条铁制的楼梯，连接到了主要的车间。这条铁梯和车间内的化学合成设备连成一体，可以到达任何一个部位。杰生不能往后退，只有沿着这一条铁梯往高处走，越走越高。他到了穿顶位置，从上往下看到了那些从轮船上卸下来的旧渔网被填进一个巨大的粉碎机，粉碎后的旧渔网成了颗粒状从另一个出口喷出来，由输送带送到了合成反应锅炉。在他爬过了这一道楼梯之后，看到了反应塔另一侧车间的工序。从那里有一条宽大的输送带飞快地转动，已有平整的人造革坯布出来，经过了冷却水，冒出巨大的热蒸汽和臭气。流水线继续向前，再出来就是印着鲜艳图案花纹的成品人造革布了。现在，杰生终于彻底明白为什么他收到的双肩包带着一股海鱼腥味的原因了。

他继续向前，看到下方是缝包的车间了。这里的工人都是女工，穿着军绿色的工作服，那些电动的缝纫机飞快地转动，缝好的裁片自动进入下一道流水线。当他继续往前走，视线稍远一点，就可见前面有个展示厅，有几个美女和摄影师正在给各种各样的背包拍广告。他再往前走，穿过了一个铁门，那里已经有三个保安在等着他。他被抓了起来。来审问他的正好是昨天那个秘书。他说自己有要事马上要见查理，所以才会闯了进来。

他被关了三个小时后，有人进来了，给他松了绑，带他穿过了一条走道，进入了一个庞大的房间。那人让他坐着不要动。他要见的查理很快要接见他了。

杰生坐在房子中央的一张椅子上，一张玻璃台子上放着一杯水。房间很大，灯光昏暗，墙壁上都包着皮革，准确地说是色彩棕红的人造革。天花板很高，上面有星星一样的射灯照下来。他的头隐隐作痛，他不知查理会从哪个门进来，心里觉得紧张。

突然，有一面墙出现了光斑，慢慢亮了，原来是一个大的电视屏幕。起先是一阵流沙一样的混沌，伴着咝咝作响的噪声。沙粒状的光点像是个筛子，慢慢筛出个图像出来，逐渐地清晰，能看到是一个人形的，模样像是查理。图像突然一下子清晰了起来，正是查理，他坐在一张椅子上，背后的景物是虚的，看不清楚，大概是树林和河流。他戴着一项贝雷帽，穿着和切·格瓦拉一样的军服，肩上挂着一支冲锋枪。但是杰生觉得他的样子不像格瓦拉，倒是有点像本·拉登。视频里查理的背后有零星的枪声和迫击炮声。

"嘿，杰生，你现在怎么样？都好吗？"屏幕上的查理说话了。那声音是从杰生背后的麦克风里发出的，图像和声音有个时差，所以看起来和他的嘴形对不上,怪怪的。他的脸上长满了胡子,以前可不是这样的。

"查理,你装什么蒜?你躲在什么地方?是在墙后面吗?"

"呵呵,杰生,你的想象力不行。我这会儿离你远着呢。我在非洲中部尼罗河上游呢。"为了证实他的话,对准他的摄影机转动了镜头,画面上能看到他背后的一个长满香蕉树的村庄,一条奔涌的河流,几个黑人对着镜头傻笑,还有一头水牛慢吞吞走过去。"本来我准备过两个礼拜后回来见你,可你看来很心急。听说你一直在盯着我,到处找我的踪迹,所以只能这样见你了。"

"查理,你怎么会在那个地方?"

"大约半个月之前,一个非洲女信使来到了义乌,找到了我,送来的是部落酋长的亲笔求援信。因为军阀包围了他们的地方,我们的贸易站和采金场受到威胁。这个事情非常紧急,所以我马上飞来了非洲。如果我不来这边指挥,我们的军队不会有战斗力和信心。我现在是在战斗的间隙,我遇到了前所未有的强大对手。刚刚打完的一仗我们这边死了很多人,对手也死了很多人。我们在大河边设下了埋伏,不让对方过河,对方的人被我们的重机枪射中,然后鳄鱼吃了他们的尸体。"

为了印证他的话,摄像镜头转过去,对准了丛林拉近了焦距,画面上可见远处有燃烧的村庄,冒着烟雾。

"我不明白,你会在做这样的事情。"杰生说。他相信查理说的都是真的,因为这个女信使和他一起到达义乌,而他也是跟踪她才找到这里。

"我只有十分钟时间和你说话。我马上要出发去打仗了。你快说吧,找我什么事情。"

"我这次是为了我弟弟的事情到义乌来。之前我并不知道你在义乌,但是我在弟弟的事情上发现了你在这里。很多人告诉我弟弟死之前跟你来往密切，我在公安局了解到弟弟出事前正和你一起在酒吧里。所以，我想见到你，想了解我弟弟的情况。"

"你想知道什么情况？是那天晚上的事情吗？我觉得你最好不要了解得那么详细，因为知道自己的亲人死的细节，会给自己增加折磨。但是既然你这么费心思来找我了解这件事，我总得告诉你一些事情。你弟弟是好样的，很勇敢。他是为自己的理想而死的，死得有意义。你不要太难过。"

"我看到了你在义乌搞起了一个你自己的根据地，我的弟弟成了你忠实的信徒。"查理的话让杰生感到愤怒，但他尽量控制住自己。他知道不能激怒查理，因为接下来还要提弟弟的资金去向问题。他不敢贸然说弟弟资金的事，得小心翼翼地去接近这个话题。

"根据地谈不上，但我的确在义乌这个地方扎下了根须。你不会知道，我内心里面有一块黑暗区，那种黑暗的程度是你无法理解的，它是一种有毒的会毁灭一切的物质。我不知道内心的黑暗是什么时候开始形成的，大概早年在金三角的时期就慢慢开始堆积，它像恶性肿瘤一样潜伏在我的心底，让我总是觉得自己是个悬崖底下见不到阳光的人。在我到了义乌之后，我内心的黑暗开始慢慢稀释了，我渐渐看清了自己的路径，我发现义乌原来是一个奇异的迷宫，从这里可以找到自己失落的梦境。"

"很多年前那次在你的店里，我就听你说过义乌是个迷宫。后来，你的生意突然发达了起来，我知道是义乌的资金货源让你走对了路。但就像海市蜃楼一样，你的生意败坏了下去。多伦多的人都说你是故意把自己的生意毁灭掉的。"杰生说。他觉得自己平静了些。

"你说得一点没错。当我在唐人街那个店里面开始做生意的时候，老是觉得自己快要爆炸了。你知道，那个时候我的生意很小，连你的老板金先生都在欺负我，拿了两箱竹子坐垫还让我拿回去。你还记得那一次的名牌商品律师派小姑娘让我上钩的事情吧？那个官司让我被罚款两万美金，还坐了一个星期的监狱。这该死的帝国资本主义！这个事让我受到太大刺激，反而成了一种催化剂，让我的生意突然就庞大起来。一切事情顺利得无法想象，进什么货物都卖得掉，银行和商家争先恐后给我提供资金，很多人都称我是 Big guy（大人物）。我那时都轻飘飘起来，以为自己已经功成名就。但突然有一天，我内心的那块黑暗又重新凝结了起来，让我失去了前进的动力。我变得焦躁不安，想破坏一切，家里的事情也搞得一团糟。儿子独自出走回国，老婆也疯了。我开始在黑暗中坠落了。之后，我的资金链断了，卖出去的货款收不回来。当那些欠我钱的人知道我的生意出现状况之后，他们更是扣住我的钱不还，这些人就像草原上空盘旋的秃鹫，早早就会发现一个目标的死亡气息。当我的公司彻底塌陷之后，我在多伦多待不下去了，就来到了义乌，把义乌当成了下半生的一个主要据点。这个时候我的心情反倒平静了下来，我觉得自己有了真正的自由。现在想想，我在多伦多的衰败真的是我故意造成的，目的就是能够让自己痛痛快快地回到义乌来。"

"可你现在并不在义乌，而是在非洲，你怎么和非洲建立起关系的？"

"这事说来话长。我早年也是个读书人，有一天，我在芝加哥大学图书馆读到康拉德的《黑暗的心》，这书让我知道在非洲最心脏的地方有一个最黑暗的地方，书里那个先驱者库尔兹最后死在这片黑暗中，而这样的一种文明照不透的黑暗正和我内心的黑暗非常相似。还有一本书对我影响至深，那就是切·格瓦拉的《玻利维亚日记》。我无数次读过这本书，最初读的时候竟然号啕大哭，现在读还是会热泪盈眶。格瓦拉是我最崇拜的英雄，我曾经无数次到古巴去追寻切·格瓦拉的踪迹。格瓦拉在前往玻利维亚山地打游击之前，曾经去过刚果的金萨沙策划革命，但是最后失败了，被赶了出来。我从多伦多来到义乌之后，看到市场上经常有一些非洲来的黑人在转悠。他们是真正的非洲黑人，和北美的黑人完全不一样。我想起了切·格瓦拉那次失败的非洲之旅，突然产生了前往非洲做一次调查的愿望。我一个人开车进入非洲之心纳布尼亚，经过几年的开发之后，我打通了义乌和非洲之心的通道。我现在有大批的贸易领地，有好几个采金矿场，好几座出产红木的森林。我可以和军阀一起喝酒，可以打电话给外交部长，可以买通议员立法，如果有足够的钱，甚至可以发动一场政变。我在尼罗河上游流域的部落间有着权威，每个住在这里的人都尊敬我，把我看成神灵一样。如果有人对我不尊敬，到了晚上他家不是丢了一头牛，就是屋顶被石头砸开了。"

"你这个样子像是去闹革命，而不是像去做生意。"

"这个问题正是我苦恼的，我也说不清我到这里是干什么，我只是在跟着我的 Intuition or Instinct（直觉、本能）。我是个金三角的知青，在热带丛林里产生了革命情结。到了国外，我更是在精神上追随着切·格瓦拉，一直渴望着回到丛林里去战斗。在抵达了非洲之后，我的内心开始平静，我现在明白了在我的灵魂里充满着原始的情感，渴望着声誉和虚名，追求着徒有其表的成就和权力，渴望在什么不为人知的鬼地方干一番惊天动地的大事业。"

"听着，查理，我想和你说说我弟弟的事情。"杰生开始说出自己想说的事情，他是那么紧张，嘴唇都有点发抖了，"我没有责怪你的意思，我的弟弟跟随你是他的选择自由。但是他做了一件让我意想不到的事，他把我的货款弄得不知去向，欠了一大笔钱。现在，为了这笔钱，我已经被义乌的地下讨债公司控制了，他们随时可能毁了我。现在我所能想到的是，弟弟一定是把这些钱投到你的非洲事业上去了。但这笔钱不是他的，而是我的货款，他没有权利这样做。查理，你知道我在多伦多做点小生意有多么难，如果这笔钱是投到你这边了，请你先还给我吧。"

"杰生，让我讲个故事回答你的问题吧。切·格瓦拉在进入玻利维亚后，当地有一个华人参加了他的游击队，成了他的追随者。在切·格瓦拉的《玻利维亚日记》的里面，切·格瓦拉称这个中国人为'契诺'，西班牙语意思就是中国人。我后来千方百计查到他姓谭，但名字却找不到。他是第三代的华人移民，曾经是个富有的矿主。这个姓谭的华人跟随格瓦拉在玻利维亚的山地战斗了四十天，最后在过一条河的时候，被政府军的机关枪打死。我三年前到古巴圣·克拉拉看望切·格瓦拉的墓地时，看到纪念广场底下一面墙上点着长明灯，里面是一个个小小的墓穴，安葬着格瓦拉和他在玻利维亚一起战斗一起遇难的游击队员。我找了写着'契诺'名字的那个中国人谭的墓穴。他把什么都给了切·格瓦拉，这就是一种事业。"

"查理，别跟我说这些了，我知道你的意思。我现在是遇上了大麻烦了，我需要弟弟那一笔钱，我知道弟弟是花不掉那么多钱的，一定会在你这里。"

"我和我的朋友们随时都愿意为了非洲事业而死去。对我们来说，钱财是沙子水泥，我们用它们来建设一个城堡。我们的钱财一旦加入了，就如浇筑混凝土一样粘固在大厦上，怎么也取不出了。看看我，我现在没有私人财产，我和妻子和儿子都不再有家庭关系，我不会有一分钱的私产留下给他们。杰林的资金已经融入了我们的非洲事业中。今天我们军事行动的每一发子弹、每一颗手榴弹都有杰林的一份贡献在里面。"

在和查理经过一番对话之后，杰生知道自己是在和一个狂人说话。这个人是一个有金三角革命后遗症的疯子、一个没有理性的狂热的格瓦拉模仿者、一个终身在悬崖底下黑暗中行走的人。杰生心里产生疑惑：莫非他弟弟的身上也存在着这种可怕的黑暗吗？他一直在努力寻找查理，现在终于找到了，但他对自己能从查理这里找回资金已经不存希望。绝望在他心里升起。

"时间真快，你看，非洲的太阳下山了。"查理说着，背景正一片通红，"河马要回巢了，狮子要睡觉了。现在该是结束我们对话的时候了。我们的战斗已经开始，你听，那丛林的鼓声已经响起来了。"

杰生看到墙上的图像慢慢减弱，还原成先前那种宇宙沙尘的模样。在咝咝作响的电流声中，查理的图像正逐渐模糊，他开始令人恐怖地大笑起来，最终消失在一片白茫茫的电子光尘中。

被绑架者 说

这个晚上，我在多伦多的家中看电视。九点时我把频道转到CNN的Larry king的访谈节目，看到了久违的克林顿先生。他才做过心脏手术不久，看起来气色不错。他的自传 *MY LIFE* 刚刚出版，他今天侃的就是这本书。我听到有个佛罗里达的观众打电话进来问他有关莫尼卡那条有斑迹的裙子的事，克林顿极为机灵，顾左右而言他，把话扯到了阿尔巴尼亚去。他说拉登在炸掉肯尼亚和坦桑尼亚的美国使馆后，还准备炸掉美国在阿尔巴尼亚的使馆。但是美国情报部门这回挫败了拉登的这一计划。

克林顿的这段话使我激动了起来，因为他说的这事和我有一点联系。那个晚上在地拉那，当美国特工人员把拉登那帮企图炸美国使馆的阿拉伯人包围，击毙时，我正好被一支阿尔巴尼亚警察和军队混合的突击队从绑架者的地洞里解救出来。次日地拉那的电视新闻头条是美军突击拉登组织的事，第二条才是我被解救的新闻。有关拉登的新闻只是播音员读了一段稿子，而我那一段，全是画面。由于我被绑架后，电视连续做着报道，成了全国关注的新闻，所以那个晚上突击队解救我的报道达到极高的收视率。事实上，这个报道制作得真的很不错，在我被救后的第二天，一个电视台的记者把这些报道制作成一个光盘，以五百美金的高价卖给了我。我看到那天警察和军队是如何层层包围那个房子，在几个街区外都停着装甲车。我还看到警察是如何冲开那个大门，制服了那个绑架者。然后就看到我刚被救出来时的样子，头部被胶带缠得像木乃伊。还有的画面是我待了八天的地下洞穴，还有那块我睡觉的木板。最后有一段是我解救后的一段采访，我当时已洗过澡，刮过胡子，看起来很瘦，戴着个大墨镜。大概我当时还是心有余悸，怕以后被人认出。不过还是有人会认出我。在我被救后不久的一天中午，我独自外出，戴了墨镜和棒球帽。在市中心过马路时，突然见一辆汽车在马路中央急刹车停下来，从车上跳下一个姑娘向我冲来，还喊着我的名字：chen …chen。我认出她是我以前住家的邻居，阿丽霞。她就这么跑过来，摇着我的肩膀说：你很勇敢，你是英雄……我觉得一阵茫然，我只是运气好没死罢了，怎么会是英雄呢？突然我觉得整条大街的人都在看着我，而且所有的汽车喇叭都在鸣响。阿丽霞的车把路堵死了。我看到她开的车是教练车，她的教练绝望地双手抱着后脑，像进不了球的普拉蒂尼。一个警察怒气冲冲地冲了过来，而这时阿丽霞已回到车上。车子开动了，她还在使劲地向我摇着手。

现在我想着阿丽霞，心里觉得十分亲切。其实我和她一点交往都没有。我刚到阿尔巴尼亚时，她大概才十多岁吧，是个好动的，喜爱小动物的小孩。她曾经送我一只小猫，可我没养好，差点养死了。我不知阿丽霞现在怎么样了，她应该是长大成人了吧。我离开阿尔巴尼亚六年了，刻意地不去知道那里的消息。偶尔我还是接触到一些阿尔巴尼亚的事，只觉得心里会有隐隐的痛楚。我想把那段经历埋藏起来，却不知那些充满焦虑恐惧又极度兴奋的经历是能量十足的葡萄汁，正在日益发酵，不时会喷发出巨大的气泡。这个晚上，克林顿的这一段话使我心神不宁起来。我的脑子里一个个冒出阿尔巴尼亚的城市地名，那些气味浓重的咖啡馆，无花果树下的庭院，暗影幢幢的街道，晨曦里的城堡……那些已经模糊暗淡的人脸现在又渐渐浮现，令人战栗地微笑起来。

吉罗卡斯特

一九九四年五月，我到了阿尔巴尼亚首都地拉那。我怎么会到这么一个地方呢？连我自己都觉得是很离奇的事。有很长一段时间，中国人看了很多阿尔巴尼亚的故事片，比如《宁死不屈》《海岸风雷》《地下游击队》，谁都会说那句话：消灭法西斯，自由属于人民。男人们可能抽过一种叫"斯坎德培"的阿尔巴尼亚的香烟，女人大概会打一种阿尔巴尼亚针法的毛线。以前我只知道这是一盏欧洲的明灯，可不知道自己会在一九九四年五月像飞蛾一样扑向它。我的一个朋友李明先生早几年去了匈牙利，半年前他为了追讨一笔货款，开着一辆二手的雷诺车，穿过了巴尔干半岛，从前南斯拉夫的黑山共和国进入了阿尔巴尼亚北部的斯库台省，一路下来到了地拉那。他在到达的次日就打电话给我，说自己好像到了天方夜谭的地方，到处都是商机，人人渴望着中国的物资，而且姑娘漂亮得像梦一样。可惜当地的国际长途电话费极贵，李明无法在电话里给我详细描写。但这已经在我心里点燃了想远行的火苗。后来李明就来了好多传真，说当地极缺药品，尤其是青霉素，叫我赶紧发货。那几个月，我忙着筹款，找货。货一发出，我去阿尔巴尼亚的签证也办好了。我从香港坐意大利航空到了罗马，又换乘一架充满酸奶酪气味的小飞机进入地拉那。地拉那的机场简陋得像六十年代我们国内的县级长途汽车站，而李明那辆曾穿过巴尔干半岛的辉煌的雷诺战车一边的车门没有玻璃，有人砸了玻璃，偷走了车用录音机。四个车轮也大小不一，有一个车轮被人偷了，他在自由市场随便买回一个安上了。我坐着这辆倾斜的，没有边窗的破车进入地拉那城，一路上看到好多废弃的钢筋水泥碉堡。然后到了李明的住家，看起来也像碉堡，不，像岗楼。这些房子建得极简易。红砖砌好后，外面没有粉过，连钢筋都露在外面。这里是阿尔巴尼亚的空军宿舍。我们的房东里里姆是个机械师，他的老婆杰丽是个在中国培训过的空军按摩医生。这套房子还算宽敞，只是设施极简陋。卫生间里有一个冷水龙头，有一个蹲着用的冲水马桶。还有一个马口铁的大盆，那是洗澡用的。我一下飞机就烧水在这铁盆里洗了个澡，一边就想着普希金那个金鱼和渔夫的童话。当渔夫的贪心婆娘最后惹怒了金鱼，她已拥有的所有财富全部被波涛卷走，唯一留下的是一个木盆。那个木盆大概和这个铁盆样子差不多吧。

在我抵达地拉那的一周后，那个装满青霉素的集装箱到达了希腊的萨洛尼卡港。这个货柜要从陆路拖进阿尔巴尼亚，我们接到货运公司通知，要去边境城市吉罗卡斯特办理清关手续。

那个美丽的五月早晨，我们开车出发了。和我们同行的是两个会说中国话的阿国人，阿里先生和米里。米里是我们的翻译阿尔塔的老公。阿里先生是我们的药剂师。

离开地拉那，车子开了约一小时，就到了海港城市都拉斯。七十年代中国放映过的阿尔巴尼亚电影中有一部叫《广阔地平线》，讲的就是这个海港的故事。我们在海边一个小餐馆停了下来。吃了一些煎红鱼，喝了啤酒。亚得里亚海的海风徐徐吹来，举目是无边的宝石一样发亮的海水，对面就是意大利。我都难以相信自己现在真的是在阿尔巴尼亚。

从地拉那到吉罗卡斯特约二百公里，需要开七八个小时的车。这是我第一次在外国的田野上驰骋，而且是在一条通往希腊的道路上。路途上的景色把我想象的风帆鼓得要飞起来似的，它们诱导我穿行在对阿尔巴尼亚故事片的追忆里。我想起《第八个是铜像》那个叫易普拉辛的年轻游击队员。我已想不起他是怎么牺牲的，只记得在他死后多年，一个有着怪癖把香烟掐成半截来抽的雕塑家把他做成了铜像。我脑子里最清楚的是易普拉辛的女友，那个美丽得令人难忘的姑娘。我能很细节地记起一群人抬着易普拉辛的铜像上山，这个姑娘在山路边的泉眼边用手掬起泉水喝水的镜头。我还想起了一个更有名的电影《宁死不屈》，那个美丽的女游击队员米拉。我想着在电影刚开始不久的那段场景，米拉弹起吉他，唱着那首歌：赶快上山吧勇士们，我们在春天加入游击队，敌人的末日即将来临，我们的战斗生活像诗篇……电影还有这么一段，米拉给肩膀的枪伤换药时，脱去了外衣，有一半的肩膀裸露着，只戴着胸罩。我小时候和同学一起大概看了十次《宁死不屈》，大家都觉得有八次是为了看这个精彩镜头。那时电影票是一毛两分一张。我们看完了米拉

　　　　　　　　　　　　　　　　　　被绑架者 说

戴胸罩的镜头，就心满意足地觉得一毛钱的成本已经看回来了。而现在，我就是奔驰在米拉的家乡田野上，却感觉到是在自己少年时代的梦境里奔驰。

当我们开了一半路程的时候，开始进入了山地。路变得很窄。刚下过雨，水哗哗地冲过路基。树木茂密，空气极其清新。可这时候，米里的脸色开始发青，他的肚子痛极了。他这么一说，发现药剂师阿里先生脸色更青，他的肚子也在闹，只是他忍住没说。李明的肚子也疼了。很明显，中午吃的煎红鱼一定不新鲜。

路边没有人家，也没旅店，找不到厕所。好在不见人影，我们停了好几次车，就在树林里就地解决。

略一放松，我们讨论该怎么找点药治治肚子。药剂师阿里说：现在要吃几个煮鸡蛋，就能止住腹泻。米里也表示了同样的看法。我觉得这真是不可思议。按中国人的看法，肚子坏了最忌的就是鸡蛋，而他们竟然用鸡蛋治腹泻。还有一件邪门的事，我们中国人是摇头不算点头算。可阿尔巴尼亚人摇头时，表示这事成了。

过了一会儿，又有一件事发生了。有一辆吉普车超过了我们。我看到车上有几个长着大胡子的人。他们也转头看着我们，没有表情。这车超过我们以后没有加速，只在我们前面不紧不慢地开着。在我们加速重新超过他们时，那几个大胡子齐刷刷地转过头看着我们。我们加快了速度，但他们一直跟在后面。这使人有点不安起来。

米里和阿里先生用阿语在说着什么。他们也显得紧张了。他们告诉我们，前些日子这里发生过几次持枪抢劫案，我们得小心点。

大家一紧张，肚子也不觉得痛了。这时总算看到前面有家咖啡店。

我们赶紧停了下来。可那车也跟着来了。

我们坐了下来，点了几杯咖啡。阿里和米里还要了煮鸡蛋。那几个大胡子就坐在不远处。我看到他们要了啤酒。

我们喝过咖啡，吃过煮鸡蛋。我拿出钱让米里去结账。可店老板说，我们不需付钱，那边桌上的人已替我们付过。这是阿尔巴尼亚人对朋友的一种友好表示。我看见米里向他们走去。大家贴贴长满胡子的腮帮。原来这些人以前和中国人在爱尔巴桑的钢铁厂工作过。爱尔巴桑钢铁厂是中国的援建项目。自从中国和阿尔巴尼亚关系恶化以后，他们有很多年没见过中国人了。所以看到我们就想和我们喝一杯。这样我们的心才放下来。我们又坐下来和他们喝了几杯啤酒，大家都觉得很开心的。

傍晚时分，我们抵达了吉罗卡斯特城下。

这是一座极其奇特而美丽的城市，在夕阳的照射下闪闪发光。我从没见过，以后我走了全世界那么多地方，也没再见过这样梦幻般的城市。只是后来在电影《指环王》里那些用三维图像虚拟出来的魔界城市才找到类似的感觉。那是一座全部是白色石头造成的城市，沿着山坡铺张开来。中间有一些尖顶的塔楼。在城的右方，耸立着一座城堡，下方是高高的城墙。

今晚，我们要在这个城市过夜。

在路上时，米里和阿里先生已经向我们介绍了这座城市。他们说吉罗卡斯特是一座希腊风格的中世纪古城。因为在建城时，这里还归属于希腊，是一个希腊大公的领地。这里是中国人民熟悉的统治阿尔巴尼亚几十年的恩维尔·霍查的故乡。由于这个原因，吉罗卡斯特多年来受到国家的特殊照顾，城市保护得特别好。据说以前这里是阿尔巴尼亚的大学城，这里的人都受过很好的教育。

很奇怪的，吉罗卡斯特看起来就在眼前，可我们要开进城里，却弯弯绕绕要走好多路。一直到天开始黑了，才进了城门。这是一个真正的中世纪的城门洞。几个背着冲锋枪的警察在把守。

我们下了车。警察要对车子进行搜查，看有没有武器。据说几天前，在希腊那边有一股极端的民族主义者闯进阿国的边境，袭击了一个村庄。警察对我们还算友好，只例行公事。我们也趁机下车散散步。

在城门洞的旁边是一个小小的广场。天色已暗，广场上静悄悄的，只有风吹树叶沙沙响。我穿过广场，因为对面有一棵茂盛的无花果树吸引了我。它的树冠亭亭如盖。当我走近时，看见了树下有一座雕像。是一座少女的胸像。她的头发被风吹得飘起，她的脸部带着坚毅的微笑。尽管我不懂雕塑，还是能看出这不是古希腊的女神，而是近代的雕像。我在这雕像前站了好久。我发现在雕像的底座上刻着几排文字。不过那是我不认识的阿尔巴尼亚文字。不知道为什么，这个少女雕像让我十分感动。

当天我们住在吉罗卡斯特宾馆。这个庞大的旅馆当年一定是十分的繁忙，每天有大批的人到这里瞻仰霍查的故居。而现在却是破败不堪，连热水都没供应。天很黑了，我们得去外边吃饭。我们在城里时高时低的石头路上走了好久，还爬了好几段陡峭的石阶。没有路灯，只有一些好心的居民在门外点了一盏煤油灯，散发着中古时期暗淡的光芒。我们后来找到的那个餐馆做的烤鸡、芸豆汤同样有着中古时期的风味。那个戴着菊花帽藏在灯影里的老板娘极像是伦勃朗的一幅肖像人物。那个青年侍者却是地拉那大学音乐系学吹长笛的，不过这个晚上他好像显得对足球更有激情。当时正是一九九四年世界杯足球赛前夕。他一再问我的预测，觉得哪个队会得冠军。通过米里的翻译，我和他聊了一些这个城市的历史，也说了一些中国的事情。他说很多年以前这里有一些中国人。有一次整个中国国家足球队都来了，在这里和阿尔巴尼亚国家队一起集训了一年多。

我脑子里还记挂着城门口那个无花果树下的少女雕像。我问他知不知道那是谁？他想了想，好像没把握。他就过去到柜台那边问了那个伦勃朗肖像画似的老板娘。然后他回来告诉我，这是第二次世界大战时期的事。当时德军占领了吉罗卡斯特。这个少女地下游击队员是负责和地拉那方面联系的机要员。由于叛徒的出卖，她被德军逮捕。德军用尽所有的办法审讯她，她始终没有泄露一点机密。最后，德军就是在那棵无花果树上，活活吊死了她。当时她才18岁。那座雕像就是她的原型。像座上的题字是霍查写的。在阿尔巴尼亚劳动党垮台以后，霍查所有的东西都销毁了。只有这座雕像上的字，人们没有动手抹去它。

当天晚上，睡在这个空空荡荡，又冷又湿的旅馆里，我的被不新鲜的红鱼吃坏的肚子一阵阵作痛。我睡得很不踏实，脑子里老是晃着那个少女雕像。她在我的不安的梦境里不是个石像，是个一直在飞快跑动的战士。

第二天在边境海关我们办好了清关手续，就回到了地拉那。当天晚上我见到了阿尔塔。她问我喜欢吉罗卡斯特吗？我说了自己见到的事情，还仔细说了那个无花果树下的少女雕像的故事。阿尔塔认真地听了，然后告诉我：这个故事后来拍成了电影，在中国也放过。就是那个《宁死不屈》。

我突然就怔住了。原来这个姑娘就是米拉呀！我的脑子里立即浮现出米拉露着肩膀换药的情景，我看见她长着一颗黑痣的脸，看见那个德国军官把一朵白花扔进了她背后的墓坑，看见她面带微笑走向了绞索……赶快上山吧勇士们，我们在春天加入游击队，敌人的末日即将来临……这歌声如潮水一样在我耳边响起来。

阿尔塔

　　在夏天，通常在六点左右，地拉那的天开始黑下来。这时候，几乎所有的地拉那居民都会走出家门，外出串门，散步，或喝咖啡。阿尔巴尼亚的作息时间是早上七点上班，一直做到下午三点。这时大家下班回家吃饭，然后好好来个午睡。醒来后，正是精神爽朗。这时地拉那的街头，到处是闲逛的人。从地拉那大学到斯坎德培广场这条大道上，咖啡店鳞次栉比。市中心有一片连成一体的花园别墅，那是恩维尔·霍查的故居。这里依然鲜花盛开，在建筑群的一角，辟出了一大块地作为露天咖啡园。在一丛丛的玫瑰旁边，头上樱桃树沙沙摇动。这时你坐在近路边的座位上，喝一杯加冰块的意大利咖啡，眼前鱼贯而过的是穿着极清凉，一个比一个漂亮的阿尔巴尼亚姑娘，你真会有一种乐不思蜀的感觉。

　　然而在我刚到地拉那的那一年，我和李明没心思玩乐。通常在天黑后，要去见翻译阿尔塔。

阿尔塔住在地拉那城西边火车站附近的一座公寓。那时她家没有电话，可她家有个临街的窗口。每次我们远远看见她家的灯亮着，知道她在家，就会松一口气。那种感觉好像是海上的水手看见灯塔一样。那个时候，我们的大量药品已经到来，可并没有找到买家。虽然这里极其需要中国的低价药品，但这里的医院和药房的采购权在卫生部手里。在卫生部下面有个国家药库，叫 FULL PARMA。我们得把药品卖给他们，可到现在为止，我们一直搞不清楚谁是决定买药的人。我们现在开始着急了，可是在白天，我们只能无所事事。翻译阿尔塔在政府的内务部上班，她只能在晚上的时间为我们工作。所以那时，我们老是盼望着夜幕早点降临。

其实这样真的很不方便。我起初很不明白李明为何要用三百美金雇用一个夜间才可以用的兼职翻译。当时地拉那会说中文的阿国人很多很多，一百美金就足够雇用一个全职的翻译。但李明觉得，阿尔塔有与他人不一样的能力，尽管这种能力有时会使得李明害怕。在不久以后，我就信服了李明。

阿尔塔无疑是个漂亮的女人。她总是剪着棕色的短发，个子修长，眼睛碧碧蓝蓝的，笑起来时像个小孩子。她那时四十来岁，皮肤开始有了皱纹，她对穿着打扮不大在意。我好像对她的性别不很敏感。记得有一回在我们的住处，李明和阿尔塔在房间里说话，当时我进了那个有个大铁盆的卫生间，忘记关门就哗哗地撒起尿来。共青团干部出身的李明当时就气愤地大声提醒我："讲点文明！阿尔塔在这里呢，你怎么连门都不关！"我听到阿尔塔在哈哈地笑着。这时我才赶紧关上门。

阿尔塔来自阿尔巴尼亚北部的萨兰达，那里的海岸是欧洲最美的，银白色的沙滩，墨绿的橄榄树浓荫，柠檬树的花到处开放。阿尔塔的身上就是散发着这种海洋的气息。她在十六岁那年就成了阿尔巴尼亚的女子跳高和一百米短跑冠军。一九七五年她来到了中国，先是在北京外语学院学了一年中文，然后就到北京体育学院专门训练跳高和十项全能。虽然那时中阿关系已经降温，但阿尔塔在中国依旧过得十分开心。她说那时她经常和中国国家队一起训练，和后来破世界纪录的倪志钦关系很好。她说这些时眼睛里流出柔情，可那次米里突然走进来，她戛然而止，好像有点脸红。

她回到阿国后，却离开了体育界。国家让她做更重要的工作了。阿尔塔从这以后的经历对我们来说是个黑洞。她从来不会说这些事情。后来，我们从一些渠道知道了些事情。阿尔塔曾经做过谢胡的中文秘书。谢胡是当时的总理，霍查的接班人。

有关谢胡，稍有点年纪的中国人大概都有点印象。他当时在阿尔巴尼亚的地位很像是林彪。他在政治局会议上和霍查吵了一架，起因是谢胡的儿子爱上了一个有海外关系的女排球运动员。次日凌晨，谢胡就自杀了。霍查宣布了谢胡是叛徒，是南斯拉夫的间谍，开除了他的党籍，株连了他九族。不过后来有很多说法：谢胡不是自杀，是被霍查派在他身边的人暗杀的。

阿尔塔家住五楼。每当我们气喘吁吁地爬上楼，她家的门总是紧闭着的。按门铃后，要等好久，你能看见门里边的猫眼里有眼睛贴了上去，看见了我们，门才会打开。

通常，阿尔塔这时还围着围裙做家务。如果米里这时在家，他一般是坐在客厅里抽烟。看到我们来了就会客气地站起来握手问候。米里当年也是在北京体育学院读书，他是阿国的链球冠军。他的个子极其健壮，体重达一百二十公斤，可人看起来还是比较腼腆的。现在他是地拉那体育俱乐部的头，不过那俱乐部其实是名存实亡。有时米里会去一家青田人开的中餐馆做翻译，但更多的时候他要喝酒。喝过酒以后他就会喜欢说话了。我们和米里抽烟说话，耳朵却在听着厨房里或者洗衣房里的阿尔塔的声音，盼望她早点做好家务。通常她做好了家务，会穿戴整齐，提着她那重得出奇的牛皮公事包，带着我们出去了。

现在我还记得那时在昏暗的街巷里，阿尔塔总是有意无意地走在前面，和我们形成一个三角形。她走得很快，还总是贴着阴影的部位走。在转弯的地方，她还会检查身后，好像怕人家盯梢。她带我们见了很多的人，大部分是些夸夸其谈者。但我们还是能感觉到，我们要找的那个人正步步接近。

阿尔塔有两个儿子。大的叫罗伯特，小的叫内迪。我第一次看见他们时，他们还是孩子。但当我五年后再次看见他们时，他们已是彪形大汉。

阿尔塔家还有一只猫，很大很大。有好几次我看到阿尔塔手臂上有长长的血痕。她说是被猫抓的。

药剂师阿里

按照阿尔巴尼亚卫生部的规定，药品在进口之后，需经过阿尔巴尼亚国家药物总检验室的检查许可，才可卖出。我们在货柜到达后不久，要去找药剂师阿里先生。阿里先生当时就在国家药物总检验室工作。他是兼职做我们的药剂师，不过他已说好，下个月要辞职，专门为我们工作。

药检室在地拉那总医院的马路对面，是一座圆形建筑，有一条小桥连接到马路。我是第一次到这里。这个环形的走廊有很多房间。我们无法找到阿里先生。记得那次有个房间的门打开了，走出一个穿白工作服的金发姑娘。她马上客气地用英语打招呼："你们好，我可以帮助什么吗？"当时我已啃了一册新概念，会一些简单的英语了。我说我们要找阿里先生。她就说阿里先生在楼上的504房间。后来我知道了这个姑娘名字叫伊丽达。在一年多后她成了我们的药剂师，和我一起工作了半年时间。后来她又开了自己的药房。但最后被人枪杀了。

阿里先生在他的实验室门口十分热情地迎接了我们。他在五十年代就到中国留学。中文一直没忘掉。不过他的礼貌之周到，问候语之多令人难以承受。我的感觉里，阿里先生极像契诃夫那篇有名的小说《小公务员之死》里那个打了一个喷嚏的公务员。他的实验室里全是玻璃试管、烧杯、滴定器，充满浓烈的化学试剂气味。他让我们坐下。他在一只广口烧瓶里注满了水，用固定器将它架在空中。然后在它底部点上一只酒精灯。浅蓝色的火焰轻轻舔着烧瓶的底部。

"怎么样，李先生，陈先生，你们都好吗？"阿里先生满脸堆笑，开始了他的问候。

"好啊，好啊。"我们赶紧说。

"好得厉害吗？"阿里先生这句中文不知从谁那里学来的。

"好得很厉害，非常厉害，VERY 厉害。"我们坚定不移地回答。

这时那酒精灯上面的广口烧瓶里的液体开始冒出气泡，呈沸腾状了。阿里先生从抽屉深处取出一只陈旧的铁盒，上面有杭州西湖的图画。他打开铁盒，从里面取出少许茶叶，倒入沸腾的烧瓶里。然后用一根玻璃棒均匀地搅拌。一会儿，烧瓶里液体呈现出棕红色。这时阿里先生将酒精灯的盖子盖上，取出两只平口量杯，将广口烧瓶里的棕色液体注入了量杯，刻度各为两百毫升。阿里先生将量杯推到我们面前，说："李先生，陈先生，请喝茶。这是我一九七四年第二次去中国带回的龙井茶。"

我和李明迅速地对视了一眼。我能感觉到他的眼神里充满恐惧。令人恐惧的事还没结束，阿里先生从桌上那排装满粉末的容器中某一个瓶子里取出一些白色的结晶体，加入那两百毫升的液体里。我赶紧问："这是什么东西？"阿里先生说："这是白糖。"这杯茶给我的印象至深，以致后来美国人在伊拉克抓住那个化学阿里，我都觉得那个阿里就是阿里先生。

我们把送检的药品样品和文件拿出给阿里先生过目。我敢保证这批青霉素的质量绝对没问题。它们是春风制药厂的优质产品，当时在国内都供不应求。在文件中，一份是我们公司的送检申请，是用阿文的。上面要有李明的签字，公司盖章，还要有药剂师的签字。我们来这里，就是为了让阿里签字。另外两份材料令我十分头疼。一份是药品检查报告单，一份是政府批准该药品生产的批准文号文件。根据要求，这两份材料必须是英文的原件，盖有公章。我们所得到的仅仅是一份中文的化验单的复印件。我们请人把化验单翻译成英文，可盖不到工厂的印章。至于让省卫生厅给我们出一份英文的批准文号文件还加盖公章，那简直是痴心妄想。那时我们别无选择，只能自己动手制作文件了。

用英文打字机打一份材料不难，很快就做好了。问题是那两只公章。在阿尔巴尼亚不像在中国，到处都是刻字店。我得自己动手。我把一支筷子劈开，剪了一小块剃须刀片夹进去，用胶布缠上，还算锋利。都说图章是橡皮的，可我现在缺的就是橡皮。我先是切了一块土豆，但发现土豆的汁水太多，还有淀粉会结晶。李明提醒我，听说当年陕北革命根据地的红军政府用过肥皂印章。这话使我大受启发。我挑选了很多种肥皂，最后找到一种意大利的白色洗衣皂，硬度和韧度较理想。我把肥皂打开，在桌面上加少量水慢慢研磨，让它的表面密度得到加强。然后让它晾些时候。与此同时，李明在一张透明的纸上用铅笔艰难地写出弧形的春风制药厂的仿宋体字。由于图章的字是反写的，这给他增加了很高的难度。另外，他还得画出一个标准的五角星来。现在，我在闭目养神一阵子之后，开始运刀刻字。我真是凝聚了自己的所有能力，每一刀下去都是屏住气息。大概在糟蹋了十来块肥皂之后，我总算刻出一块完整的。高高兴兴蘸上印泥，往白纸上一盖，春风制药厂赫然可见。只是字体显得古朴粗拙，不像个公章，倒是像汉代的碑拓。这可真叫人失望。

这时我突然极其想念我在温州的朋友阿乔。他的表叔是中国金石泰斗方介堪，受表叔影响，阿乔也会刻一手好印章。不过我更想的还是另一个叫相国的朋友。他是从阿乔那里学会刻字的，但有所发展。有一回他给我看过他的印谱，前面几页是一些"高山流水""慎独""一日三省"的古句，后面的几页令人生疑地加入几方篆刻"美酒咖啡""星球大战""迈克乔丹"，到后来甚至出现了"温州市发动机厂"的圆章。在我一再追问下，他才红着脸说：那是多年前他所在新单位加工资，要他去老厂里盖章。他懒得去跑，就自己刻了一个。要是相国这会在我身边该有多好……我又刻坏了几块肥皂，总算让字体显得瘦削了一些，中间那个五星也规则了点。可是印章周围那个圆圈我实在是无法刻好。情急之下，一只菜油瓶子的盖子吸引了我。我把它拧下来，蘸上红印泥，在我刻的字外边一盖。哇！天衣无缝。它一下子就让我难看的字变得像样起来。

现在，这叠材料就放在阿里先生面前。按理说，阿里先生现在已经为我们工作，不必担心他什么。可他就是那种特别细节的，爱较劲的人。他戴上老花眼镜，把材料看来看去，很快就停留在那只公章上。他在中国待过那么多年，大概对中国的公章有点印象。他大概是看出一点破绽，但他绝对没有这样的想象力能想到这章是我刻的。他握着笔的手哆哆嗦嗦，想签字，又签不下来。还是李明有办法，拿出两百美金放在他面前，说这是你这月的工资（本来要到下周才发）。这样，阿里先生高悬的笔总算签了下来。

然后我们就去见实验室主任皮斯尼可先生。皮斯尼可在看阅了材料后感慨地说："你们中国真是文明古国，连公章都设计得像艺术品。"

青霉素

在黑暗的地拉那城里跟着阿尔塔走了那么多路，访问了那么多人。终于在一个白天，按照一个人的指点，我们走进国家药库FULL FARMA的门，将一份报价单送进去。没有多久，有一个中年男人走了出来。当时李明和我，还有阿尔塔都等在外面的停车场，那人朝我们走来。他用阿语和阿尔塔说：他要到市中心邮电局发一份电报，能否请我们用车送他一下。我们迟疑了一下，但还是答应了。这个人就是法托茨，是FULL FARMA做采购计划的。他的背后有很大的背景，在当时权力很大。法托茨一上车，就开门见山地说：我们得拿出百分之七的成交额做回扣，他就可以买我们的药。他说这回扣不是给他一人，他后面还有好些人。我们马上答应了下来。

几天后，FULL FARMA的第一个大订单就下来了，是个令人心跳的数字。光是青霉素就有五百箱，每箱是一千支，总共有五十万支。还有制霉素、扑热息痛等等。但是在发货之前，还有一个难题要解决。这批青霉素是国内内销包装，没有拉丁名名称。我们必须用印好不干胶的标签PROCAINE　PENICILLIN，给每个瓶子都贴上。我们在国内印好标签，用D.H.L快件寄来。我和李明干了一通宵，只贴了两箱。按这样的进度，几个月也交不了货。

我想起我小时候寄养在姑妈家。她家挨着菜市场。蚕豆豌豆上市时，卖豆子的人会把豆荚子分给邻居去剥豆仁，每斤两分钱。那时我才四五岁吧，记得也会在早晨四点起床，为了两分钱跟大人睡眼惺忪地去剥豆子。能否把这个办法在这里推而广之呢？我们找来了房东里里姆和他老婆杰丽，他们现在都失业在家。我们先是从中阿友好的历史说起，说中国人民愿意把最好的药品供应给阿国人民。只是这回中国人民实在太糊涂，忘了在药瓶上标上拉丁文。所以现在需要阿国人民支持，在药瓶上贴上标签。里里姆和杰丽好像听得不得要领，注意力开始不集中。这时我们说到每贴好一箱，中国人民会付给一块美金，我看到杰丽的眼里放出了光辉。她说：这事包在她身上了。

　　杰丽当年在空军当按摩医生一定是很风光的吧。尽管她现在像个保温桶，年轻时身材一定特别丰满。我能想象当她给那些疗养的飞行员按摩时，飞行员们一定更想来按摩她。所以杰丽对过去的好时光极其怀念。有一回，李明让她听了一段《国际歌》，杰丽顿时热泪盈眶。这个晚上，我不知杰丽跑了多少户人家。我想她一定像是背上插了翅膀的天使，或者像辛勤的蜜蜂一样在周围一带的居民家里进进出出。她把令人振奋的消息送进了一个个紧闭的蜂巢里，使得里面的蜜蜂夜不成寐，嗡嗡作响。

　　第二天一早，天刚蒙蒙亮，我打开房门就看见门外已站着好几十人。杰丽卷着衣袖，站在石级上，神采飞扬地向人群说着什么。她的形象让我想起了洪湖赤卫队里的韩英。大概无论中国外国，革命者的形象大致都是相似的吧。杰丽的组织能力真的非常强，她让里里姆把住大门，每次只能进两个人，她负责登记，让每家领取两箱青霉素。要求他们在天黑之前一定要做好送回来。一切都井然有序，那些拿到青霉素的人，把

　　　　　　　　　　　　　　　　　　　　　　　　被绑架者 说

东西扛在肩上飞快地离去。他们想尽快地做完这两箱后，赶紧拿回来再换两箱。那青霉素其实很重，每箱有四十公斤。那些妇女、孩子只能抬着走了。也有人用自行车驮，我还看见了一辆独轮车。到后来，我甚至看见来了一辆驴车，那是杰丽家的姨妈，从老远的乡下来的。杰丽为此请示了我，是否可以多给她们几箱青霉素，因为路比较远。她姨妈还给我一篮子的樱桃呢。

一件本来让我发愁的事情现在变得令人快活了。我认识了那么多平时难以见面的邻居，尤其是中间有那么多的漂亮姑娘。然而，这也让我直接看到，阿尔巴尼亚社会的失业和贫困是如何触目惊心。杰丽喜欢把每个人的身份介绍给我。这个是画家，这个是飞行员（这里是空军宿舍，飞行员很多），那个以前是电影演员。我慢慢开始有点不自在了。后来，当杰丽告诉我那个略显局促、穿着考究的衬衣的六十来岁的男人原是阿尔巴尼亚驻奥地利大使的时候，我就觉得有点无地自容了。我觉得自己用这几个美金把这些有身份的人吸引过来实在是一件羞辱人的事。我原来以为这些小活只会吸引一些无事可做的妇女小孩（就像我小时候剥豆子一样），而更令我不安的是，随同这位前大使来抬青霉素的是他美丽的女儿。她穿着白色的运动装，略胖，皮肤被阳光晒得很红，眼睛碧蓝，体型极丰满。她说着流利的英语。和她说话，我的蹩脚的英语更难听了。不过我还是知道了她是个中学教师，教文学的。让这样的女子为了几个美金屈尊光临，我真的觉得过意不去。我把这事记在心里。过了些时候，我请杰丽去联系，请那个大使的女儿当李明和我的家庭英语老师。她教了我们两个月的英文，就渡海去意大利了。我没有再见过她。

不到三天，那五百箱的青霉素都贴好了拉丁文。事实上，如果当时我有一火车，甚至有一只万吨巨轮的青霉素，按这样的方式，杰丽也可以把它们搞定。很快，这些青霉素运到了国家药库 FULL FARMA，又分配到各医院和药房。其中一部分很快就被加入蒸馏水，注射进不同人的肌肉，在血液里循环，与细菌激战。与此同时，FULL FARMA 支票也到了我们户头。我们淘到了阿尔巴尼亚的第一桶金。

上海楼餐馆

当时在地拉那的中国人，除了使馆和新华社之外，主要是一些青田人和温州人。根据阿国的政策，在当地开一个公司，就可以申请两个人到阿国来。那些刚被人带进来的青田人很快就会成立一个公司，几个月就从国内带两个人出来。这种细胞裂变方式的增长速度使得地拉那很快开满了青田人的店铺。温州人不一样，就那么几家，生意做得也稍大些。除了做药品的我们，还有长城公司杨小民。他原是个外科医生，先是去了澳大利亚，后转到这里。他在地拉那生意很大，国内的一家省报也在头版大幅报道过他。还有一家是德光夫妇。他们是做小百货的，后来还开过传呼台。

中国餐馆也有好几家了。有青田女人巧梅开的福建楼，许文勇（同样是青田人）开的香港楼。我们常去的则是瑞安人小林开的上海餐馆。瑞安是温州的一个属县，所以也算是温州老乡。上海餐馆的位置挺好，在总统府的后街。我们第一次光顾的时候，上海楼才开业不久。门口张灯结彩的，有四五个穿着绸缎旗袍的中国姑娘在门口接客。里边接待的是个穿着光鲜的会说意大利语的中年妇女，她是小林的姐姐。她虽说是瑞安人，可她嫁在温州市，说话全无瑞安口音，纯粹的温州乡音使我们倍感亲切。那天刚好是我们收到青霉素货款支票的日子，心里高兴，所以消费起来也大方。小林姐姐注意到了这些。她把小林从厨房里叫出来见我们。这是个壮实的人，留着长长的八字胡，头发凌乱，但目光明亮，气定神闲，看得出有点能耐。

后来我们经常去上海餐馆吃饭，因为李明似乎和小林很投机的。每次去，小林都会拿着酒过来陪一杯。后来他干脆叫我们每天晚上过去和他们一起吃便饭，说这样既省钱又好吃。国外的中国餐馆的菜谱其实已经走了样，迎合了外国人的口味。打开菜谱就是炸春卷、酸辣汤，然后就是咕咾肉、辣子鸡，吃几次就会生腻。小林做的便饭都是温州风味，什么鱼丸汤啦，霉干菜肉啦，卤鸡爪啦，炒螺蛳啦。这些好吃的东西吸引得我们频繁过去，小林却只收我们一点点饭钱。我们都有点过意不去，就把从国内带来的平常舍不得吃的黄鱼鲞、墨鱼干拿出来和小林他们一起享用。小林去意大利大概有十年，比起我们算是老华侨。而李明以前是在市政府侨办工作，对意大利的温州华侨很了解。所以他们有好多话题，酒也喝得有味。

有一回小林说到以前米兰的老华侨很多人不会说普通话，中国领事馆的官员都觉得很难和温州人沟通。后来外交部为了做好侨务工作，就从温州本地选了个说温州土话的干部到米兰当领事，结果大受欢迎。李明说："你讲的这个人是梅胜利吧。"小林说："对，就是梅领事。"李明说梅胜利是他的远房表兄，原来是市政府一个处级干部。他自己也想不到因为会说温州话而当上了外交官。小林就说，是呀，运气好紫微星也挡不住。李明和小林说这些时，我一句话也插不上。我既不认识梅胜利，也没去过米兰。我只是奇怪，那些连普通话都不会说的温州人其实是温州属下的几个县的偏僻山区或农村出来的农民，他们怎么都能在意大利做出那么像样的生意来呢？就说小林吧，十几年前他其实也是农民。现在从他的长着一口被烟熏黑的大牙的嘴巴里滔滔而出的是流利的意大利语。他做生意的思维极富创意。他现在所开的餐馆是以意大利居民的名义来投资，背后有阿国政府一个官员帮助。小林以需要厨师、服务员的名义，从国内带出了二十多个人来到阿尔巴尼亚。这些人在餐馆工作一些日子后，就偷渡到意大利了（当时，从温州偷渡一个人到西欧的收费大概在四万美金）。难怪我们发现上海餐馆的人员一直在换。先前在门口接客的几个姑娘早就不见了。后来的人也换了好几拨。小林的姐姐也悄悄地回了意大利。最后剩下的就四个人。他的人已经带完了。

所以在那个晚上，小林说起他在米兰的总店生意是如何繁忙，他妻子打理不过来，催他马上回去。他现在只好考虑把餐馆卖掉。"你想卖多少钱呢？"李明问道。他当时已喝得有点晕乎乎了。"卖给别人要五万，给你一万美金就算了。"小林说。当时我就觉得吃惊。怎么卖这么便宜，听他说光装修就花了三万美金。（其实道理很简单，小林的载人飞船已经进入轨道，作为运载火箭的餐馆现在就成了火箭残骸，当然要抛弃掉。）接着小林就开导我们说这个餐馆非常适合我们，因为我们会在这里长期发展。有了个餐馆就有了固定的收入，还有了吃饭的地方。在起初，我有一种强烈的直觉，这个餐馆不能买，它太像个圈套了。然而李明好像对这个天上掉下来的馅饼兴趣很大。我不知是因为吃了人家东西嘴短的原因，还是他真的觉得这个餐馆有利可图。那些天，他为这件事显得十分兴奋，还和小林把价格谈到六千美金。到后来，我起初的直觉也渐渐地被一种急功近利的虚荣心所代替。你知道，从我爷爷到我爸爸到我，都是拿几十元工资的无产阶级，没有一点资产。记得我小时家里的家具都是公家的。现在，一个机会就在眼前。你只要花几千美金，就可以成为国外的一家看起来很豪华的中餐馆的老板。这样的事太有一种梦想成真的诱惑了。

卖餐馆的事就这样成了。在第三天的晚上，小林把餐馆的房东法托茨叫来。这个家伙和FULL FARMA的计划科长法托茨同名，个子小而壮实，一头浓密的鬈发，眼睛发红，显得醉迷迷的。他坐下来，脸上没有表情。小林坚持自己用意大利话来沟通，不让我们带翻译阿尔塔过来。那个晚上都是他一个人在做戏。他告诉房东法托茨自己不是卖掉了生意，而是要回意大利一趟，让我们来帮助他照管一段时间生意。第二天，小林就急匆匆带着最后几个从大陆来的年轻人走了。临走时，他什么也没拿，就拿了双筷子一个碗。他说这是规矩，饭碗要带走。李明后来一直把上海餐馆接下去的厄运说成是因为饭碗让小林带走了。也许这是真的。

上海餐馆的客人

我们在闪电式接下了餐馆后，才酒醒一般知道这下是犯大错了。我们其实对餐馆经营一窍不通。小林说好要带我们一段时间，帮我们学会生意。可这小子就像六十年代苏联专家一样背信弃义突然就撤走了。我们连个厨师也没有，再说那时我们的药品生意已起步，需要大量时间精力。在接下餐馆的几天里，我和李明一下子就瘦了十来斤。好在我们找到青田人小叶，他在维也纳的餐馆做过二厨，懂得点餐馆经营之道。他就成了我们的大厨师。

起先，餐馆还是有一些客人的。小林说餐馆刚开张时，当时的阿尔巴尼亚的总理麦克曾经来吃过饭。小林把和麦克的照片放在皮夹里，在阿国遇到什么事，把照片拿出一亮就解决了。在我们接手后，还常有一些外交使团的客人过来。意大利、希腊的大使都来过几次。当时的北约秘书长索拉纳也来过。索拉纳来时我只觉得这个长着络腮胡子的人有点面熟。后来再次在电视上看到他时才知他是大人物。还记得有个联合国的什么统计小组常来吃饭。其中一个日本人叫小西，还有两个英国妇女，一个法国老头。他们吃好饭各付自己的账。我看到那个英国妇女在生气，说自己已经拿出两千列克，小西却坚持说她的钱还在钱包里没拿出。那妇人说："下次我一定要小心，免得又被你骗一次。"这是我第一次知道，

　　　　　　　　　　　被绑架者 说

原来这些来自西方富国的体面人，也是这样抠门计较的。

美国当时有一个军事小组常驻阿尔巴尼亚。名义是帮助他们训练军队。其中有几个军官常来吃饭。他们特别喜欢那种酸辣汤，有时还买几碗带回去喝。这个军事小组随时可以得到加强成为一支部队。在美国驻非洲的两个使馆被炸之后，我们马上看到美国使馆外筑起了一个个沙包碉堡，架着重机枪，后边是武装到牙齿的海军陆战队员。而当阿尔巴尼亚全面内乱时，这个军事小组变成了大部队。天上可见他们的大力神直升机，地上有他们的装甲车。他们疏散本国侨民，还兼带着保护港口。只是我不知道美军在别人的国土上为何能行动这么自由。

有个叫于作高的年轻人常来。他算不上是客人，是小叶的朋友。他是福建人，个子不高，标准的小白脸，戴一副黑边眼镜，模样很像早期的童安格。但他的背景却让人有点心惊。小叶说他原是福建省武术队的，曾得过全国散打冠军。在到奥地利后，他一直找不到什么事情做。几个月前，他和另外一个福建人抢劫了一家即将回国探亲的华人，劫得一些现金和值钱的东西。他的同伙后来被警察抓到。于作高却机敏地逃到了阿尔巴尼亚。

听起来怪怕人的，可实际上于作高人如其表，挺斯文的，我看到他还在抽空背德语单词呢。他来这里其实也就聊聊天，消磨时间。有时会吃一个炒饭，喝瓶啤酒。他目前在阿尔巴尼亚的事情是在等待着一批从福建来的客人，那批客人可能在保加利亚或者在马其顿边境偷渡入境。于作高在维也纳劫到的那笔钱可能数目不大，到后来，他来我们这里连炒饭都不吃了，只点了一瓶矿泉水。我们后来常常请他和我们一起吃便饭，不收饭钱。虽说他有点落魄，可毕竟是江湖上的人，我们得给点敬意。

于作高给我们带来这样一个信息：有一千名以上的从浙江和福建出来的客人正从东欧各国向阿尔巴尼亚聚集。因为盛传意大利在今年圣诞前夕，要举行一次大赦。所谓大赦，就是说在大赦之前向政府报到的，无论你是怎样进入意大利的，都可以得到一个居留身份。

　　数年一次的意大利大赦总是使得浙闽一带做着出国梦的人变得像到了迁徙时节的动物一样兴奋不安。他们抛弃家园，有的取道泰国，有的取道俄罗斯，有的干脆翻越新疆的天山。他们付给"蛇头"数万美金，可他们在路途上的危险和恶劣待遇却好比当年运往美国的非洲黑奴。他们有的在越南丛林里被毒蛇咬伤，有的在乌克兰的冰雪草原冻掉了双脚。漂亮一点的女人有的会一路被蛇头奸淫，甚至还有蛇头让客人自己挖坑，然后把他打死埋掉。然而，这些人在路上经受过这样的苦难之后，都会变得异常坚强。他们在到达发达国家之后，大部分人会立足生存下去，会过上比他们原来好得多的日子。有一小部分的人在几年或十几年后，有了万贯资产，衣锦还乡，投资报国。他们从当年的偷渡客成为爱国华侨，成了各级领导的座上贵宾。

　　就如非洲大草原上的角马大迁移，尾随而来的总会是狮子之类的食肉动物。于作高告诉我们，跟随着这批偷渡客人，一群原来在莫斯科活动的"马匪"已经一路打劫而来。他们大部分是北方人，领头的是一个叫"北京李"的人。这个人心狠手辣，喜欢用鱼枪来射杀人。据说一次在俄罗斯，一个中国人在大街上瞟了他一眼，他就让手下人用马刀砍了他的手筋。

　　现在，各路人马从各个方向都往巴尔干半岛末端的阿尔巴尼亚运动。从地理位置来说，阿尔巴尼亚实在是通往意大利最理想的跳板。它有几百海里的海岸线隔着狭窄的亚得里亚海海峡，面对着亚平宁半岛。在共产党政权统治结束后，这里的边防线形同虚设，用点数目不大的金钱什么事情都可以搞定。尤其在阿尔巴尼亚南方城市发罗拉，与意大利的巴里只有几十公里，坐快艇只需几十分钟。有一段时间，偷运人口到意大利成了这里的支柱产业。从土耳其，从东欧，从亚洲，成千上万的人渡过这条海峡踏上西欧。偷渡的生意使得这里聚集了大量的资金，因而又有了毒品生意，武器生意。意大利的黑手党分支在这里迅速发展，使得这里成了阿尔巴尼亚的西西里。我去过发罗拉几次，那里的民风令人惊奇。那回一个叫亚历山大的阿尔巴尼亚商人带我们去发罗拉，在城外的公路上找不到方向。刚好有个正在快步走路的小孩经过，亚历山大就问小孩知不知道去往海滨旅馆的路。小孩说知道的，他可以带我们去。他就坐上我们的车，指路向前。他让我们开进一条小路，小路盘山而行，快到山顶时，小孩叫我们停车。他跳下车，说到了。他箭步如飞向路边一座房子跑去，那有个包头巾的妇女向他招手，小孩在喊："妈咪妈咪。"原来这小子就是让我们送他回家。气得亚历山大向那妇人吼了半天。不过虽说发罗拉民风凶险，可那里的海滨实在是美丽至极。日后阿尔巴尼亚条件改善了，这里必定会成为世界著名的度假胜地。

于作高好几天没来吃饭了。与此同时，却时有一些陌生的年轻中国人过来。他们三三两两地来，行动谨慎，吃了饭就走。他们说着北方口音。这让人感到不安。

在一个傍晚，我看到有四五辆车子一起开过来。是消失了好几天的于作高来了。他带来了十几个人。于作高这天情绪高涨，喊着让我们快备酒菜。他带来的这些人都挺年轻的，个个精神饱满。一说话，大部分是温州人。由于是老乡，我们心里也踏实了些。

于作高带来的人马，都是运送偷渡客的"蛇头"。后来我们知道他们是一个松散的互助组织。他们每个人有自己的客人，多的十几个，少的两三个。他们已经花了好几个月的时间，把这些客人从国内带到地拉那，现在离西欧就一步之遥。做运送客人的生意，最怕的不是让警察抓住，而是怕客人被马匪抢走。被警察抓住花点钱还能搞定，被马匪抢了那就全完了。于作高带来的这帮人中有个人外号叫"丐儿头"，是温州小南门人。他告诉我，浙闽一带做包送客人的"蛇头"其实像是做生意，还得讲点信用。因为在客人中间往往有些是乡邻。甚至有些还沾亲带故。不把客人送到就拿不到钱，所以经常会赔上本钱。而那些北方的马匪，他们根本没有客源，他们的家乡人们宁愿在家挨穷也没人愿意偷渡出国。他们就半路抢客人，抢到人后有时会送他们到目的地，客人要把全程的费用都给他。有时抢到后就卖给其他"蛇头"。这些马匪对待客人就像对待牲畜一样，打骂、虐待、奸淫，甚至杀害什么都做得出。所以这些浙闽的"蛇头"要联合起来，一起对付北方马匪。

那段时间，从发罗拉偷渡到意大利的人员骤然增多，使得意大利当局大为光火。他们威胁阿国政府如不阻止偷渡浪潮，意方将终止对阿国的所有经济援助。电视上，我看到了意大利海军加强了戒备。他们的飞机在空中用探照灯罩住了偷渡快艇，然后有海军巡逻艇过来逮捕了他们。阿国政府迫于意大利的压力，也在发罗拉进行了打击偷渡。一时，通往意大利的路堵死了。

所有的"人蛇""蛇头"，还有"马匪"都滞留在地拉那，一直在打打杀杀，抢来抢去。于作高和"丐儿头"他们在餐馆里进进出出。虽说他们带来点生意，可他们毕竟是黑道上的人。后来，我还看到有些可疑的华人在附近转悠，怕是那些马匪的探子。这真让人心惊肉跳。

终于在那一天，"丐儿头"和"北京李"两帮人马爆发了一场决战性的战斗。不仅是中国人，连阿尔巴尼亚的黑手党也参与了进去。他们动用了冲锋枪、手枪、手榴弹、马刀，在地拉那的地盘上厮杀了一夜。地拉那的警方对这些中国黑帮的大胆劣迹大为震怒，出动大批警力把他们驱赶走了。

他们都消失了。餐馆冷清了好几天。他们大概还欠了五六百美金的饭钱，我以为这钱一定会丢了。但是在第五天，他们突然来了，来了很多人，有二十来个，其中还有几个女的。"丐儿头"戴着个帽子，脱下帽子头上缠着纱布。于作高的一只手打着石膏，吊在胸前。他们的情绪激动，让我们把几张桌子拼在一起，多备酒菜。在他们的言语里，我知道他们在举行告别仪式：发罗拉的海上通道近日会恢复，因此他们一部分人要去发罗拉送客人到意大利，一部分人要转到马其顿；还有一部分要回到南斯拉夫去。那天他们喝得很多，情绪悲怆。看得出前些天的战斗他们付出了重大代价。

他们中间有个叫"死佬"的温州人和我们较熟。他没有文化，连一句外语都不会，在这些人中间只是个走卒。"死佬"多次说起自己做这行一点钱都没挣到。有时分到几个钱，很快就用光了。他多次流露出自己对老婆孩子的愧意。这个晚上，"死佬"的脸色有点苍白。他是分在去发罗拉送客人到意大利的一拨里。他告诉我们这回到了意大利他就不做这一行了，还是去打工算了。当时已近年底，李明正要回家过年。"死佬"托付李明给他家里带点钱。他在口袋里先是掏出几百美金，又掏出一些意大利里拉，最后又找到一点德国马克。加起来大概值五百美金吧。他向我们要了一个信封，歪歪斜斜地写下老婆名字和家里地址电话。整个过程让人看了心里酸酸的。李明回国后，很快就把这个信封交给了"死佬"家人。

几天之后，发罗拉就发生了惊动全世界的一件悲惨事件。一艘载有三百多名偷渡者的货船在距发罗拉海岸几十海里处，被拦截的意大利海军军舰撞沉，二百多人淹死。这艘铁壳货船当时正在波涛汹涌的海上前行，组织者故意选择这么个恶劣的天气，想躲过意大利海军的警戒。但是在空中巡逻的飞机发现了他们。一艘驱逐舰立即赶来拦截。意大利海军用高音喇叭喊话，要求这艘偷渡船马上返航发罗拉。但这船没掉头，仍继续向意大利方向前进。船上的人其实不怕被意大利人逮捕，被逮捕了就等于登上意大利国土。意大利军舰的舰长也知道这一点，就开足马力斜冲过去想挡住它的去路。结果一下子把这艘装满人的船撞翻了。当时在空中打着探照灯的飞机拍下了实况，全世界所有的大电视台包括中国中央电视台都在第一时间播放了这段灾难实况。画面上只见海水中落水者像锅里翻滚的饺子一样。尽管军舰进行了施救，救上来的只有几十人。二百多人葬身海底。

我不知道"死佬"和那一大批客人是否搭载了这条船。

法托茨

上海餐馆在我们手里经营了半年，生意日益清淡。我们真的是不会经营餐馆业。另外，阿国的政局越来越不稳定，国外的游客骤减。后来，厨师小叶辞了工，他要回国进货，要做生意了。这使得我们下了决心，关掉餐馆。

这天我们约见了房东法托茨。我们通过阿尔塔把情况告诉他，并表示愿意多付两个月的房租作为补偿。法托茨打断我们的话，说："这个事情应该是小林来和他谈。"我们说小林已把餐馆卖给我们，那天晚上不是已经说清楚了吗？法托茨说那天小林是说让我们帮助他看管餐馆，他还会回来的。这时我们才知道小林骗了我们。如果当时他对法托茨说把餐馆卖给我们，法托茨不会这么容易让他脱身的。现在，法托茨很生气。他对阿尔塔说：中国人都是骗子，我们和小林一起骗了他。那天他已经半醉，但还能控制，很不高兴地走了。

法托茨再次来餐馆是在第三天晚上。他进来时带着他十来岁的儿子。当时有两个阿国人在吃饭。法托茨过去对他们耳语了几句，那两人看了我们一眼，站起来急匆匆就走了。法托茨尾随他们到门口，把门反锁上。当他转过身来，我看见他手里拿着一把手枪。那手枪是银色的，大概就是那种所谓的"勃朗宁"手枪吧。他举枪指着我们，他的眼睛眯成一条线，可眼球红得像燃烧似的。他完全醉了。

他挥动着手枪，用阿语喊着，意思要我们离开餐馆，跟他走。现在我们有点明白他的意思了，他要在我们关闭餐馆之前下手，扣留我们在餐馆里的东西。这使得我们非常愤怒。为这样的事，你怎么可以动用武器呢！我们说我们不会走的，我们要阿尔塔过来和他说理。

不行！法托茨拒绝了我们的要求。要我们立即就走。我们还赖着。他朝墙上砰地就是一枪。这一枪让我们魂飞魄散。这小子已经疯了。他真的会打死我们，如果我们不听他的。法托茨押着我们走出餐馆，回身用自己带来的一把大锁锁上门。他的枪始终指着我们。这时刚下过一阵雨，空气特别清新。餐馆外边的大街上满是人群。有的在散步，有的在喝咖啡，好像大家都是兴高采烈的。他们看着法托茨用枪押着我们，好像并不惊奇，好多人在和法托茨打招呼。我们被他押到他那辆停在人行道上的汽车跟前，他要我们上车。我们当时曾想过逃跑，可又怕这家伙会开枪，只好钻进他的车。他发动了车，挂上挡。这时奇迹发生了。他的车轮子在泥泞中打转，气得这家伙下车喊人来推。我们也下了车，装着也去推车，雨又开始下了，我们很快全身湿透。很多人过来推车，他们都很开心地笑着嚷着。我们趁法托茨不注意，赶紧溜开来。在不远处停着我们的车，我们溜到车边，钻进车里飞快逃去。

这天我们真的成了惊弓之鸟，想回家，又怕法托茨追来捉拿。李明建议去大使馆报告，在那里先躲一夜再说。我们敲开了使馆的门，张领事开门让我们进去了。他在听说了我们的情况后，跑去请示领导。最后，领导的意思是我们应该去地拉那警察局报案，使馆不便留我们过夜。我们只好悻悻离开。那一夜，我们像落汤鸡似的回到家里，把门顶上了。

　　　　　　　　　　　　　　被绑架者　说

一听到外边有汽车的响动，就紧张得握着铁棍贴在门后，怕是法托茨赶来了。那个时候我们只有铁棍还没有枪。两年以后，我们有了一支冲锋枪和一支半自动步枪。

金字塔游戏

一九九六年，平时不大开心的阿尔巴尼亚人民忽然变得喜气洋洋了。一种快速的生财方法从天而降。那是一种高息的集资活动，每月的利息高达百分之二十。报纸上登了一段事情，说有个妇女集资了一千美金，每月都收到两百美金的利息，她对记者说那笔利息每月来得比她的月经还准时。

起初，阿尔巴尼亚人还是比较小心，只是小额试试。在一次又一次准时拿到利息后，他们开始兴奋起来了。越来越多的人参加了集资，而那些集资公司也越来越多，越来越大。这个活动还有了个名字，叫"金字塔游戏"，一时间，金字塔游戏像野火似的烧遍了全国。

当时新华社驻阿尔巴尼亚记者站的首席记者杨先生和他的太太已经注意到了这件事。为了深入了解，他们也托人集资了五百美金进去，结果一个月后他就收到了一百美金利息。他把这点钱拿出来请我们吃饭了。他百思不得其解，集资者是从哪里弄来这么高的利润来支付这么高的利息？

我就问他：你知道在八十年代温州辖下的乐清县的"抬会"事件吗？他说不知道，整个八十年代他们都在国外。这样，我就告诉他们，在八十年代中期，在我的家乡温州辖下的乐清县，出现过一种叫"抬会"的非法金融集资活动。抬会的会主以月息百分之十到百分之三十付给集资者，他的方法是要每月吸引成倍的集资者，拿他们的钱付上批人的利息。在不到半年的时间，乐清的抬会就几乎吸干了民间的资金。在抬会者吸收不到更多的集资款时，就倒塌了。结果乐清那时社会一片混乱，经济几乎陷入崩溃。政府严厉惩处了抬会主，枪毙了一批人，才使这个东西没有在更大范围流行开来。现在在阿尔巴尼亚出现的金字塔游戏，几乎是一模一样的。杨先生有点将信将疑。但后来告诉我，我说的事情对他后来预测阿国的形势帮助很大。

但不久我就发现金字塔游戏和乐清的抬会的不同点。乐清抬会是民间的地下活动，政府是严厉打击的。金字塔游戏是完全公开的合法的，当时的以执政党民主党为后台的 VIVA 公司也参与了进去。令人奇怪的是，当时的沙利贝里沙政府的总理麦克在电视上公开说：这个集资活动是安全的，人民可以放心参加。总理的话使得金字塔游戏很快升了级。为了得到现金，阿国人把房子卖掉，把钱交给集资公司。那个时候阿国人真的是过得很幸福，几乎每个家庭都有一笔不错的利息收入。好多人都不愿做工作了，整天喝喝咖啡，日子过得可逍遥了。这个游戏很快就像海绵一样吸干了阿尔巴尼亚的资金，据说达五十亿美金。为了榨干最后几滴血，VIVA 公司把月息提到百分之百。然后，资金链就断了，金字塔轰然倒塌。

全国一片混乱。当那些做着美梦的人一觉醒来，发现自己的所有财产都化为泡影，那种恐惧和愤怒可想而知。愤怒很快变成了一股力量。当时的在野反对党社会党利用了这股力量，准备发动一次大起义。而在地拉那，人们先是在街头游行，包围集资公司，几乎所有的集资公司现在已人去楼空。接着，人们开始抢掠商店，冲击政府。市内已有零星的枪声响起。

这天早上，我在早上八点准时打开门，听到远处的枪声较昨天为多。只有伊丽达一个人来上班，还有一个员工尤莎没来。伊丽达就是那个在国家实验室为我指路的漂亮姑娘。很难想得到，在两年之后，她会来我们这里工作。她气喘吁吁走来，神色紧张。她告诉我：昨天晚上，全国发生起义，起义的人们打开了地拉那、发罗拉、斯库台等地方的军火库，大量的枪支弹药被抢走。军队的官兵都放弃岗位回家了。警察也一样。现在的国家是个无军警的国家。

"你来时路上怎么样？商店有否开门？"我问。

"没有商店开门。街上很冷清。本来我也不想来了。只是想来告诉你一下。局势可能会很乱，你得注意安全。"她说。脸色有点苍白。

伊丽达的关切让我十分感动。我说不会有事的。我给她倒了一杯马蒂尼酒，让她镇静些。然后我在 CD 音响里放了一张肖斯塔科维奇描写战争的第七交响曲《列宁格勒》。我说："你听，战争的声音来了。"

伊丽达莞尔一笑。她喝过马蒂尼之后，脸色开始红润了些。她说肖斯塔科维奇的音乐悲情太重。她让我放那张席琳·迪翁。她喜欢听那首 *The power of love*。

这段战乱之前的短暂的宁静给我留下很深的记忆，因为那是我唯一的一次和她独自相处。伊丽达在不久后，在城郊的军队医院门口开了自己的药房，生意还很不错。她还准备很快结婚，未婚夫是军队医院的一个医生。可是有一天，她的前男友来到她的药店，要她不要结婚，继续和他好下去。伊丽达曾告诉过我她的这个男友是个有妇之夫，她早就想离他而去。所以伊丽达告诉他那是不可能的，希望他不要再来打搅她的生活。那个男人一定活得很不快活，视死如归。他掏出手枪对着伊丽达的胸口连开三枪，然后对着自己的脑袋打了一枪。

伊丽达那天很快就走了，她哥哥开车来接她的。她哥哥说好多地方出现抢劫，他让我赶快关门，把公司的招牌摘掉。这时我的电话响了，是长城公司杨小民打来的。他告诉我同样的消息，说现在局势很乱，大家想集中在一起，到大使馆避一下风头。他让我一小时后到德光家里。我这时才意识到局势的严峻。

伊丽达被她哥哥接走后，枪声越来越密，还夹杂着手榴弹的爆炸声。我的窗门直对着路面，如果有子弹飞来，直接就会击中我。所以我得做些防范措施，尤其李明目前在国内休假，我得格外小心。我搬来了青霉素的箱子，在窗前垒了一道防护墙。那些纸箱里边有一千个小玻璃瓶，就好比是复合装甲。

做好这事，我有点饿，想做点什么吃的。刚点上火，外面突然枪声大作。有人就是在门口的台阶上扫射着机枪。我吓得蹲在墙角不敢妄动。

杨小民的电话又来了，问我怎么还不来？我说外边枪打得很凶，我出不来了。小民说现在大家都是在朝天放枪，不会有危险的。他让我等着，他马上开车来接我。

很快，小民就在敲我家的破铁门了。那个打枪人走了，在门口台阶上撒了一地的子弹壳。我坐上小民的那辆绿色的柴油奔驰车，转出小路后，沿着 21 大街飞跑。路上几乎没行人，商店门户紧闭。附近有打枪的声音，但看不见打枪人。我们拐进了使馆街。这里平时在街的两头有很多警察把守，今天却道路敞开无人看管。只是在法国使馆门口有几个穿便装的人提着冲锋枪走来走去，也不知是什么身份。

中国大使馆的门关着。有十几个侨民站在门外，和铁栅栏门内的张领事说话。张领事意思是说现在局势紧张，大家要做好自我保护，使馆也没办法保护侨民。我们提议说万一形势恶化，我们是否可以到使馆躲避一下。张领事说现在使馆区最不安全，连个看门的警察都没有，完全是个暴露的目标。相对来说，我们分散在民间，还比较安全些。我们深感失望。我想起那次被法托茨用枪顶着的事，使馆没管，这回还是不管。

那个晚上我们这群温州人都聚集在德光家里，数来也有十多个人。有消息已经传来，飞机场和港口已经关闭，阿尔巴尼亚已成了与世隔绝的孤岛。随着天色渐渐暗淡，枪声越来越密。现在已听不出个别的枪声，只听得整个地拉那好像在沸腾一样。我到院子里一看，只见天空被子弹的亮光照得通红。真不知要有多少子弹才会有这么亮的光芒。

这一刻阿尔巴尼亚成为全世界关注的中心。勇敢的 EURO NEWS 和 CNN 的记者一直在实地做着报道。电视上滚动播放着抢掠、纵火、攻陷，一群持枪者驾着一辆坦克在地拉那的街头横冲直撞。但就像处在台风中间的台风眼里，我们却并不觉得很可怕。我们把所有好吃的东西都拿出来，做了一大桌的好菜。平时忙着做生意，没有像今天这样的超脱。反正现在已无路可退，只能是将一切置之度外，痛快喝酒了。喝到半夜，支持不住想睡了。屋里的床不够，我们几个就跑到车上去睡。天亮后我们看到小民的车子的发动机盖上有一个小洞。是夜里从天上掉下来的流弹击穿的。要是掉到车厢这边我们睡的地方那就有伤亡了。

据后来的消息说：这天从阿尔巴尼亚各个军火库流失出来的枪支超过了一百万支。几乎全是中国制造的。这么多的枪支除了造成阿尔巴尼亚一次又一次的动乱外，还有相当一部分被卖到意大利、马其顿、科索沃。科索沃的阿尔巴尼亚族一直想独立，还成立了解放军。只是没有几支枪，老是被米洛舍维奇治得没脾气。现在从阿尔巴尼亚来的大量枪支使得科索沃的阿族游击队变得厉害起来了，他们频频出手制造事端，逼得米洛舍维奇动用了重武器。这样就有了后来的北约轰炸南斯拉夫，有了中国使馆被美军炸毁，有了审判米洛舍维奇的怪事。

地拉那大撤退

次日早上，使馆的张领事主动打来了电话。说昨夜里南昌公司的建筑工地被附近的暴民洗劫一空。一百五十多个工人现在无处藏身，都跑到使馆来了。使馆已向外交部紧急报告。张领事说：党中央、国务院已关心此事，指示一定要保护好侨民。张领事现在要求我们要注意安全，等候使馆的进一步通知。

被洗劫一空的南昌公司是一家挂了国有公司名义的私营包工队。他们是向一家马来西亚房产开发商承包建筑几幢住宅公寓。工地在城外通往丽娜斯机场的路口。工人们住在简易的工棚里，每周只能洗一次澡，

被绑架者 说

每月只发两千列克（约十美金）的津贴，真正的工资要到工程结束后回国才发放。那些挂着国营公司名义的包工头住在城里一座楼里，他们白天吃喝玩乐，晚上通宵麻将，还常有些廉价的阿尔巴尼亚姑娘陪在身边。那个凌晨，南昌公司工地附近著名混乱的地区康米那德的部分居民全副武装包围了工地，他们在一个当过营长的人指挥下，一批一批进入工地，上百支卡什尼拉科夫冲锋枪四处扫射，吓得那些习惯于光屁股睡觉的民工把头钻进被窝里。他们开来了自己的车，也抢走工地的大卡车，把钢筋水泥木材等建筑材料都搬走了，连那个塔吊的钢缆都卷走。他们进入办公室，把保险箱整个抬走，把所有的抽屉撬开。他们还洗劫了厨房，把冰箱、面粉、大米、菜、肉都拿走，连个小葱也不留。最后他们进入民工睡觉的工棚，里边的气味使得这些贫民区的阿尔巴尼亚人也纷纷退出，差点呕吐。最后，他们一手捂住鼻子，一手拿枪闯进来，让民工贴着墙根双手抱头站着。这些民工连个储藏柜都没有，所有的钱物都在地上铺位枕头下的布包袱里。抢劫者把所有的现金和略好些的衣物全拿走了。只有个别勇敢些的民工在阿国人还没进入工棚时，把一些积蓄起来的现金用塑料袋包好丢在工棚的马桶里。整个抢劫过程持续了四个小时，地拉那这时是个没有警察的城市，只要你有本事，任何胡作非为的事你都可以做。民工在暴徒撤退之后，才敢去穿衣服。好多人发现裤子、鞋子都没有了。除了个别民工从马桶里捞回几张臭烘烘的列克之外，所有人都一无所有。现在，他们要到大使馆去。他们只知道有事要找政府，在国外，大使馆就是政府。从工地到使馆有十几公里，他们没有车，只能步行。一百多个悲愤的饥寒交迫的衣衫褴褛的民工在地拉那的马路上走了两个多小时，像是一次游行似的。他们展现的是什么东西，我不得而知。

中国人在阿尔巴尼亚被集体抢劫的新闻在中央电视台播出后，全国反响强烈，因为这是发生在昔日的"海内存知己，天涯若比邻"的同志加兄弟的国度，好多人感情上都过不去。国内高层立即指示大使馆要保护好侨民，不再出现类似事件。所以张领事马上给我们打来电话。中午时分，他再次来电话，要我们马上转移到使馆去。

使馆的门厅昔日庄严肃穆，今天却显得凌乱不堪。那些民工歪歪斜斜地靠在真皮沙发上，空气中充满汗酸味。张领事带我们去见了大使。大使说：现在使馆最大的问题是缺粮食。这么多人突然进来，一天就吃光了使馆的存粮。现在阿国的外交使团供应系统已瘫痪，无人会送粮过来。而南昌公司的工头们现在是束手无策，把一百多名工人的生存问题交给了使馆。明天使馆就会断粮了。

我记得大使当时的意思是要我们自己带些吃的来，自己保自己。可杨小民却主动请命，说我们可以想办法去多找些粮食来。这使得面有难色的大使有了笑容。我和小民、德光开车直奔大街。我心里暗暗叫苦，以前看那些战斗故事片，牺牲的往往是那些去找粮食或者找饮水的倒霉蛋。小民这回真的像个侨领，勇敢无比。他驾车高速穿过红绿灯熄掉的大街，先是去了那个城东的批发市场。那里的景象触目惊心，所有的店铺被洗劫一空，有几间还被烧毁，冒着烟。路边还有几具尸体。后来我们知道在这天早上，人群冲进这家粮店哄抢，店老板和他三个儿子各持一支冲锋枪朝天扫射警告，人们不加理会，他们把枪端平了，一下就打死了七八个人。我们毛骨悚然地离开这里，去了另一个菜市场。尽管局势不安全，人们还是要吃饭，所以这里还有点东西可买。我们几乎把摊子上的东西全收了，也就是些土豆、豆角，还有一些罐头。我们回到使馆把东西卸下，杨小民马上又开车离去。他就像四处寻食的大鸟似的，两小时后和一个阿尔巴尼亚人一起拉了满满一车面粉回来。使馆的人松了一口气。

现在我们栖身在使馆侧厅的一个墙角。人很疲倦，可睡不着。这个厅里都是做生意的青田人和温州人。有六七十人。好多青田人我都不认识，有个很年轻的女的大概刚生了孩子，头上还包着毛巾，怀里抱着孩子，可没有男的在身边。我推推身边的杨小民，想问他这孩子是不是他的。可小民已呼呼熟睡。这家伙的心理素质就是好。

我们等待着撤退。大使告诉过大家这样的事：党中央、国务院已明确指示，要不惜一切代价安全撤出阿尔巴尼亚的民工和侨民。只是怎么样撤离还在安排联系中。当时，美国和西欧国家已开始全部撤离侨民，他们是用直升机将侨民载到地中海的军舰上，再分散回国。也有直接派军舰靠到港口，接走侨民。可中国那么远，又没有远洋舰队在地中海，怎么来撤离我们呢？大家都在猜测着。不断有各种消息传来，先是说美国已答应派直升机把我们撤到意大利。大家都十分兴奋。我都开始想着美国那些大型的直升机在哪里才能降落呢？还想着在螺旋桨的强风下弓着身子钻进直升机一定很有意思，还想着这么多人要多少架直升机呢？好多青田人时不时地跑到外边看看天空，看美国人的直升机是否来了。下午时有个眼力好的人终于在西边的天空看见一排飞行物朝我们飞来，很多人也渐渐看到了，于是他们赶紧收拾东西，想着早点准备到时在直升机上抢个靠窗边的好位子。那排飞行物原先是"一"字形的，现在变成了"人"字形。我们现在看清了，那是一群迁徙的大雁。

半夜时又有新的说法传来，我们会乘一艘希腊军舰撤离。我以为这个说法更不可信，所谓的希腊军舰大概像神话里雅典娜的战船一样虚幻吧，说不定还有海神波塞冬拿着三叉戟在水面上开路呢！但是，天亮时，这个说法被使馆的武官证实了。他一脸倦容走出机要室，告诉我们：我国国防部和希腊国防部已经安排好具体事宜，希腊方面的一艘驱逐舰正在全速开向都拉斯海港，他们会接我们到希腊的萨洛尼卡城，再坐飞机到苏黎世机场。中国民航的撤侨包机会在那里等候。这个时候我真的感到很激动。不只是因为可以脱离险境，而是觉得中国现在变得强大多了，可以调动希腊的军舰，可以保护自己的侨民了。

但是问题还没解决。从地拉那到港口都拉斯还有三十多公里。几百人坐什么车去那边呢？大使馆给阿国外交部打了无数次电话，根本就没人接电话。这回是德光出了力，他的一个客户家里是搞汽车客运的。那个阿国老板答应到时派七辆大客车来使馆拉人。最后的事是安全问题，现在从地拉那到都拉斯的路途到处是私人武装人员设下的关卡，没有军警护送撤离车队那将是极其危险的事。这回又是杨小民挺身而出。他长期供应阿国警察部皮鞋腰带等装备，和警方很熟。尽管现在警察都自动解散回家，他还是找到一个警长。那警长答应把手下人召集起来，出动两部武装警车，来护送中国人。

现在一切搞定，只等着明天一早撤离。然而这时候，我却觉得心如乱麻。要知道，在我们的仓库里，还有二十多万美金的药品，在关闭了的阿拉伯银行，我们还有五万多美金被冻结在那里。如果我明天一走，那些库存的药品必定会被抢无疑。但是要是我不走，局势这么混乱，南方的起义民兵正在向地拉那逼近，安全没有保障。杨小民把我和德光叫出去商量。他说他一开始就没有想到要撤离，我们不应该轻易放弃在阿国的成果。他已经组建了一支火力十足的保护队来保护他的公司。他建议我们去见一次新华社的杨记者。杨先生当时就住在使馆。他是个很好的人，他给我们分析了形势。说北约和欧洲安全委员会已经决定要介入阿国的动乱。他们在几天内会派一支多国联合维和部队过来，由于地处欧洲，收拾起来不会像非洲的索马里那样麻烦。今后的局势估计不会坏到哪里去。杨先生的分析让我下了决心，留守在阿尔巴尼亚。

第二天一早，地拉那的华人大撤退开始了。当时的气氛颇为悲壮。大使先生在众人瞩目下，升起了国旗。然后我们还唱了一次国歌。德光联系的七台大客车已经在使馆街排开，小民叫来的武装警车也在边上等候。这天在使馆街只有中国人最红火，每台客车的两边都插上了中国国旗，以表明这是外交车队，利于路上通行。那些民工想到要回家了，面露喜色，他们挥舞着国旗，壮烈得像当年长江漂流队的哥们。

车队浩浩荡荡出发了，驶向公路。我当时就坐在开路的武装警车上，手持一支装着两个弹夹的冲锋枪。我在国内时当过兵，也当过警察，可从来没经历过这样刺激的事。按照警长的指示，在我们看到前方有企图堵路的人群时，就一齐朝路上方的树冠扫射。子弹把树叶打得四溅，迫使那些人退开来。在看见路边有持枪的人时，我们就马上用冲锋枪先瞄住他们，使他们没机会举枪对准我们。如果他们还要举枪对准我们，警长说：那就射杀他们。这一路上我换了五六次弹夹，打了几百发子弹。好在都是放空枪，没有伤亡。我们的车队很大，又有武装警车，还挂着中国国旗，没人和我们作对。

然后就到了重兵保护的都拉斯港口。很奇怪，在这里保护港口的是武装精良的美国海军陆战队，也有一些阿尔巴尼亚的警察在工作。很多国家的侨民都在从这里撤出。港口周围挤满人群，一片混乱。他们都想混到撤退的人群中，离开阿尔巴尼亚。我们的大使下了车，进入检查路障区，向一个官员提交了文件。核对之后，车队进入了警戒线。然后是大家迅速下车，提着行李混入拥挤的人流，向码头走去。我和小民就站在警戒线外，目送他们走向浮桥。那里泊着几艘军舰。天上有美军的武装直升机在盘旋。当时心里觉得特别惆怅，好像被遗弃在月球上似的。

然后我们就回到了地拉那。我暂时住在杨小民的厂里。厂门口有沙袋筑成的碉堡，配备高速冲锋枪的保镖就守在里边，安全得像个中世纪的城堡。当天晚上我从 EURO NEWS 看到撤退的中国人在军舰的镜头。他们都上了船。我还看到那个刚生了孩子的青田女人。记者给了她特写，一个美军士兵帮她把熟睡的孩子抱上了船，场面十分温馨。全世界有好多人都看见了这个青田女人和她的孩子。

对一只小猫的回忆

现在我想起了那只叫鲁普斯的小猫。我的心里充满悲伤。

那是在大撤退不久后，我回到了自己的公司住家合一的房子。在一个早晨，有人在轻轻敲打我的门。我在窥视孔里看到是些孩子，就把门打开了。原来是邻家女孩阿丽霞。阿丽霞十多岁吧，碧蓝的眼睛，脸上

被绑架者 说

有些雀斑，天生的美人坯子。阿丽霞好动，像个男孩，爱玩小狗小猫的。她妈妈常在门口大声喊她回来：阿丽霞……所以我会知道她的名字。这天阿丽霞抱着只小猫，后边还跟着一群小孩。她说：中国人，你把这猫留下吧。你得给它喂牛奶。这小猫脏兮兮的，黑白色，很瘦。可我有点不好意思拒绝小孩的要求，就收留了它。

我从来没养过动物，但我想猫不会太难养吧。阿尔塔家就有只大猫。所以我觉得收留一只猫不会有问题的。我给它喝了点牛奶，洗了澡。它身上有很多虱子，漂在水面。洗过澡后，等毛干了，我才发觉这小家伙漂亮着呢，那眼睛乌溜溜的，聪明的样子，身上毛茸茸的。

我给它的食谱是，一天一个煮鸡蛋，这是阿尔塔教我的。我相信，这猫从它爷爷那一代起就没吃过这么好吃的东西。那么小的猫，吃起鸡蛋来饿虎扑食似的，一忽就完。我真怕它撑坏了。吃完了，它就躲在角落里，怕被人赶走。我抱它到沙发上，它睡了，香甜的样子。

命运这东西真是有的。就说这猫啊狗啊，生在像加拿大这样富裕又讲究动物权益的地方就会过优越的日子，而生在战乱贫穷的地方，就受罪了。动荡时期的阿尔巴尼亚垃圾遍地。那些被人遗弃的野猫野狗守在垃圾堆里。每次我去扔垃圾时，它们蜂拥而上，特激动。因为我的垃圾里会多一点肉骨头。我曾看见一只大狗瘦得已站立不起，趴在距离垃圾堆不到五米的地方眨巴着眼睛等死。我想这只小猫阿丽霞一定是从垃圾堆里抱来的。它突然过上这么好的生活，可能有一种很不现实的感觉。开始几天它都躲着我。只有听到我煮鸡蛋时的声音，它才会跑过来，绕着我的脚激动地叫着。有时我逗它，把鸡蛋放得高高的，它拼命地跳啊跳，那高度是它身长好几倍，真不可思议。阿尔塔家的猫是大猫。一天就吃一个鸡蛋。可这才出生不久的小猫，几乎是两口就吞下一个鸡蛋，还不饱。给它什么都还要吃。好像它生来就是为了吃。阿尔塔有一次看到它进食的凶狠样，惊叫着说：它是"鲁普斯"。鲁普斯，阿语的意思是饿鬼。我以后就叫它为鲁普斯了。

鲁普斯吃饱了，就独自玩，在地上打滚，追着自己的尾巴打圈。鲁普斯是只聪明的猫。起先，它离我远远地蹲着，瞪着我看。当我和它四目相对时，我就能感到那眼睛里有点害羞的神情，好像它有二三岁的儿童的智力。它爱玩，我的手指只要在沙发上一抠，发出点声音，它就会弓起腰，贴着地面潜行而来。它不是直接扑来，而是会选择一条我视线不及的路线，比如沙发的底下，出其不意地冲出来，用爪打我。可它的爪子是软软的，指甲收着。阿尔塔对这点大为赞叹，她家的猫一爪打来就是几道血痕。

那段时间地拉那实行宵禁。在大撤退之后不到一星期，由欧洲多国联合组成的维和部队就开进了阿尔巴尼亚。地上布满最现代化的坦克装甲车，天上的武装直升机一直在盘旋，很快把局势压住了。为了不让那些持枪的团伙在夜间活动，地拉那实行了宵禁。宵禁持续了近五个月，从每天下午六点到次日早六点。对于习惯于傍晚外出游玩的阿尔巴尼亚人来说，宵禁实在是一件苦不可言的事情。只是一家报纸说：妇女欢迎宵禁，因为宵禁后男人夜间不能出去喝酒，在家时间多了，和她们做爱的次数也多了。

在这些百无聊赖的晚上，是鲁普斯陪伴了我。它现在和我已经熟了，有时会悄悄走来，爬到我膝上，猫的体温比人高，毛茸茸的，摸起来特别热乎。晚上的时候，我坐在沙发上看电视，鲁普斯趴在桌上，看着我。

　　　　　　　　　　被绑架者　说

有个早上我醒来觉得好温暖，原来不知什么时候这家伙钻到我被窝里了。

鲁普斯长得很快，一个鸡蛋不够吃了，我还给它吃其他的，但它从来没饱过的样子。巨大的胃口使得它长得特别快。它的肚子迅速圆起来，不相称地发胖。它的这种吃法确实有些反常，好像它是一头冬眠前的熊。要猛吃以储存足够的脂肪。我相信鲁普斯的父母是野猫，因血缘关系，它开始在家待不住，往外跑，脏兮兮地回来。它照样快乐地吃鸡蛋，但我发现，它在外边还吃过垃圾。我对它有点失望。

在地拉那宵禁解除后，李明从国内回来了。他对我收留了这只小猫觉得奇怪。他不是一个喜欢宠物的人。

李明一回来，我就该回国休假了。我不知该如何处置鲁普斯。我不知道李明会不会每天煮鸡蛋喂它，会不会让它留在这间屋子里。现在鲁普斯外出的时间越来越多了。这只极有灵性的猫好像预感到好日子不会太久了，正在去适应街头的生活。我走的那一天，鲁普斯一早就跑出去了，好像这家伙怕承受不了和我告别时的伤感。

我在国内只待了一个多月，就回到了地拉那。就在我刚放下行李，和李明说话时，我看见鲁普斯影子似的从临街的窗口跳进来，直奔洗手间，无声无息地。一瞥之间，我发现它长大了些，但又脏又瘦，肚子鼓胀。过了会儿，我轻轻推开洗手间的门，看到鲁普斯卧在潮湿的地上，迷茫地看着我，似乎已不认识。在它身后，有一摊带血水的粪便，腥臭无比。

我现在知道我是错了。既然你没有能力保护一个小生命，为什么又要收留它呢？它一定是在我不在时吃了垃圾堆里的脏东西得的病。我不知道我不在的时候李明有没有喂它，我甚至不想问他这个问题，他能让一只拉血屎的猫待在屋里，已经是尽最大努力了。

接下去的几天，我又开始煮鸡蛋。鲁普斯不像以前那样狼吞虎咽了，吃得有气无力。它似乎认出了我。当我向它伸出手，它赶紧向后躲避，然后，伸出爪子打了我一下。我感到，它的爪子软软的，指甲还是收着的，像小时候一样。我差点落了泪。

我清醒地知道，鲁普斯是一个待解决的问题，一个置于我和李明之间的问题。我不能强求他接受他所不喜欢的东西，况且，它拉着血腥的粪便，携带着病菌，正走向死亡。

结局的一天来了。我让鲁普斯吃饱后，抓住了它，把它放在一个纸板箱里。我推出自行车，把纸箱夹在车后，慢慢地骑向地拉那街头。记得那天秋高气爽，横贯地拉那的人工河边的银杏树落叶飘零，在金色的阳光里飞舞。我一边骑车，一边望着河里的水波出神。想着这河里一定有小鱼吧。猫是喜欢吃鱼的。小猫还会钓鱼，一只蝴蝶飞来了，小猫去追蝴蝶……我沿着河边骑出好远，还过了座桥。我确信鲁普斯再也找不到回家的路了，才停在河边。我先剥了一个鸡蛋，然后放出鲁普斯。我想让它像往常一样吃掉鸡蛋。但它显然是受了惊吓，一下子就跑得无影无踪。我再没见过它。

打那之后，八年过去了。现在当我在多伦多看到那些活得比人还优越的猫时，就会想起可怜的鲁普斯。我相信它早已死掉。它当时的内脏已腐烂，流血，谁会给它治病呢？但我更相信它还活着。都说，猫有九条命啊！也许，猫的本能会让它去吃一种草，治好它的疾病。呵，要是它不死，它一定会变得异常凶猛健壮，它会妻妾成群，带领着它的家族，在那些连成一片的垃圾堆之间，或在夜色浓重的地拉那城的屋顶上，凄厉地嘶喊着，呼啸而过！

　　　　　　　　　　　　被绑架者 说

阿尔塔走了

阿尔塔一家出走了。她在临走前的晚上给我们来过电话，说自己一家到外地去看一个亲戚，很快就回来。可一走就没回来。一点消息都没有。

这事显得很蹊跷，到底是什么事使得他们匆忙出走呢？

那个时候我其实感觉到了，阿尔塔真的不是一个普通的人物。她给谢胡当秘书的这件事一直还在影响着她的生活。尽管现在是民主党执政，可民主党其实都是从劳动党里蜕变出来的。比如民主党主席贝利沙就是以前霍查的私人医生。劳动党时期的党内派别斗争一直还在继续，演化。那个时候关于谢胡之死的谜案常被提起。我在一份英文的阿国报纸上看到，谢胡那天和霍查吵起架后，回家后似乎心情还不错，还和家人有说有笑的。次日早晨却已死在床上。手上有一支手枪，枪打在胸口。据谢胡的卫队长回忆，谢胡手里的枪是普通手枪，如果开枪会响声巨大。可他那天晚上就没听到枪声。他相信是有人用无声手枪干掉了谢胡。他说他的卫队只保护谢胡家的地面部分。还有一条直接通到谢胡卧室的地下通道保卫权在党中央的警卫队手里。这个秘密通道的钥匙除了谢胡本人有一把，他的一个女秘书也有一把。卫队长的话暗示了这个女秘书有可能是放进刺客的开门人。这个女秘书是阿尔塔吗？我没在报纸上看到明确指证，但这件事已足够让我竖起汗毛。

在谢胡死后，霍查立即采取了清洗。谢胡的妻子菲奇里特和四个儿子都被投入监狱。菲奇里特死于劳改营里。他的儿子弗拉迪米尔原是电气工程师，实在忍受不了监狱里的生活。他搞来一段铜丝，在看守不注意的时候将铜丝的一头连到铁床，一头插到电插座。然后从容地躺到床上，电死自己。谢胡的手下工作人员大部分被流放或入狱。阿尔塔也被调离，调到了国家的情报机构——内政部。这件事也令人奇怪，好像她是受到了某种保护。

在金字塔计划引起的动乱之后，从前劳动党蜕变过来的社会党的势力迅速扩大，与民主党的冲突在加剧，阿尔巴尼亚的政治形势变得危险。给德光当翻译的伊利亚斯是地拉那电台的播音员。在社会党得势之后，他当上了电台的台长，配了一台汽车。就在第二个礼拜，他那辆车子开出电台大门后，迎面一支冲锋枪打来几十发子弹。伊利亚斯那天没坐在车上，逃过一命，那司机成了替死鬼。

大的政治谋杀案是海达里事件。海达里是个年轻的大胖子，是民主党少壮派的先锋。当时阿国的议会常打架，就像现在的台湾的"国会"。有一次海达里和一个社会党的议员打了起来。那个社会党人是南方乡村地区出来的，身材矮小，哪里是海达里的对手。他被海达里压在地上饱以老拳，电视把全过程直播了。这南方的社会党人蒙受奇耻大辱，当他回到南方老家时，乡人皆闭门不见他，认为他丢尽了地方的脸。在下次议会开会时，这人提早让一个记者跟着他。他找到海达里要他道歉。海达里没加理会。他就掏出手枪，对准海达里的腿就是两枪，当场让他趴下了。这个南方人后来蹲了几个月的监狱，可乡人为他在大路上立了铜像。

　　　　　　　　　　　　　被绑架者 说

海达里的枪伤一个月就好了。他的知名度大增，在民主党内的地位也提升许多。在社会党赢得大选不久后的一天，海达里在民主党部上班时接到一个电话，有人让他到附近的一家酒吧去一下。这个电话大概是他信任的人打来的，他就去了。在即将到达时，路边闪出两个持冲锋枪的枪手，将几十发子弹打在他肥胖的身上。他的血真多，从马路这边流到那边。我在一个礼拜后经过那条路，看到堆满鲜花的出事地点还有一大摊的血迹，有许多苍蝇在浓烈的血腥味里飞舞。

在阿尔塔出走之前的不久，还有过这么一件事。一天阿尔塔告诉我们，她丢了工作。她的局长给她看了几张照片，那是她带我们去办事时被人偷拍的。局长为此要她自动离职。阿尔塔告诉我们她为此十分不安。她知道了自己这么多年还在一直被人监视。她可能觉得还会有更多的事会发生。

在这样的背景下，阿尔塔和米里带着他们的两个儿子罗伯特和内迪选择出走，倒也不奇怪。他们一走就没有消息，不知在哪里栖身。我有时会经过阿尔塔家的楼下，看到那窗口黑漆漆的。可有时也亮着灯，不知谁住里边。这提醒了我阿尔塔的存在。

阿尔巴尼亚变得越来越黑暗，越来越恐怖。国际舆论都认为这里是巴尔干的火药桶，早晚还会有一次大爆炸。阿尔塔的离去给了我们启示。我们也在找一个可以永久栖身的地方。我们最后选定了加拿大，开始了漫长的移民申请之路。

自投罗网

现在到了一九九八年秋天，这是我最后一次在都拉斯海滨晒太阳。

那个星期天我是和杨小民、德光一家在一起。几年的战乱生活，使我们之间变成了好朋友。同时我们也明白了生命易逝，要适当享乐，比如：到都拉斯海滨游泳，晒太阳，吃烤鱼。

这个早上我戴着墨镜躺在沙滩椅上，看着宝石一样蓝的地中海波浪起伏，看着穿着比基尼的阿尔巴尼亚姑娘姗姗而过，看着孩子们在阳光下的沙滩上追逐，我的心里有一种难得的放松和喜悦。两天以前，我收到了加拿大方面的通知，说我一家的移民手续已经完成。移民的签证很快就会寄给我。这就意味着，我在阿尔巴尼亚的日子已屈指可数。

在地中海海滨晒太阳，太阳镜是必备的东西。不光是防紫外线，而是你可以尽情地透过墨镜看沙滩上任何一个美女任何一个部位而人家不知你在看什么。现在，我就看着一个女人和她的孩子在筑沙堡。女人和孩子处于逆光的位置，她们的轮廓线闪闪发亮。我突然感到非常感动，阿尔巴尼亚虽然贫穷、混乱，可我觉得自己还是已经对它有了深深的依恋之情。我想起了两句唐诗：无端更渡桑干水，却望客乡是故乡。是啊，以后我移民到了其他地方，一定会想念阿尔巴尼亚的。

这天小民和德光安排吃了中饭回去，海滩上有一家新开的海鲜餐馆的烤龙虾做得很好。可是我在十一点时就提早告别回地拉那了。因为有个客人约好在中午要来买一大批药。我这人向来是个工作狂。尽管我知道和大家一起吃烤龙虾将会是很快活的事，可为了多做点生意，还是穿起了衣服，开车回去了。

我回到家大概十一点半，客人说好十二点来的。那是在前天上午，我听到翻译尼可在外面的办公室和一个陌生的声音说着什么。然后尼可走进来对我说：这个年轻人来自爱尔巴桑，他们家要新开一个药房，想在这里买一大批药。他的父亲将和他在星期天过来。尼可是个六十来岁的人，以前在阿国驻华使馆当过参赞，汉语说得还不错。我听他口气，好像和那人认识似的，所以就随口答应了。本来这事我也许会忘记的，可在星期六早上那个人又来了电话，说他和父亲已买好车票，专程要来这里，请我务必要等他。

那个小伙子准时出现在门口。我问你的父亲在哪呢？他笑了起来，我看到他笑的时候牙床都露了出来。他从腰里掏出一支五四式的手枪。我纳闷这小子是想把枪卖给我吗？不好！突然一个念头闪电一样打过来，这时他已举枪对着我了。我明白上当了。

我当时气得差点死去，不是气这个小子，是气自己怎么会这么弱智，上这么个低级的圈套。在目前这个到处是凶杀抢劫的混乱时期，你怎么会在星期天独自等一个陌生人的约会呢？我并没觉得害怕，我想这小子是来抢点钱吧。我想说你小子要多少钱？他没说，举枪要我打开通往后院的门。我一开门，四个蒙着黑面具持冲锋枪的人闯进来，一下子就把我按在地上。我知道，这下麻烦大了。是绑架。

他们开始用绳子捆我。那个假装来买药的小子（后来我知道他叫伊利尔，是地拉那的擒拿格斗冠军）是个领头的，他压低声音告诉我：他们是为了钱绑架我，拿到钱后就会放了我。然后问我，那个小个子的中国人在哪里？我明白他问的是李明，我就说他回国了。看得出李明不在让他们有点困惑。他们问我手机在哪里，我说我没有手机。他们在房间里找来找去，找到了电视遥控器，当发现这不是手提电话时，又放下了。现在我已被捆得像粽子一样结实。

电话突然响了，吓了绑架者一跳。他们立即用枪顶着我脑袋，叫我不要出声。我知道电话一定是杨小民他们打来的。他们现在一定是剖开了一只龙虾，杯里冒着冰啤酒的泡沫。杨小民，你会像那次护送中国人大撤退那样带着一群警察来救我吗？

电话响了五声就不响了。现在，他们用一种又厚又黏的胶布缠住我的整个头部，只露出鼻孔。又用一条厚毯子包住我身体，接着我就被抬了起来。我听到一辆汽车的发动机还在响着。我恐怖到极点，就怕他们把我放在行李箱里，我会被活活闷死。车子开动后，我没有感到窒息，还好。我又感到非常生气，还是生自己的气。你怎么能这么粗心呢？这一回，你也许玩儿完了。你还能去加拿大吗？

车子开了大约半个小时，好像进入一个建筑物内。我被抬了下来，他们抬着我顺着台阶下去。我听到他们呼哧呼哧地喘着气，咕哝着这个中国人真的特别重。然后我被放到一个靠墙的地方，他们拿走了蒙着我全身的毯子，就离开了。我被绑在身后的手能触到地面，潮湿的，有一层滑腻的灰泥。

过了一些时候，他们又回来了。现在他们显得很兴奋，互相压低声音说话，还哧哧地笑着。他们割断了捆我的绳子，剪开了我嘴上的胶布。

我痛苦不堪的躯体才算舒展开来了。我的头上和眼睛依然缠着胶布,可鼻梁的突出部分使得胶带在眼睛下方有了一点空隙,透过这缝隙,我能看见眼睛下方的地上有蜡烛光。他们搜了我的身,把钱包、手表还有钥匙都拿走了。他们又问我,李明到底在哪里,我说是在中国。他快要回来了。他们问了我翻译尼可的电话。我本来是知道尼可的电话,可被他们一捆,受了刺激,怎么也想不起来。他们用手枪顶住我脑袋,意思是我不说就打死我。我突然想起新华社的杨记者认识尼可,知道他的号码,而我也记得杨记者的号码,就把这告诉了他们。我知道,尽快让他们和我那边的人建立联系对我有利。

他们再次告诉我,只要他们拿到钱就会放我走。要我不要反抗,配合他们。他们拿来一块比萨和一瓶可乐让我吃。尽管我已饿了很久,也没一点胃口吃东西。但我知道我必须吃。我得保持体力,不知有多大的困难在等着我呢!

他们让我在地洞的角落解了小便,重新把我捆起来。这回比较简单,在膝盖处和脚关节各捆一道,两手反剪背后捆住手腕,用的都是结实的棉纱绳。他们让我在一块木板上躺下,还给我盖了一条毯子。然后,我就觉得周围没亮光了。他们先是关上一个木门,接着是铁门的声音。一会儿有汽车发动机的声音,汽车远去了,寂静。

苦难的一天

现在，我想知道自己是在什么地方。从汽车开行的时间来算，这里离地拉那不很远。而且我知道我是在一个低于地面的地方。我慢慢挪动身体，坐了起来，背靠着墙。我现在已经冷静下来，努力睁开被厚实的胶布缠住的眼睛。我能看到的是彻底的黑暗。我从那块木板上滑到地上，我的膝关节和脚关节被捆得很紧，双手也被反捆在背后，所以我只能在地上像一只昆虫一样蠕动。我先朝着对面方向运动，没有几米就触到了墙。接着我向着那些人离开的方向移动。我的头先是触到了墙，然后触到了一个一米见方的洞口，一扇木头门封住了它。我反过身，用手指甲抠抠这门，木质很坚硬。又用力推了推，觉得很结实的。我就坐在这洞口，想着我现在该怎么做。

我是不是应该想办法逃跑呢？我想着，虽然我的手脚被捆着，但我已摸到一处粗糙的墙角，可以磨断绳子的。但是那扇木门好像很结实，怎么打开呢？这群狗东西这么精心地设了骗局搞到我，那扇门他们一定是搞得很牢固的。而且，我听到外边还有一个铁门。铁门外边也许他们会有人持枪看守。如果我把绳子磨断，那就一定要逃跑成功。否则，他们就会改用铁丝来拴住我，或者会提前弄死我呢。

他们如果就是为了钱，那么我还是有希望被释放的。他们对我说要

　　　　　　　　　　　　　　被绑架者 说

五万美金，如果他们现在放我走，我倒是愿意给他们五万美金。废话，如果放我走了，我为什么还给他们钱？我他妈的带警察来抓他们。那么只有李明才能给他们钱。李明会提早回来吗？他的机票我记得是九月十九号，今天是十三号，如果他立即启程，最快会在十六号到达。他会带现金来吗？海关不让带，可现在是紧急情况，应该会特殊处理。李明现在知道我的情况了吗？他们是不是已打电话给杨记者，是不是和尼可联系了？我的老婆和女儿知道这事了吗？一想到她们，我就感到极度的难受。我强迫自己马上去想其他的事情，要不然会受不了的。

我就这么坐在那块木板上，睁着眼睛。其实睁眼闭眼都是一样的黑暗。我的被反绑着的手又酸又痛，手腕由于被捆住，气血不通，浮肿了。那棉纱绳就勒进了肉里，我的手掌现在就肿得像充过气似的发硬。我现在唯一可以做的，就是要让自己冷静下来，不要再生气。我合上眼睛，慢慢地感到一点的睡意。睡一会儿吧睡一会儿吧，我对自己说。我说着说着，感到有点迷糊，可是疼痛的手让我无法睡着。

现在一定是深夜了，我感到寒气慢慢灌进了这个地穴。我缩成一团，靠在墙上。我的手肿得越来越大，我只能用我的左手抚摩着右手，然后用右手抚摩左手。慢慢地，在我恍恍惚惚的意识里，我的两只手好像变成了独立于我的生命体，它们像是两个受苦受难的裸露着肉体的小孩子，互相搂抱着，哭泣着。我时而清醒，时而落入一些碎梦，我的意识一直离不开我的两只苦难的手。它们始终在温情地互相抚摩互相安慰，它们显得如此通情达理一点不埋怨我，我甚至听到了它们天使一样的声音在互相倾诉：你疼吗，不要哭，我来安慰你。

不知什么时候起，我听到外面有了人说话的声音，很多人的声音。

好像是个市集似的。我蒙着胶布的眼睛也觉得好像不是那么一团漆黑了。看来已经是天亮了。我捕捉着每一个声音，有男人在大声叫喊，也有一些女人。听来听去我就觉得是商贩做买卖的声音，还有一些马车、汽车的声音。我开始用阿语大声喊叫起来：警察！中国人在这里！我又用英语叫喊：help，help。

我想外边的声音我听得这么清楚，那么外边的人一定会听到我的声音。我用尽气力喊着，但外边照样声音嘈杂，没有迹象表明有人听到我的声音。我这样做其实冒着风险，如果绑架者在外边听到我的叫喊，一定会收拾我的。但我觉得这是一次机会，就不顾一切了。然而，我的叫喊一点反应都没有。不久，外边的嘈杂声消失了，我也不再叫喊。

白天的到来让我的思想又活跃起来。我确实觉得这洞穴有了点亮光，透过鼻梁两侧的胶布缝隙，我隐隐约约看到了自己的脚。为了搞清这光线是从哪里来的，我就躺倒在地上，这样我的眼睛可从缝隙里看到四周。我没看见光。我又尽力倒竖着把头顶在地上，我有了重大发现，看见了亮光。我看见了上方有一个碗口大的通气窗，光线就是从这里射进来。我站了起来，这样我和那个天窗接近了些。我感受到了从通风口进来的一阵带青草味的气流，空气极其新鲜。突然我还听到有小鸟的啼叫随着气流传进来。这些平时被我忽略的生命现象现在都被放大了，让我感到生命原来是那么值得珍贵。我久久地站立在气流里，只感到周身战栗。许多年后，我听到贝多芬的田园交响曲的第二乐章开头那段春风扑面似的音乐，就会觉得那音乐就像那次从通气窗吹进来的气流。

从昨天晚上到现在，我没小便过。现在尿液已积存到极限。我被绑的手无法解开裤子小便，而且对于这些尿液我一直也在打着算盘。我想

　　　　　　　　　被绑架者 说

过，如果绑架者把我丢弃在这里不管，我要生存下去就需要水。我想如果到了今天晚上他们还不来，那我可能就要把绳子磨断，想办法逃走。昨天他们给我喝过的可乐空瓶子还在地上，我会把小便存在这个瓶里，实在渴了只能喝它了。

然而现在小便已经憋得我受不了了。我得马上决定，是磨断绳子还是怎么样。我已想过多次，要是磨断绳子，那一定要逃跑成功，否则可能会被杀死。如果不逃，只要李明来付了赎金，我还是能保住一命。逃跑是最后的选择，目前还不到时候。我决定要排掉小便，否则，活人也会给尿憋死了。

现在我的困难是怎样解掉小便而不弄湿裤子。那天我穿的是牛仔裤，里边还有一条棉衬裤和内裤。我那痛苦不堪的两手在背后一点点把皮带往一侧拉，将皮带扣拉到手够到的地方，折腾了好几次才将皮带扣解开来。可是，牛仔裤上那颗结实的铜质纽扣我怎么也够不到，裤子还是紧紧地绷在腰上。我几乎已经将肩关节别到最大限度，不顾两手被绳子磨得皮开肉绽，想抓住那颗纽扣，可那纽扣总是在我的指尖间逃脱。我累得气喘吁吁，只觉得手掌有点湿漉漉的，那是手腕处被绳子磨出的血流下来了。我不知为什么一定要脱下裤子，都这个时候了，就撒在裤里也没什么吧。可我还是固执地想要不尿湿裤子。我觉得要是被那些狗东西看到我尿了裤子，实在是觉得太失败了。

看来我想解开那颗纽扣是不可能了。那么我只能想办法直接把裤子拉下来。我的手只能在后面拉裤子，前面的部分始终下不来。我躺倒在地上，像蛇蜕皮一样在地上摩擦，谢天谢地，我的裤子下来了一半，那小便的东西总算露了出来。我又挪动身体，侧坐在木板上，然后，小心翼翼地开始小便。我那泡小便整整憋了二十来个小时，当它开始排出时，我的周身一阵战栗，使得那个刚好露在裤子边沿的可怜的东西不小心缩回到裤子里面。亲爱的朋友，你到过长江吗？你去过黄河吗？你见过开闸泄洪的水坝吗？当那洪水从闸门飞流直下时，任何力量都无法拦截它了。我只觉得温暖的尿水在我的裤子里欢快地漫延，渗透到两腿。我现在极其放松，也极其失望。

天又黑下去了。过了些时候，我听到了有汽车来的声音。接着，铁门开启的声音。一阵脚步声急速传来。

想起了戴安娜王妃

我赶紧躺回到木板上，一动不动。我听到他们打开了那个木头门。还能感觉到他们的手电筒的光束照在我身上。他们在洞外观察了我一阵子，才钻了进来。

"怎么样？中国人。还好吗？"他们围着我，问道。

"很不好，我的手问题很大。"我的阿语不好，表达得很生硬。

他们把捆我的绳子割断了，递给我一块还很热的肉饼。我觉得这种肉饼会是饼店做的，不是家里做的。那么这里应该离饼店不远，应该是在市区的范围。我慢慢嚼着，喝着可乐。我现在已不惧怕他们，反而想让他们多待一会儿，我只能从他们口里知道些外边的情况。我试着要一

　　　　　　　　　　被绑架者 说

支烟抽，他们也给了。看来他们今天心情不错。

　　我问他们是否已联系到尼可，李明是否已经启程回来。他们含糊地说是的，可不说具体的事。他们又一再问我，李明到底有多少钱。我说他有一点钱，但不很多。五万美金肯定没有，两三万说不定还可以。我这么说让一个小子生气了，他咔嚓把子弹推上膛，枪口直抵着我太阳穴，说我在骗他。尽管我知道他不会开枪，可被一支上膛的枪顶住脑袋，还是让我浑身发抖。

　　现在，他们让我站起来，把手平伸开。我只觉得毛骨悚然，因为我想起不久前台湾的白小燕绑架案，绑架者剪下了白小燕的手指寄给她母亲。不过还好，他们还没学会这些。他们倒是让我穿上了一件夹棉的衣服。我告诉他们，我很配合他们的，所以没必要把我绑得那么紧。他们听取了我的话。这回绑得比较松了。在两手之间的绳子还留了十来公分距离。他们做好这些事，又让我躺回到木板上，盖上毯子。然后他们离开了。一会儿，有汽车离去的声音。这让我觉得他们不住在这里。

　　他们一走，我就坐了起来。这回他们绑得不很紧，我的手活动余地较大。我试着慢慢地将手腕上的绳圈往下抹，缩起手掌，那手竟然从绳圈中脱出来了。手的自由使得情况改观了许多。我现在最受罪的是缠在头上的胶布。那胶布大概是粘地毯的，非常结实，它的胶粘着我的皮肤、头发，使得我的皮肤过敏，痒得令人发疯。我现在可以用指头伸进胶布的缝隙挠着皮肤。但是我不可以撕掉胶布。我慢慢将胶布和眼睛边上的皮肤分离开，又将太阳穴附近的皮肤分离开。最后，我可以将缠得像头盔的胶布往上推，露出了眼睛。现在，借着从顶上的通气窗的一丝亮光，我能看见这洞穴似的地方的情况。我在里面走动。我推着那个木头门，那个门很结实，纹丝不动。我又弓下身子，钻到他们让我大小便的那个地室。我突然看到有一个十来公分见方的小窗洞。我用手抠了一下，似乎还往下掉土。我在地上摸索了一会儿，找到个小石片。我用石片刮着窗洞，发现是水泥的。我刮的时候弄出了响声。我只听到外边有人咕哝着，咔嚓一下子弹上了膛。我赶紧蹲下，知道外边有人看守。

过了一会儿，我没听见外面有动静，才悄悄溜回到那块木板上坐下。现在我算计着，中国这个时候应该是天亮了。我的家人是否已知道我被绑架了？我要是真的丢了命，对自己来说可能就是一刹那的事。可对她们呢？她们不知我到底是死是活，会长时间地受着这种折磨。我现在倒是很羡慕那些被判刑的人。他们还是活着的，和外界可以联系。就是判了死刑的人，至少家里人知道他是怎么死的。但是，被人绑架是无奈的、无助的，绑架者可以任意处置你，他们可以让你受尽折磨，他们可以让你消失得无影无踪。我脑子里又出现了我老婆和女儿在一片树林里寻找我的情景。我马上站了起来，打断思绪，要不我会受不了的。

其实从死本身来说，并不是很可怕。我想过他们如果要撕票，会用什么办法呢？是用枪？还是用刀？或者用闷棍？对这些事，我能平静地去想。那个时候英国王妃戴安娜死了不是很久。我就老是拿这事安慰自己。那么显赫的生命，也不过三十几岁就消逝了？我当然会想起伊丽达，这可怜的姑娘可能在一分钟之前还在想着下周婚礼的事，忽然间就香消魂散。我还想起了一个中学时的邻班同学，他叫白永星，是全国少年百米自由泳冠军。他的身体极好。他和我同年去当兵，不过他在湖北，第一年就暴病死去了。还有我过去的一个名叫高潮的邻家女孩，她有一回骑自行车摔倒，头上起了个包。在十年之后，这个旧伤造成她脑出血，丢了命。我这样想着居然想起了十几个二三十岁就死去的熟人。原来死亡真的就是你身边经常发生的事。我就这么用这些事来自我安慰。我计算着时间，现在，李明应该是已经启程了吧？只要他一回来，把五万美金付给他们，他们还把我关在这里干吗呢？我大概不会死的。

但是事实上，绑架者通过尼可向李明要的赎金是二十万美金。我非常庆幸绑架者在这事上骗了我。如果我知道他们要的是这个数字，我会觉得获救机会渺茫，我可能会逃跑，会因此送命。

在星期一的早上，翻译尼可、药剂师阿达，还有工人尤莎来上班时看到所有的门都敞开着。

他们在办公室聊了半天还没见我从里屋出来。尼可喊了几声，不见回答，就走进我的房间。

这时他看到了绑架者留在桌上的纸。那上面写着："我们已带走你们的人。你们要马上交出二十万美金。否则，我们就杀死他，还要炸掉你们的房子。如果你们报告警察，在这个屋里的人会被一个个杀死。"

药剂师阿达吓得一声尖叫，尤莎当场就昏了过去。只有尼可还神志清醒。他知道这是个国际的事件，李明不在，他得告诉中国使馆。尼可做过外交官，知道怎么和中国使馆联系。

使馆获知后，极为重视，立即向阿国警方报了案，并知会了阿国外交部。同时将此事作为重大事件向国内做了报告。使馆还马上找来杨小民。让杨小民和李明取得联系，要他马上回来处理。阿国警方在接报后迅速赶到现场。在做了现场侦查后，取走了我的许多照片。媒体也马上赶来了。在门口架起了摄像机。报纸、电台次日全部以此事做头条新闻。

阿国那时的传媒已经私有化，需要吸引读者和观众。他们不知怎么从警察手里拿到好些我的照片，有我在金字塔边骑着骆驼的，在巴黎的埃菲尔铁塔的，在希腊的帕特农神庙的。这些照片配上记者渲染的文字，马上吊起了读者观众的胃口。当时，阿国已经出现过好多次富人被绑架的案件，人质几乎全部死掉。在不到两个月之前，阿国的全国商会会长被绑架，在家人付了赎金后，还是失踪了。阿国人被绑架后，家人不敢报警。只有我被绑架的事情一开始媒体就全力报道。阿国人关切着这事，他们这些年看到中国越来越强大了，这回他的公民被人绑架，一定不会善罢甘休。同时他们也要看看自己的警察有多大能耐，能否把人质救出来。那些日子，阿国的报纸和电视台的发售量和收视率唰一下蹿了上去。

中国真的变得强大了。以前的中国只强调国家的利益。而强大了的中国知道了要保护自己的每一个个体人民，尤其是在海外的中国公民。使馆接到了国家外交部明确的指示，一定要尽力营救出人质。阿国的社会党新政府对这事也高度重视。我是第一个被绑架的外国人，如果我救不出来，将会吓跑很多外国投资者。还有一件事情也起了作用，那就是阿尔巴尼亚的外交部长早已定下在两周后访华。在这个时候，如果我被绑架者撕票，那对两国政府来说都是一件不光彩的事。

阿国公安部指派了地拉那23分局的迪米特里警长为行动指挥。他调集了几十个精干的刑侦警察，并获准使用各种侦查手段。中阿双方为了及时保持联系，把指挥中心设在了中国使馆。他们得到的第一个有用的线索是新华社杨记者的报告，一个陌生人来电向他询问尼可的电话。在当天夜里，尼可接到了绑架者的电话。他们斥责尼可报了警，警告他如果不配合他们，将杀死他们全家。接着他们询问李明是否已启程回来，是不是已答应付赎金。尼可只是说李明已经知道这事，很快要回来。这一夜尼可和老婆、儿子一夜没睡，坐在灯下商量着是否要报告警察。在一年前，尼可的大儿子因为得了忧郁症，从一座五层的楼顶上跳下身亡。现在，他们又要面临死亡威胁。尼可后来对我说，他不是怕自己，而是怕儿子的安全。但是那天在天亮后，尼可还是下了决心，向迪米特里报了案。迪米特里微笑地听了尼可的报告。其实迪米特里在尼可接电话的同时，已经在同步监听。在杨记者提供报告后，迪米特里知道绑架者会和尼可联系，就做好了监听准备。

美丽的黛替山

在我被解救之后我问过迪米特里，如果绑架者拿到了赎金，会不会放我走？迪米特里微笑着回答我：不，不管他们拿到拿不到钱，他们事先的行动计划已经决定最后要打死你，然后把你扔在黛替山上的深涧里。

很奇怪地，对于这个差点成了事实的结局我好像有一种预感。

在被关在洞穴里的第二个夜晚，我已疲劳至极。由于我的手脱开了绳索，我可以躺下来，好几次都沉睡过去。那些睡眠十分深沉，伴随着真实感极强的梦境。那些梦都和黛替山有联系。

那座差点成了我葬身之地的黛替山在地拉那城北边。像一扇巨大的屏风遮挡住从北方高原吹来的寒风。每年的深秋山下起了寒意时，黛替山的顶端就会有白白的积雪。而在春夏时，山上的风景极其美丽。我看见了山顶上的那个牧羊人，他的羊在草地上像白雪一样耀眼，一只牧羊犬在驱赶它们，羊脖子上挂着的铜铃发出悦耳的响声。在这片牧场背后的峰顶上，是高耸入云的电视塔。这是中国人在七十年代的无偿援建项目。电视塔的下方有一座小小的墓园，一个叫赵国宝的中国工人沉睡在这里，他是在组装铁塔时掉下来殉职的。

黛替山上林木茂密，涧深崖陡，时晴时雨。我站在照着阳光的北坡，看着南山乌云密布，大雨倾盆。银色的雷电在黑云里闪出，鞭子一样抽在峰顶。

在黛替山的半腰，有一大片气派豪华的建筑群，黄色的屋体，红色的瓦顶，呈带状依次铺开，中间用几条带屋顶的回廊连接成一体。而在地下部分，更是有无数条迷宫一样的通道。

这些建筑面对着地拉那城。当我坐在那个通体玻璃的餐厅吃大餐时，会有一种在地拉那上空飞翔的感觉。而在深夜的地拉那远望黛替山，这片空中建筑的灯光会闪耀得像是星空的一部分。

这个巴比伦的空中花园是埃及人投资的豪华酒店式宾馆。我曾经是这里的常客。这个餐厅的领班是个个子高高，皮肤极黑的埃及男子。他的西装笔挺，领子雪白，皮鞋亮得耀眼。他的身上散发着优雅的香水味，一如他优雅的举止。是他向我指明了去埃及的道路。他给我画了一张地图，怎么去开罗，怎么去卢克索帝王山谷，怎么去看亚历山大城的灯塔，怎么去找埃及艳后克里奥佩特拉的踪迹。在这张手绘的地图上，他在我将去的城市都写上一个电话号码。我在埃及到达一个城市，打通这个号码，告诉他们是阿赛福让我打的，我就会得到很多方便。

那些夜里我好多次梦见了这个叫阿赛福的埃及人。他有时会是法老，有时是僧侣，有时是捕鸟人，有时是做木乃伊的工匠。我好像是个幽灵，跟他穿行在巨大的神庙石柱之间，在熬着香料的铁锅周围……那些梦是真正的噩梦，我现在想起来还是难以忍受。

在我在地洞里被这些噩梦缠绕着时，那个叫阿赛福的埃及人的坏运气也在悄悄降临。几天后，就是我被解救的那个晚上，一个由美国特工和阿尔巴尼亚特工组成的突击队包围了空中花园，把三个企图炸掉美国大使馆的本·拉登的要员堵进了一个地下通道的尽头。双方发生激烈的枪战，三个阿拉伯人两个被打死，一个名叫阿赛福的人饮弹自尽。阿尔巴尼亚电视台把这条新闻和我被警察解救的新闻同时播出，在那个电视台记者以五百美金卖给我的光盘里，也录下了这条新闻。后来我又看了报纸，知道了黛替山的空中花园就是本·拉登设在阿尔巴尼亚的基地。他们已经准备了好几年了。当美国在肯尼亚和坦桑尼亚的使馆被炸之后，这个基地马上被启动。据那篇报道说，埃及人的空中花园正好俯视着美国使馆，他们计划如果汽车炸弹不能靠近美国使馆，他们就在空中花园使用火箭炮直接炸毁美国使馆。只是美国人得到了可靠情报，提早一步灭了他们。

黑夜要过去了，我看见那个圆筒似的通气窗慢慢变得亮起来。在昨天早上，外边这个时候有集市似的嘈杂声音，可今天却很平静。我听到了几个妇女说话的声音，好像还有小孩的声音。一会儿，还有一架收音机开始播放起音乐，是一些难听的阿尔巴尼亚民歌。这时我明白了，我是被关在一个居民区的院子里。看来这个院子有大人还有小孩，他们一定都知道我被关在地洞里。我昨天声嘶力竭地叫喊，他们不会听不到的。

为什么昨天他们那么安静？他们是有点紧张。而今天，他们适应了，开始了正常的生活。他们都知道，在院子的地洞里关着一只非常值钱的动物。也许用这只动物能换来他们几辈子都挣不到的钱呢。当我明白了这一点，只觉得难言的愤怒。我在洞里来回走着，还做着下蹲练习，我得保持身体健壮。

　　现在我又悄悄走到那个四方的窗洞边。窗洞很明亮，外边有阳光。我伏在窗边好久，确信没有人在边上，才慢慢把脸贴到窗洞上。我知道这样做的危险性。如果我和绑架者打一照面，他们就会觉得我会认出他们，只能把我杀死。但是，我现在极想知道我到底在什么地方，有没有机会逃脱。而且我要记住这个地方，在他们拿到赎金放了我以后，我一定要带着警察来找到他们，找到这个地洞，我一定要报这个仇。我贴着窗洞看了半天，只能看到对面的一小块墙。我突然想起那个美国电影《拯救大兵瑞恩》，在电影开始部分有个细节，汤姆·汉克斯演的那个美军军官在密集的火力下想看清敌军的工事，他用口香胶粘着块镜子在匕首上，躲在石头后边从镜子里看着前面的情况。我想如果我有一小块镜子，我也能用这办法看到外面的情况。可我没有镜子，只有一枚十列克的硬币，那是他们搜身时没摸到而留在牛仔裤袋里的。我想我要是慢慢把这硬币磨平了，磨光了，也许能当镜子用。这样，我就在地上开始磨起这枚复仇的硬币了。

　　　　　　　　　　　　　　　　　　　　　　被绑架者　说

迪米特里警长

现在想来，在我的十分晦气的被绑架事件里，倒也是有好几件运气的事保佑了我。比如阿国外交部长的访华，还有我没有手机（这件事我马上要讲到）。最幸运的是，我想是迪米特里警长办了这个案子。

迪米特里当时刚从意大利回来。他在那不勒斯警察局重案侦探队受训了一年，实际上做的就是和意大利同僚一样的反黑手党的危险工作。他的表现十分出色，那不勒斯的局长多次要他把家人接来，留在意大利工作。可迪米特里还是回到了地拉那。他觉得阿尔巴尼亚需要好的警察。

迪米特里在接到公安部长的特别指派后，就带着23分局刑警队一群技术人员来到现场。

他发现现场很平静，没有任何搏斗的现象。门锁都是用钥匙自然打开的。唯一奇怪的是我那辆白色的大众高尔夫汽车停在大门前的路边，没有停在车库。迪米特里当天在中国使馆和杨小民、道光作了谈话，根据他们所说的我是在星期天中午时分匆忙回到地拉那接待客人，他们在一点钟打电话给我时没人接电话的事实，迪米特里判断我是在接待那个买药人时被绑架的。这个判断和尼可提供的礼拜五有个自称是爱尔巴桑的青年人约定礼拜天见面符合了。迪米特里的一个助手马上去爱尔巴桑和当地警察一起盘问了所有的药店和即将要开的药店，没发现有用的线索。迪米特里在得到杨记者提供的有奇怪的电话询问尼可的电话号码时，立即监听了尼可的电话。从各种情况来看，迪米特里相信罪犯是几个年青的菜鸟。但是他并未因此感到轻松，因为菜鸟做事无章可循，他们最容易弄死人质。

迪米特里会认为他们是菜鸟的原因是他们使用了公用电话，这样就暴露了他们在打电话时所处的位置。如果是在意大利的西西里这样的大城市，公用电话成千上万到处都是，罪犯变化地点使用公用电话警察也拿他们没办法。但是在电信还很不发达的阿尔巴尼亚，公用电话数量不多，地拉那大概五十来门，都拉斯二十多门，爱尔巴桑只有五门。这样就给迪米特里提供了这么一种可能：给公用电话设伏。在罪犯给尼可打电话时，测出电话位置，让埋伏在附近的便衣抓住他们。迪米特里还注意到这么个事实，罪犯对使用公用电话的危险性其实明白，所以他们打电话的时间极短，不超过一分钟，而且两次电话选在不同地点，第一个是在地拉那市中心，第二个是在几十公里外的都拉斯。这样，迪米特里知道要抓住他们，需要大量的警力，还需要特别的耐心和细心，另外，就是靠人质的运气了。

迪米特里还特别庆幸一件事，这个被绑架的据说很富有的中国人质居然没有手提电话。

如果他们用人质的电话和尼可联系，尽管地拉那警察局已有手机定位测定设备，只要他们打完电话就关机转移，警察还是抓不到他们。当然，迪米特里可以让手机公司停掉这部手机，逼他们使用公用电话。但他们会不会意识到这是警察的把戏，不敢用公用电话，改用信件的方法联系。那样，破案的难度就大得多了。

被绑架者 说

看来在这个世界上什么事还是简朴为好。其实那时手机在地拉那已经流行了两年。杨小民、德光他们都用烂了好几个手机了。可我和李明一向为人低调，再者考虑到准备移民，所以一直没买手机。但是就在两个月前，我在看到报纸上的手机公司广告后，突然心血来潮，跑到手机公司付了十万列克，定了一个手机号。非常奇怪的是，这个阿尔巴尼亚唯一的手机公司只做通信服务，不卖手机。半个月后，我老婆来到阿尔巴尼亚，和我一起去布加勒斯特去见加拿大使馆的移民官。回来在苏黎世机场转机时，我在免税商店看准了一个 SONY 手机，价格要六百多美元。我当时是爱不释手。可我老婆当头给我一盆冷水，说："你不是要去加拿大了吗？还买它干什么？"我心里极为不快，只得把东西还给人家。回到地拉那又去手机公司退回了预订费。我现在记得绑架者在抓住我时第一件事就是找我的手提电话，说明用我的手提电话作为联系工具是他们精心策划的计划的一部分。我老婆在苏黎世机场的一句显得小气的话提前就挫败了他们的计划，逼得他们去使用公用电话，从而救了我一命。从那以后，我就告诉我的朋友们，女人们那些听起来十分不近情理，甚至显得愚蠢的话有时会包含雷霆万钧的真理，我们还得虚心听取为是。

绑架者打给尼可的第二通电话是在星期三晚上，也就是我被抓的第四天。他们询问尼可李明是否已经回来。尼可在迪米特里的开导下，现在已镇定了许多。他说李明已经在路上，明天就会回来。尼可按照迪米特里的意图尽量延长说话时间。所有的对话都进入了迪米特里的耳朵，而且录了音。信号显示这个电话是从 21 大街打来的，迪米特里失望地看到，由于他的警力还不够，他只在一些他认为可能性较大的电话周围布了埋伏。21大街还没有埋伏警员。当他通知最靠近的巡逻车赶过去时，打电话的人已不见踪影。他想，要是他像那不勒斯的警察局一样有一架直升机在空中巡逻多好，那样他就可以在空中锁定目标，然后指挥地面人员抓住目标。迪米特里听出绑架者的声音还很兴奋，他就知道人质现在还没事。但是，留下的时间已经不多。通常，被绑的人质要么在七天内被赎出或救出，否则被撕票的机会就大增。现在，他需要编织一张没有死角的网，把地拉那还有都拉斯的所有公用电话都控制起来，那得需要近两百个训练有素的便衣警察才行。迪米特里已将此事向部长请示，部长已在紧急召集人马。当时，科索沃的阿尔巴尼亚族和塞尔维亚族的冲突正在加剧，阿国需要中国在安理会上不反对北约轰炸前南联盟。阿国外长访华有着这样的背景，所以迪米特里的任务充满了向中国示好的政治意义，部长给了他最好的警力资源。

李明是在星期四的下午回到地拉那的。他一下飞机，就被迪米特里的助手接走，连海关手续都不需办。迪米特里要不让媒体知道李明已回到地拉那，从而可以拖延点时间。李明被直接送到了中国大使馆。没人知道他已回来。

在星期五这天日落之后，据说有两百多名便衣警察进入埋伏岗位。迪米特里巡视了一些地方，他一眼就看到那些扫马路的，在路边的酒鬼，还有停在不远处的汽车，都是埋伏哨。他感到满意，然后就去了他设在监听中心的临时办公室。他已连续五个晚上回不了家过夜。

这个晚上，天气骤然寒冷，不久又下起了大雨。那些埋伏的警员真的是吃足了苦头。几乎所有的人都在室外，有的躲在建筑物的墙角，有的躲在树下，只有个别的藏在汽车里。而绑架者也好像被雨水冲走了似的，一直没出来打电话。直到半夜两点钟，坐在沙发上打着瞌睡的尼可被骤然响起的电话惊得差点跳起。尼克刚拿起电话，就听到话筒里恶狠狠的声音："中国人回来没有？钱带来没有？"尼克按照迪米特里事先布置的话去说："李明还没到，他的钱还不够，所以他在罗马要停留一天，向朋友借钱。"迪米特里从绑架者凶狠的吼声里听出他们现在很烦躁。他们叫着："你们都在骗，我们现在就要杀掉人质。"电话的位置已测出，在大学路的尽头。迪米特里立即告诉那个电话的埋伏警员，立即出击。但是，好像命运注定我要多受几天苦，那两个警员接到命令时，却是在附近的一个通宵酒吧喝一杯咖啡暖身。在接到命令后，他们立即拔枪冲出来，但为时过晚，打电话的人已无影无踪。

迪米特里眼看着罪犯像一条鱼一样从他的网中溜走。他的脸色铁青。但是有什么办法呢？阿尔巴尼亚的警察的纪律就是这个样子。他们已经算是精干的了。可是话说回来，自从这个中国人被绑走之后，这群警察已连续五天没休息。而迪米特里又没有能力给他们发点加班补贴。迪米特里知道现在人质还活着，但时间已不多。他从绑架者的声音听出他们已极为急躁，如果这种急躁加剧，他们就会撕票了。现在，迪米特里知道接下去的事情很简单，就是要鼓舞起这几百人的队伍的士气。最有用的办法是给这些囊中羞涩的警员们发些钱，让他们可以买一杯酒喝。可哪来的钱呢？现在只能让中国人出了。他让所有人知道，如果救出了中国人，每个人都可以得到一百美金，而主要立功的人至少会得到一千美金的奖励。

我相信迪米特里的这个办法起到很大的激励作用，我记得在我刚从地洞里被警察救出，在大家的欢呼中就有人开心地对我说："中国人，你现在要付钱了。"

星期六、星期天都很平静，平静得让人几乎感到绑架者撕票了事了。李明后来告诉我，他都在发愁怎么处理尸体了。但是在星期一早上，邮递员送来了一封信。按照迪米特里的安排，尼可、阿达、尤莎都在正常上班。那信是写给尼可的，上面说：今天晚上李明一定要和他们谈判。这是最后的机会。否则他们就要杀人质了，还要烧了尼可的房子。迪米特里松了一口气，感谢上帝，人质还活着。机会再次来了，他相信这次是最后的机会了。

天黑之前，所有的埋伏哨进入了岗位。迪米特里这回对绑架者可能会出现的地点有所判断，所以在那些地方部署了最精干的侦探。然后，他通知军队方面的谢福谢特中校，请他准备几辆装甲车作为支援火力。现在，他让尼可知道，李明已经回来，今天晚上，他将和李明一起到他家和绑架者谈判。为了安全起见，迪米特里让尼可的家人今晚要到亲戚家过夜。迪米特里还特别庆幸一件事，媒体没有知道警方用电话监听的事情。如果他们把这报道出来，那就彻底完了。

六点钟，迪米特里给了李明一件防弹背心，让他穿上。他奇怪地看到李明在穿防弹背心前，在认真地打一条领带。他问李明打领带干什么？李明说，今晚也许会有枪战，万一中了弹，他可以用领带包扎止血。

就这样，迪米特里把一张巨大的网撒开了。他和李明坐在尼可的家里，抽着李明带来的中华牌香烟。据李明后来说，那天晚上他们说的话题并不是绑架的事，而是听尼可回忆一件历史事件。说的是一九六〇年周恩来总理访问阿尔巴尼亚。周恩来的到来是为了一件事，当时中国想把几个巴尔干的国家统一起来，组建成为一个巴尔干社会主义联盟共和国，以抗衡苏联修正主义。尼可说那次会议铁托也来了，保加利亚的领导也秘密来了。他是做周总理和霍查之间的翻译。

这个晚上地拉那即将发生两件有新闻价值的事情。在迪米特里的网铺开的同时，一支由美军特工和阿国警察联合组成的突击队包围了黛替山的埃及人的空中花园。在九点左右，他们发起突袭，冲进了建筑物的内部。双方发生了激烈的枪战。在不到十分钟的时间，美国人就拔掉了本·拉登埋在地拉那多年的这枚定时炸弹。克林顿把这事作为自己得意的事写进了回忆录。

在十点半左右，尼可家的电话响了。当尼可紧张得发抖的手拿起话筒时，仪器已测出电话是从市中心的斯勘德培广场打出的。迪米特里指示潜伏警员出击，并命令巡逻队马上包抄过来。不到一分钟时间，迪米特里接到报告：猎物被擒获。

奇迹

现在，我的叙述即将到了尾声，我不由得感到了一阵轻松。尽管这么多年过去了，当我力图把当时在地洞里所受的折磨准确再现时，我还是感到非常强烈的不愉快。我强迫自己去回忆那些事情，找回当时的感觉，结果我好像中了咒语似的浑身难受，头上冒冷汗。尤其是我写完了"苦难的一天"这一节后，心情特别败坏，以致在马路上开车时心不在焉，撞了前面一辆车的屁股。这个小事故给了我警告：趁还没出更大的事情，快点把这篇东西结束。

现在是我被关在地洞的第八天了。绝望的心情正在来临。我现在最大的敌人是自己的情绪，它是如此焦躁不安，几乎让我丧失了思考的能力。在最初的几天，我时刻在计算着李明回来的时间。根据我的计算，李明在第五天无论如何应该回来了。如果他付了钱，我在第六天应该会被释放。但是他们告诉我李明不知在哪里，也没付钱。在接下去的两天里，我失去了精神的支撑，心理几乎到了崩溃的边缘。所以在第八个晚上，我听到外边的铁门开启声时，我就像一条狗似的起了条件反射，浑身发抖，我盼望着他们已拿到钱，今晚会放我走。他们进来了，我能感觉到他们的手电筒照在我的身上。我就低着头坐着，心里极为紧张。我的手是在听到铁门响声时才套回绳圈的，头上的已和皮肤分离的胶布也才拉下来。我现在最怕的是他们检查我头上的胶布。如果他们发现我已经撕开了胶布，那将对我极为危险。他们会知道我看到了一些东西，这样他们一定不会让我活着出去了。我想起了去年温州发生的一个惨案。几个窃贼入室偷窃，屋内有个小女孩看到了他们。他们把女孩绑在椅子上，杀了。他们在离开现场后，又折回来把女孩眼球刺破。因为他们想起有人告诉他们，人在死前看过的人会留在眼球里，警察可以以此破案。

他们解开我的绳子，给我吃了一小块冷面包。我慢慢嚼着，他们一声不吭地守在一边。这样我知道了他们不是来释放我的。我突然感到想呕吐，根本吃不下面包。我问他们为什么还不放我走？李明是否已回来？他们是否已拿到钱？他们只是含糊地说，也许会是明天吧。我的情绪突然失去控制，喊叫起来："我要出去，我要走。"立刻，几支手枪顶住我的脑袋。他们说："中国人，不许吵，再叫一句就打死你。"他们的声音显得冰冷，听得出来他们也已经很厌倦了。

现在，他们又把我捆起来，让我躺在木板上，盖上毯子。然后我又回到黑暗中，听着他们的汽车远去。

我坐了起来，想把被反剪着的手从绳套里脱出来。但因为我刚才的大声喊叫，他们把我的手绑得紧了，我怎么也脱不开来。我的心现在乱到了极点，我感觉到，他们释放我的可能性几乎是没有了。我的脸上感到有一个黏稠冰冷的东西爬上来，我知道那是鼻涕虫。这地洞里潮湿，这东西很多。我的手无法活动，只好侧过脸在肩上蹭来蹭去。我能感觉到鼻涕虫的体液被搓了出来，发出一种苔藓似的怪味。

明天，或者后天，他们会把我怎么样呢？他们会把我装在麻袋里，从悬崖上摔下去吗？他们会用刀刺死我呢还是用铁棍？他们不会用枪打吧！我的脑子一直离不开这些念头。其实死只是一刹那的事，可怕的是死之前对死的恐惧。当我的心乱得不能承受的时候，我唯一的办法就是让自己去想念观音菩萨。我跪了下来，在黑暗中祈求着：观音菩萨呀，请您让我的心安宁下来吧。我知道您不能救我出来，但您可以让我的心安静，让我能平静地面对事实。我一遍又一遍地念叨着，我的急促的呼吸渐渐平稳了下来，堵在胸口的剧烈的痛楚缓解了许多。我觉得有一道雪白的亮光照进了我的灵魂。我似乎见到了观音的莲座在空中飘来飘去，不过她好像有点犹豫着不想降临，似乎觉得这里是巴尔干，是她的欧洲同行耶稣的领地。我是那样急切地祈求着呼唤着，她开始缓缓降临，她在注视着我，她终于看见了这个在地洞受苦受难的家伙原来是个中国人，是个只会东跑西跑做生意的温州人。观音露出会心的微笑。现在，我觉得浑身舒畅开来，死亡离我而去，天空中布满了莲花。这真是一次奇异的经历，在接下去的十分钟后，奇迹真的出现了。我其实对佛教认识很浅，只是像普通的中国人一样，对观音菩萨怀有好感。在我二十二岁那年，我由于在一次省级篮球联赛中为我所在的单位夺得冠军表现出色，工会让我去普陀山休养了十天。我住在半山腰的工人疗养院，每天都转悠在这个号称南海佛国的众多寺院里，晨钟暮鼓，僧尼们动听的诵经声，加上普陀山长天碧海的景色，让我感到了佛教的动人之处。有一天，我在千步沙的海礁上看海。海潮涨了，我来时的路被淹了。我就攀着岩石从另一条路回去。那时我年轻，什么路都敢走。在过一块巨大的礁石时，我的脚下突然打滑了，下面是狼牙似的乱石。求生的本能使得我一个鲤鱼打挺，抓住了岩缝里一株开着白花的野栀子花。现在，当我在这个苦难深重的地洞祈求观音时，终于明白当时一定是观音化身为野栀子花救了我。

这个时候，我注意到外面奇怪地响起一阵汽车的轰鸣，好像有很多车。有人开始大声喊叫，很快就变得人声鼎沸。我睁大眼睛，不知究竟发生了什么事情。突然，我听到有人喊："中国人，我们是警察。"我明白是警察来救我了。我吼叫起来："我在这里，我是中国人。"现在我知道了，我真的得救了。紧接着就有警察进入了地洞，打开了门，把我拖了出来。现在我看到外面至少有闪着警灯的警车，稍外面一点是好多军队的轻装甲车。当我出来时，所有的警察都欢呼起来。

我被送进了指挥车，坐在迪米特里警长身边。他给了我一支中华牌香烟，我就明白这烟一定是李明带来的，也知道了李明一定参加了营救。很快就到了23分局。我头上的胶布被剪开。我看到自己手腕上的被绳子捆伤的伤口已烂透皮肤，露出了里边的肌肉。去洗手间时我从镜子里看到了自己骨瘦如柴。

我很快就被告知这么一个事实：绑架者的两个主要成员是我的前翻译阿尔塔的儿子罗布特和内迪。这真的让我无法相信，我印象中阿尔塔的两个儿子虽然长得健壮，可乳臭未干，怎么会做出这事呢？原来阿尔塔一家在两年前出走之后，竟然一直生活在中国北京。罗伯特和内迪供认他们是在一年前开始了这个绑架计划。三个月前他们从中国回到了阿尔巴尼亚，参加行动的有其他五个青年人，其中一个全家（他的父母、奶奶、姐姐都在里边）都参加了。我就是被关在他们家院子的防空洞里边。我不得而知阿尔塔是否参与了这个计划。我觉得她大概没有。她要是参与了，我生还的机会就不会有了。

不管怎么样，我得救了。当天晚上，迪米特里让我睡在局里的值班警察休息室。一个警察陪着我。我一直无法睡去，那是多么好的一种感觉。我永远会记住那个美丽的早晨。透过地拉那23分局警员休息室的玻璃窗，我看到东边的天空渐渐发亮，朝霞呈现。原来，钱财算什么？能自由地看到黎明的曙光才是最幸福的一件事！

无花果树下的 欲望

一

一九九四年初春，我跟着我的合伙人李潮去见一个叫蔡晓棠的女人，地点在阿尔巴尼亚首都地拉那第二十一大街的一条僻静的巷子里。尽管时间已经过去了十多年，我还能记得那条小巷子很整洁，甚至还显得有点美好。李潮开着那辆从罗马尼亚带过来的破败不堪的雷诺牌跑车，一路冒着黑烟。由于一侧的车窗玻璃被人打碎了，所以停车的时候得把没有车窗玻璃的一侧贴着墙壁，以防有人会钻进来。我记得当时我就坐在没有玻璃的副驾驶座这边，车子停下来的时候，看到车外的那面墙是大石头垒成的，上面长着湿润的青苔。这个时候我刚到地拉那不久，大概只有一个星期吧。

这面长着青苔的石墙就是蔡晓棠住家的围墙。往前几步，是一个带着屋檐的木质大门。进大门之后是一个庞大的院子。天井里长着一棵伞状的无花果树，已结满番红色的花果；有一口带手压式唧筒的地下水井；大门的左侧有一口木头大马槽，马槽后面是马房。李潮昨晚提前介绍了马房，说我们想要的东西有可能就藏在里面。在院子的中间和右侧，排着好几个房间。蔡晓棠住在中间的那个。

然后我看见了蔡晓棠。她是个不很年轻的女人，有四十五岁以上了吧。看得出她是个有生活品位的人。房间的陈设虽然简陋，但显得十分整洁，带着一种单身女人房间特有的香味。靠窗的台子上插着几枝香石竹花，墙上还挂着一个琵琶。她很客气地接待我们。由于我刚从国内过来，她还特别多问了几句国内的气候怎么样。我和她说话的时候，有机会看清了她的面容。她的五官端正，皮肤白皙，没有一点皱纹，头发乌黑似清汤挂面一样垂下，看不到一根白头发。她的身高近一米七〇，而且身板挺直。那天还是早上，她穿的是一身浅色的棉布睡衣。

李潮和她相熟已久，有话题好谈。我是新来者，只有旁听的份。他们的谈话一直在说着一个叫梁西的人。昨天晚上，李潮在向我介绍情况时，说到一个叫梁西的人是蔡晓棠的老板。两年多前，梁西带着一大班人马来到地拉那，成立了"梁氏全球控股公司"。当时在地拉那是很轰动的事。在现在的这座屋子里，原来有十多个人住在这里，据说装了卫星电话、电脑系统，买了很多汽车，在市中心开了很多个百货商店。李潮说以前这里每天高朋满座，常有政要名人来喝酒吃饭。可是仅仅过了一年多，梁氏控股公司的辉煌渐渐消失了。店铺一个个关掉，人员也都悄悄地撤走了。这座房子的房东是个叫布卢努希的阿尔巴尼亚老游击队员。他在这座房子里安安静静住了四十多年，两年前他把房子租给了中国人，闹哄哄了一阵，现在这房子又重新安静了下来。不过，尽管梁氏公司已日薄西山，这个大院也显得很寂寥，它还是拥有一些吸引人的东西。我们今天这么正式地来见蔡晓棠，就是冲着一样宝贝而来的。

蔡晓棠那天一直在说着梁西的不是。她说梁西近半年来去澳门赌场输了五十多万美金，把公司的营业收入都输光了。现在开在科索沃和黑山的分公司因为没有资金已经关门了。她说梁西现在没钱了，估计很快又会来地拉那要钱了。六个月前他来过一次，拿走所有的销售货款，而欠国内的货款一年多没还了。蔡晓棠说这些事的时候显得十分焦虑。我捏了一把冷汗，不是为了她的货款，是怕她的情绪这么不好，我们的事可能难以启齿了。

　　我十分佩服李潮的处事能力，他足足花了一个多小时倾听蔡晓棠的话语，在她说到痛处时他会说几句体贴的话，像是疗伤的油膏似的让她觉得舒服。我以为今天他大概是没有机会提这件事了。可他开始进入话题了，说自己如何在罗马尼亚买了一辆法国制造的雷诺牌跑车，沿着E74号欧洲公路一路开来，途经南斯拉夫时遭匪徒抢劫，他用少林武功打退敌人。在萨格勒布附近他因为喝了一点小酒，车子在路上翻了两个跟斗。这些故事我听过多次，每次他说的情节都不一样。接着他说到地拉那的小偷怎么砸破车窗偷走录音机，用砖头代替千斤顶偷走轮胎，把他漂亮的雷诺车搞成这副残废样。然后说几天后我们有一个装满药品的货柜即将到达希腊边境海关，我们必须去那里清关，可是眼下这辆破车子根本无法越过那座高山。我全神贯注听着李潮的话，同时观察着蔡晓棠的反应。李潮终于说出了我们的来意，想向她借用一下她公司的那辆车。蔡晓棠不假思索就答应了下来。为了她这么直爽地答应了这个要求，在以后的很多年里我一直对她心怀感激。

　　蔡晓棠说汽车停在马房里边。因为她自己不开车，所以有很长时间没用了。马房里还堆着很多东西，得清理一下才能把车开出来。她问我

　　　　　　　　　　　　　　　　　　　　无花果树下的 欲望

们是不是马上要用车？李潮问我怎么样？我赶紧说是的，马上要用！我们还先得做个保养什么的。我怕现在不把车拿来，万一她改了主意怎么办？夜长梦多啊！蔡晓棠说那她叫个人来把马房里的东西清理一下。蔡晓棠起身走到后面，听得到她敲门，把一个小伙子叫了出来。那小伙子还睡眼惺忪，头发像鸡窝一样，一脸不高兴。李潮认识他，和他打了招呼，给他递了支烟。这家伙猛吸了一口烟，从鼻孔吐出来的浓烟像是一对獠牙。抽了几口烟，这小子有了精神。我好像在什么地方见过他，突然想起了前几天在中国大使馆的门口，看见他坐在台阶上晒太阳，像一个白痴一样看着天空，不知在想着什么心事。这小伙去把马房打开了，里面还残留着早年马粪和草料的气味。我看见许多的麻袋、布包、纸箱杂乱地堆着。我们搬了好多箱子出来，里面好像是太阳帽、袜子、胸罩、绢花之类的东西。搬箱子的时候我总是信心不足，难以相信一辆名车会堆压在里面。但是在我搬开一个装满拖鞋的箱子时，觉得缝隙中有不寻常的光射出，显示里面藏有异物。又搬了一层箱子，我看到在一排纸箱的空隙中露出了一小块银灰色的金属外壳，我伸手一摸，如丝绸一样光滑，像大理石一样冰凉。把这些箱子都搬开了，凯迪拉克车终于露了出来，车上布满了灰尘，好像是秦始皇兵马俑坑中的一部古代兵车。我把车门打开，摸着皮质的方向盘，先轻轻点了几下油门，推了推排挡杆，然后把车钥匙转动。想不到汽车一下子就轰然启动了。车子所有的灯光自动亮起，排气管排出的气吹得草灰飞扬……这样的场面激动人心，完全像是凯迪拉克汽车公司的一个创意广告。我把死而复活的凯迪拉克车开了出来，然后李潮把他那辆横贯过巴尔干半岛的身经百战的雷诺战车开进了马房，其实他这辆千疮百孔的破车停在这个墓穴似的马房里倒是挺合适的。

二

我相信梁氏控股公司虽然已经日薄西山，可一部分运气还残留在这台凯迪拉克车上。我们开着它去希腊边境的海关，顺利办好了清关手续，提到了货柜。以后的事情特别顺利。货柜里的普鲁卡因青霉素针剂卖给了国家卫生部药库，硫酸庆大霉素卖给了部队总医院，还有一部分血压表卖给了科索沃一个私营药商。我们挣到了一笔钱，可这个时候，我们做了一件有点草率的事情。这件事当时像是一个错误。现在想来也是一个不错的经历。有一天我们去一个中餐馆吃饭，餐馆的老板是我们的同乡，说自己想回到意大利罗马去，问我们愿不愿意接手这个餐馆？我们那天一定喝多了，糊里糊涂答应了下来。几天后那餐馆的老板拿走我们卖药挣来的钱带着自己的人马回意大利了，我们却临时找不到厨师急得团团转。就在这时，李潮认识的地拉那大学的中文教授杨老师知道了这事，推荐说有个从维也纳来的会做厨师的小伙子正闲着没事，不妨试一试。仔细说来，杨老师推荐的人原来是我在蔡晓棠家里见过的那个家伙，名字叫朱淇银，是离我们家乡不远的青田人。他很快来了，想不到他菜炒得又快又好，而且还知道不少做中餐馆的规矩。他在维也纳的中餐馆做过三年，当过二厨。对于我们这两个餐饮业的门外汉，他显得十分有用。从那天开始，我对他另眼相看，还慢慢看顺了眼。其实淇银长得不

　　　　　　　　　　　　无花果树下的 欲望

差，个子近一米八，圆脸，皮肤白皙，眼睛也很大，属于现在所谓的电眼。只是两片嘴唇实在太宽太厚，尤其是下面的那片，颜色偏紫，有时会耷拉下来，还会有口水顺着流下，这让我忍不住在私下给他起了个外号，叫"大嘴"。不过总地说他还是比较阳光的男青年，毕竟那时他才二十出头嘛。大嘴这小子十分喜欢说话，说起自己的事情来也像是说人家的事一样痛快淋漓。他说的事情中有几件让我印象很深。

一件事是他对自己家乡的描述。他说自己住在青田一个出产板栗的深山里。他的祖先原来住在山下的平原地带。二百多年前一场滔天的洪水抹掉了青田平原的所有村庄，无数的尸体顺着瓯江被冲刷到了东海。灾后余生的人一部分搬到了高山上去住，还有一部分人坐着船漂流向大海，最后到了欧洲大陆。朱淇银的家族搬到了山顶，而没有前往欧洲，因此一直很穷困。他说自己小时经常吃不饱饭。那时家里煮一锅饭，边上都是地瓜丝，只有中心部位有点米饭。盛饭的时候，他只能盛边上的地瓜丝。他的饭勺要是碰到中间的米饭，他父亲的筷子就会反过来敲到他的头上。因为米饭是给大人吃的，大人要干活，需要吃点米饭才有力气。我问他这是什么时候，他说是一九八九年左右吧。这个时间让我震惊。八九年的时候我印象里中国已经很发达了，尤其是南方地区。像青田这样著名的侨乡竟然还有吃不饱饭的事。

第二件事是他出国前的那年，他十七岁了，在山里待不住，常跑到104国道公路边的船寮镇上去瞎混。有一天他在集市上看到一个很好看的女孩子，他过去搭讪可那女孩不理他。他跟在她的后面，看那女孩来到一个卖裤子的地摊前面。女孩看中了一条裤子，捡起来又放下，说了很久价格都说不成。女孩后来走了，他跟在她后边，看着她走进了一个小客栈。他知道女孩是从山里出来的，也许还是第一次到镇上呢。他转头回到了那个地摊，把那条裤子买下了，然后来到客栈找那个女孩，把裤子交给了她。那女孩激动得满脸通红。他不需说很多话，只是说让她试试裤子是否合身。接着的事就水到渠成搞定了。

这件事让我吃惊倒不是因为他的艳遇，而是他的心机。联想起上一件事，那时他家连饭都吃不饱，为了搞上一个自己喜欢的女孩他竟然舍得花一条裤子的钱，实在是很有想象力。而且这样做还有风险，比如那女孩不收呢？比如他买了裤子那女孩已离开怎么办？因为在乡下的地方买了货之后就不能退还了。这个小子真有一套能讨人喜欢的本领，难怪蔡晓棠会收留他，连杨教授夫妇也都很疼爱他。

餐馆开张之后，我们请蔡晓棠和杨教授夫妇来吃饭。杨教授在地拉那大学教中文，他的夫人林姐教塞尔维亚语。他们夫妇在阿尔巴尼亚生活了三十多年，"文化大革命"前就已经在这里了。杨教授夫妇有六十多岁了，基本上算是老人了，所以蔡晓棠和他们坐在一起，看起来还是很年轻的。我看到蔡晓棠今天略施薄粉，穿戴十分雅致得体，很像国内高层的白领。

大嘴淇银炒了几个家乡口味的好菜，大家吃得都很快活。喝过一杯花雕酒后，兴头刚刚开始上来，却见蔡晓棠情绪很低落。她说现在她都快要愁死了，因为她的护照下个礼拜就要到期了。上个礼拜去大使馆办理护照延期手续，通常护照延期当天就可以办下来，可使馆的领事却把她的护照留下，让她下周来取。她当时感觉就有点不对，一周来心神不定。果然她今天去使馆的时候，使馆的领事对她说她的护照不能延期，退回给她了。原因是她所在的北方外贸公司已经通过经贸部通知使馆要她马上回国述职，她必须在护照失效之前回国。蔡晓棠说着眼泪就流了下来。她说她工作了这么多年的北方外贸公司怎么可以这样冷酷无情地对待她呢？她说自己和单位里有联系，也知道公司叫她回去述职。可她害怕一回国就再也出不来了。她说其实公司当时发来的货物根本就不对路，卖不出一半。而卖出来的货款大部分让梁西拿走了，还有一部分花在费用开销上，她现在手头只有一点点货款，而梁西还在盯着要这些钱。她说自己这个情况下怎么回得去呢？回去会不会被他们隔离审查呢？李潮和杨教授他们一直在劝慰着蔡晓棠，为她打抱不平，说这个责任不应该是她，是梁西。说她的公司当时就不能选梁西这个人做生意伙伴，这是公司上层的决策错误。蔡晓棠的处境我近来大致有点了解了。她所在的北方工业外贸公司是个实力很大的公司。她以前在宣传科做打字员，一直沾不到业务的边。后来是她给梁西和公司之间牵上了线。梁西是个高干子弟，在军方有些背景，他称自己在国外有广泛的销售网络，可以为北方工业公司每年出口一个亿，创利一千万。北方外贸公司高层看好这个联合，给梁氏公司发了价值一百多万美金的二十多货柜的货物，信用期限为三个月。作为对牵线人蔡晓棠的奖赏，公司派她到地拉那梁氏公司当经理。可是那个梁西后来没把心思放在生意上，而是拿了钱后泡在澳门赌场，欠北方外贸的钱都没还。

那个晚上大家都在讨论蔡晓棠的护照问题。其实那时地拉那有很多没有护照的人，他们是偷渡过来的，然后又从阿尔巴尼亚渡海偷渡到西欧去做苦工或者做生意，到意大利拿特赦身份。不过这条道路显然不适合蔡晓棠。后来又商量说应该让梁西去北方贸易公司说明情况，此事和蔡晓棠无关，可是梁西会这么干吗？最后，蔡晓棠说自己准备去邻近的马其顿大使馆试试运气，那里有个朋友，也许能派上用场。她说自己准备明天就动身，车票都买好了。她这么说大家鼻子都酸酸的。我们想想也没其他办法，只能祝她好运，路途顺利。

三

蔡晓棠出奔马其顿之后的第三天，大嘴一进餐馆的门，就神秘兮兮地说：昨天半夜里出了个状况，可把他吓死了！

大嘴说：昨夜他睡得正深，突然觉得隔壁几间屋子的灯都亮了，有人在活动。起先他以为是蔡晓棠回来了，但觉得有点不对，因为他闻到了有香烟的烟雾味道。他感觉这屋里有个男人进来了，心里害怕得要死，以为是阿尔巴尼亚的窃贼进来了。他把自己的头蒙在被子里面，虽然是在黑暗里，他也能感到外边的那个人把所有的房间门都打开了，灯也打开了。后来他感到闯入者摸到了他睡的房间门口。他的房间是有门锁的。他听到外面一串钥匙哗啦哗啦地响，那人试了好几把钥匙，才把门打开了。大嘴说自己当时吓得小便都差点尿在床上。他的头缩在被窝里不敢动，听到那人把房间电灯打开了。那人一步步走来，走到床边，一动不动站了好久。大嘴在被窝里能感到那个人的气息，此时那人大概正对他举起斧头或者用手枪选择某个部位下手。大嘴淇银说自己忍不住发抖了。突然之间，他身上的被子被那个杀手一把掀掉了。大嘴一下子跳了起来，

　　　　　　　　　　　　　无花果树下的 欲望

两手本能地护着裆部，因为当时他身体赤条条的什么也没穿。他从小到大睡觉都不穿短裤的，山里的人饭都吃不饱，短裤当然要节省着穿，后来就养成这习惯，到了欧洲也改不了。他尖叫一声跳到了床的一角。掀被子的闯入者也被眼前这个赤裸的身体和象鼻状的生殖器吓得倒退了一步。大嘴看到对方手里倒是没有斧头手枪什么的，而且原来也是个中国人。大嘴淇银用被子围住下半身，像洞穴人围着兽皮裙，惊恐地看着对方。对方是个发胖的中年男人，脸部很大，是那种大脸猫的脸形。那人审视着他，问："你是什么人？蔡晓棠在哪里？"

大嘴说到这里，我都有点笑翻了。可我还猜不出这个入侵者是谁。大嘴接着说，他当时回答："不知道！"他这样回答是从电影里学来的，电影里的人面对着日本鬼子，总是头一拧：不知道！那人又问他："蔡晓棠到底去哪里了？她的钱在哪里？"大嘴反问他："你是什么人？怎么会有门钥匙？"那人冲他吼道："我是这里的主人！我是梁氏全球控股公司的董事长，我是有名的梁西！"大嘴这么一说，我才恍然大悟。这不是嘛，蔡晓棠说过最近梁西可能会来要钱，可我想不到他会用这样搞笑的时间方式出现。

大嘴淇银绘声绘色地说着事，突然间大惊失色地说："不好。梁西来了！"我说："在哪在哪？"他指着餐厅外面的街路。隔着玻璃我看到有个华人正向餐馆走来。大嘴一见他走来，赶紧跑到厨房里面，说："糟糕，他一定是跟踪我来的！"

正说着，门口那个人就推门进来了。我上来招呼。来者个头壮实，剃着一个板刷平头，态度有点傲慢。见了我，问道："你是干什么的？"

我说："你有什么事吗？对我说就是了。"

"我没什么事，就是想进来看看。"这个人说道。

这当口，李潮推门进来，他正从外面买了好些东西回来，和梁西打了个照面。李潮和他见过几次，算是熟人。李潮忙着问候："这不是梁总吗？什么风把你吹来了。"

"哎呀，你是那个小刘吧？"

"瞧你忙的，把我的名字都记错了。我是李潮。"

"对了，你是李潮。你不说我也想起来了。你不就是那个浙江人吗？对了吧！你怎么在这里，好像不是来吃饭的吧？"梁西说着。

李潮让他坐下来，上了几瓶啤酒，和他聊了起来。我离得远远的，和人打交道周旋是李潮的事，这方面我是低能儿。我坐在酒吧台上，听他们说话。先是李潮说了我们买下了餐馆的事,说我们主要做的还是药品生意。梁西说：这个生意好哇！古人云：第一劫道，第二卖药。他说自己和阿尔巴尼亚的几个将军很熟，可以帮忙把药卖给部队。梁西还说中国国防部最近对阿尔巴尼亚有一批医疗援助项目，咱们可以联手给包了。

接着是李潮问他很久没见他在地拉那，去哪里发财了？梁西说最近在深圳干一个大项目，是军内的项目。他说自己在军内关系很深，和陈毅的儿子陈小虎是军校的同学。我对他说的事不很感兴趣，也无法考证，即使他说自己和毛岸英是亲密战友也无妨。但是我发现眼前这个人还是很有气宇的，他肯定是当过很长时间兵的人。看他对什么都不在乎的样子，也可以肯定他在高层的人群中待过。李潮问他怎么会找到这里来，梁西笑了笑说："哥们，我可是当侦察兵出身的，我看到那个住在蔡晓棠房子里的小子鬼鬼祟祟地往这里走，我就一路尾随而来了。现在你让蔡晓棠出来见我吧！"

　　　　　　　　　　　　　　　　无花果树下的 欲望

李潮对他说，蔡晓棠压根就没在这里，而且他也不知道她在哪里。梁西就是不相信，说她一定会在这里。李潮被搞得没办法，只好带他到餐馆内部找人。他进入厨房，大嘴扭头不看他，故意把锅敲得叮当响。有个阿尔巴尼亚的姑娘背对着他在洗碗，梁西走到她跟前看个仔细，好像在检查这是不是蔡晓棠乔装打扮成的。最后他明白蔡晓棠的确没有在这里，只好作罢。

李潮问他干吗这么着急寻找蔡晓棠？梁西说向她要钱，公司卖出的货款都在她手里。本来规定他不在的时候货款要汇到他在深圳的户头，结果蔡晓棠只汇了一次，三个多月的钱都没汇回去了，至少有十几万美金。李潮佯装不知情，说："这么多钱啊？不会吧！我老是听她说手头没钱，欠国内公司的货款还都没还。"梁西一听有点着急了，说："这个女人就是用这样的借口把我的钱放在她的口袋里，其实她一点钱都没汇给过国内的公司。"我在一边听了觉得好生奇怪，都以为蔡晓棠的钱是给梁西拿走的，可梁西说蔡晓棠扣留了他的钱的说法听起来也不像是瞎编的。

从那天开始，梁西一门心思在地拉那寻找蔡晓棠。他把那辆凯迪拉克车从马房里找出来了。这辆车本来就是他的坐骑，现在载着他风驰电掣在街上到处转。每天中午和黄昏时分，我会看到这辆凯迪拉克车高速冲来，一个急刹车在餐馆门口停下来。梁西来吃饭，顺便也来刺探蔡晓棠的消息。李潮经常会陪他喝两杯，梁西老是会喝得大醉，而李潮只是喝两杯而已。其实梁西这个人不讨厌，除了大话连篇之外，对很多事倒是很有见地的。

梁西在地拉那待了四五天，看得出他急得如热锅上的蚂蚁。一个赌徒找不到钱赌博大概和吸毒的人搞不到毒品一样难受。他苦苦等待着，等待是一件折磨人的事。无论情人等待情人、复仇者等待仇人、债主等待负债人都不是一件容易的事。到了第五天，梁西看起来似乎精疲力竭了。他对李潮说自己实在等不住了，深圳那边还有要紧事，得先回国了。他请李潮务必要告诉蔡晓棠，让她至少汇八万美金给他。

四

　　梁西在这里的第三天，有一次和李潮喝酒时，说出了他和蔡晓棠的一层特殊关系：蔡晓棠是他的后母，虽然她的年龄比他还小两岁。这让我惊讶不已。梁西那天一直骂她不在国内照顾他的老父，非要赖在阿尔巴尼亚不回国。在不是很久之后的一个夜晚，蔡晓棠和我们喝咖啡，详细说起了她的身世。虽然故事和梁西说得极其不同，但她是梁西的后母确实是铁一样的事实。

　　我现在要在这里复述一下她的身世。记得我最初听她述说的时候，很为她的经历感动，觉得简直像是一篇现成的小说。可现在要把它写出来了，却发现这故事有点老套。那个时代这样的事情发生过很多，八十年代初的伤痕文学已经把这些故事写得淋漓尽致了。所以在这里我还是简单一点描述一下为好。

　　蔡晓棠不是北方人，本是江南湖州一个小县城里的人。他的父亲在

　　　　　　　　　　　　无花果树下的 欲望

新中国成立前做过运河客船公司的经理，新中国成立后被划为资本家的成分。这样的话蔡晓棠从小就觉得自己没有出头的希望。后来中学毕业，她就下乡了，跟农民在一起住，发疯一样改造自己，可是人家并没有因为这样让她回城里工作。她知道这样下去她会完全毁掉，在苦难而且毫无意义的劳动中老去。在一九七一年的时候，她得知父亲有个少年同学现在有五十多岁的解放军海军将领几年前死了妻子，最近准备续弦，她就主动用娟秀的钢笔字写了一封长信给这位首长。她获得了一次和首长见面的机会。这样的见面如今叫"面试"，英文叫"INTERVIEW"。好几个"超女"参加了面试。超女A朗诵了高尔基的名篇《海燕》，超女B唱了几首语录歌，"超女"蔡晓棠则弹了一曲幽怨的琵琶，那是《蝶恋花》，非常地应景。这位海军首长为了和成分不好的黄花闺女蔡晓棠结婚，后来失去了进一步高升的机会，可算是不爱江山爱美人了。蔡晓棠因为抓住了稍纵即逝的人生机会，得以离开了布满蚂蟥的水田，来到青岛这个美丽如画的城市，生活在海军基地的优越环境里。她和首长生了一个女儿，孩子读初中的时候她争取到了去外贸公司工作的机会。在她的女儿上大学之后，她的生活空间更大了。继子梁西过去一直在南方某个炮兵部队当干部，这年脱下了军装，开始做国际贸易，在港澳和东欧地区跑来跑去。蔡晓棠意识到又一次改变人生的机会来临了。她促成了她所在的北方外贸公司和梁西的合作，借助这个机会，她自己也跑到了国外。她以为，她渴望了一生的独立的有真正意义的生活现在会开始了。

我这里复述的故事淡然无味。不过那天晚上她述说的时候，部分细节还是很耐人寻味。比如她一再提到一个桑叶树林的场景，明显地带着幻想的色彩。她说桑树上爬满了蚕儿，蚕儿在吐丝做茧。她和一个男知青坐在桑树下，蚕儿围着他们吐丝做茧，似乎要把她和他做在一个丝茧里面。这样的诉说充满着随想性，据我所知，南方养蚕通常是在室内，不是养在树上，除非是一种柞蚕。事实上，我看到蔡晓棠说话时眼睛发亮鼻翼抽动处于发情的状态。如果一个女人想和一个男性做到一个蚕茧里面去，那不是一种很彻底的性幻想吗？蔡晓棠沉浸在回忆里，她说自己在这样的情况下，还是拒绝了那个男知青，因为她知道他是普通工人的子弟，没有能力改变她的命运。她需要一个强大而有力的人才能把她从深渊里提升上来。

蔡晓棠说她到了青岛海军某个基地之后，经常会独自迎着海风，在海边看盘旋的海鸥。那个时候她还没怀孕，生孩子还是三年以后的事。她在海滨路上遇见的年轻的水兵和军官有的会向她敬礼，有的则会目不斜视从她身边经过，因为他们知道这个年轻漂亮的女人是首长的夫人。唯一一个敢放肆地盯着她看了又看还傻乎乎地暗送秋波的是一个新来的参谋，他当时还不知蔡晓棠是什么人。我想着那年头我国还没有远洋海军舰队，和北洋水师时代没有大的区别。舰艇只在近海出没，司令出海通常只是一天来回，不像美国那些航空母舰编队司令官在海上经年，让她有机会和基地的年轻参谋或者头上飘着飘带的水兵交往。不知怎么的，我想起她的丈夫时脑子里老是会出现邓世昌，可能是因为她墙上挂着一面琵琶，而《甲午风云》电影里有邓世昌弹琵琶的镜头。其实呀，他的丈夫还要更老一些，可能老得像那个在炮台上自刎的关天培。如今她的丈夫已经老得无法控制她了。她变成一只自由的鸟，尽管经济上出了些问题，护照也过了期限，这些事都不足以让她放弃自由回到国内。在我知道了蔡晓棠这段历史之后，对事情的看法完全变了，许多问题有了

无花果树下的 欲望

新的解读，比如说，为什么她会收留大嘴朱淇银一事。

梁西走了之后，蔡晓棠从马其顿打电话到我们餐馆。是我接的电话，她要跟大嘴淇银说话。大嘴告诉她梁西已经走了。过了一天，蔡晓棠回来了，她没回家就直接到了我们餐馆。就那么几天没见面，她看起来黑瘦了许多，头发焦黄布满了灰尘。她说马其顿那边的使馆更加会羞辱人，他们把她的护照扣留了好几天，然后通知她过来，对她说了一通悬崖勒马回头是岸之类的话，责令她立即回到国内述职。她说现在她也没办法了，看来所有的使馆都是信息联网的。那她就先在地拉那待着吧！她问梁西在这里做了些什么，我们把他要钱的事告诉了她。她说梁西完全是胡说八道，她手里根本没什么钱了。

梁西其实没有走掉。第二天夜里，当大嘴淇银从餐馆下班回到家，听到蔡晓棠的房间里响着尖厉的喊声。大嘴看到梁西不知什么时候已经回来了。他突然明白梁西其实根本没有走，潜伏在地拉那某个阴暗角落里守候着蔡晓棠，看到她回来，就把她堵住了。大嘴那时知道他们是一家人，起初并不想介入。他在后面自己的房间里抽烟。可是他听到蔡晓棠和梁西的争吵声越来越大，然后听到啪的一声，那是一记响亮的耳光，另外一个马上啪的一声回敬了一个。双方都嘶喊着要打死对方。大嘴还听到了可怕的喘气声，似乎是蔡晓棠的喘气声。大嘴赶紧冲到隔壁，看到梁西掐着蔡晓棠的脖子。蔡晓棠的眼睛都鼓出了，脸色发紫。一个赌徒真的什么事都做得出来。大嘴怒吼一声猛扑过去打梁西的头，扯他的耳朵。梁西放掉了蔡晓棠，转而与大嘴激战。梁西虽然老了点，又比较胖，可当年军校学来的捕俘拳还没忘记，一个背包把大嘴摞倒在地。可是大嘴紧紧抱住他的腿，大声对蔡晓棠喊道："你赶快撤退，不要管我！"

大嘴再次以老电影里的镜头形式演绎了故事，如果这个时候蔡晓棠拿起一只花瓶击昏梁西那就会更加经典了。但是蔡晓棠显然比电影里的人聪明。她夺路而出，跑到街上的公用电话亭给我们打了电话，让我们过来解围。我们火速赶来，看到大嘴和梁西各坐在房间左右两侧的墙边，汗水淋漓地大口喘着气，中间站立着一个端着半自动步枪的阿尔巴尼亚老人。是住在后院的房东老游击队员布卢努希闻声赶来，把两个大战了几十回合还不肯松手的中国人分开来，并端着步枪站在中间维持和平，一直等到蔡晓棠带着我们赶到现场。

当天夜里举行谈判。在李潮和我的见证下，经过艰难的争论，天亮的时候双方最后达成协议：蔡晓棠一次性支付给梁西五万美金，日后梁西不得以任何理由再来要钱。支付形式为现金，协议交款后生效。蔡晓棠让我们带着梁西去外面的咖啡店喝杯咖啡，等我们喝好咖啡回来，她已把五万美金用报纸包成一捆，交给了梁西。我好生奇怪，她这么快就拿出这么多现金，莫非家里真有个藏宝的地方？梁西打开纸包瞧了瞧，没有数数就包上了。这回，他把那辆凯迪拉克开走了。看这个家伙来去匆匆行踪不定的样子，倒真的像个蝙蝠侠似的。

五

谁都能看得到，大嘴淇银在抗击梁西的战役上功劳很大。他不仅在关键的时刻能挺身而出，而且有足够的力气和梁西大战几十回合。有情有义，说他侠骨丹心都不过分，所以我们对他也开始高看了几分，真是后生可畏啊。

过了两个月，大嘴向我们提出要辞工，说准备去做贸易生意。当时我们餐馆生意已是门可罗雀。本来买这个餐馆就是一个错误，加上我们又没有用心去做，只是把它当成自己吃饭的地方，结果餐馆里真的冷清得只剩下我们自己来吃饭了。大嘴一走，我们干脆把餐馆关掉了。前后开了不到半年，亏了不少钱。不过现在想想这段用钱买来的经历还是蛮有意思的，至少今后我不会再去碰餐饮业的生意了。

不久之后，大嘴的商店在市中心一个显著的位置开了出来。他从国内进口了一只四十英尺的大货柜，货物十分对路。开张以后他的店里生意好得不得了。大嘴穿起西装，头发往后梳成背头，还抹了摩丝，在前面柜台上吆喝着。而在店后面，蔡晓棠在分派货物，收钱记账。大嘴当时其实是站在台前的傀儡，真正在后面操纵着木偶线的还是蔡晓棠。蔡晓棠和梁西写了协议之后，寻思着现在可以独立做生意了。但还是心有余悸，不敢自己直接出面。这个时候大嘴派上了真正的用场，成了她的生意伙伴。她出资金以大嘴的名义从国内进货，天气乍暖还寒，一批衬衫卖得十分红火，还有塑料绢花、橡胶拖鞋都走得很好。当然，蔡晓棠放在马房里的存货都捎带着卖出来了。生意好了，人的精神也来了。蔡晓棠那段时间看起来心情愉快，把没有护照一事暂时放在了一边。大嘴也越来越像个人样了，晚间的时候我常看到他在斯堪德培广场附近的酒吧里，和几个阿尔巴尼亚人在一起。那是一些消费较高的酒吧。

这样过了一些时候，有一天早上，在海港城市都拉斯的港区，我遇见了前来提取货柜的蔡晓棠和大嘴淇银。都拉斯坐落在非常美丽的亚得里亚海的海滨，是阿尔巴尼亚重要的港口。七十年代后期，我们国家放过一部阿尔巴尼亚电影《广阔的地平线》，说的就是这个海港经历一场台风的故事。如果我没记错的话，电影的主角有句台词是这样的：下班以后洗个澡，好像穿了件大皮袄。我后来经常会到都拉斯接货柜，在海边等待从海峡对面的意大利开来的那只白色轮船时，心里不知为什么老是会充满一种愁情。我一直想不明白这种愁情是一种什么样的东西，直到去年我读了帕慕克的那本《伊斯坦布尔：一座城市的记忆》之后，觉得他书里充斥在字里行间的"呼愁"很像是我在都拉斯海港所感受到的那种特别的愁情。都拉斯的"愁情"有时能用肉眼看得见，它会和笼罩着海湾的阴沉的雾气掺和在一起。成千上万的人守望在海港的岸边，眼睛直直盯着远处的海面，等待着那只白色的轮船。这只白色的轮船从海峡对面的巴厘港口开出，船上载着从意大利归来的阿尔巴尼亚劳工、几十部载着货柜的大卡车。我从来没有看见这只轮船准时到达过，每次都是迟到几个小时甚至十几个小时。而等待着亲人从意大利归来的阿尔巴尼亚人总是比船期提早好几个小时就挤在海岸上，对着海水望眼欲穿。其实我们也是一样。从中国出来的货柜在海上漂流了一个多月，现在终于要到自己的手里了。可是谁也不能保证自己会有这么好的运气。货柜从轮船上下来之后，先要经过一道生死关，那就是阿尔巴尼亚海关。过海关常常是件痛苦的事情。

我和我的翻译坐在一个清关公司边上的咖啡店里喝咖啡，这个时候还是上午，窗外的海面上太阳在雾气中闪着朦胧的光芒。我看到蔡晓棠和大嘴走进了咖啡店。咖啡店不大，他们一进来就看到了我。他们坐在

无花果树下的 欲望

离我隔着两张桌子的地方。大嘴点燃了一支香烟,神情有点严肃。一会儿,他跑到我的桌子上来,递给我一支烟。

"你说今天是不是有点不正常?怎么海关外面多了好几部装甲车?"大嘴说。

"吓唬人的,没看到那些装甲车是些'二战'时期的老古董吗?"我说。

"可我总觉得有点不对劲。你没看到好多士兵把守在码头上吗?"

"听说今天欧盟的海关专家来帮助阿尔巴尼亚人整顿海关。"我说。这个消息是我昨天去卫生部拿药品进口许可书时听人说的。

大嘴一听脸色苍白。他回到了他的桌子上,和蔡晓棠一阵低语。她的脸色也刷白了下来。

九十年代初,阿尔巴尼亚的工业几乎全"休克"了,生活用品全靠进口,政府的主要财源靠征收进口税,税率定得很高。欧盟制定了一套商品定价征税的办法让阿尔巴尼亚去执行。比如一条领带定价为四美元征百分之二十五的税,税额为一美元。可事实上中国出口的低档领带价格只有二十美分,在地拉那的零售市场也只卖一美元一条。所以从中国来的低档商品如果按规定交税,是完全不可能做生意的。好在当时阿尔巴尼亚什么事都可以买通。中国的小商人事先要找到海关内部关系,用钱搞定,到时有的可以免开箱检查,或者开箱了找点小毛病罚一笔数目不很大的款了事。但今天欧盟的海关官员突然来了,事情变得有点麻烦。

不知过了多久,那条白色的轮船终于来了。从甲板上鱼贯而下大批的阿尔巴尼亚归人,码头上迎候的人群尖叫着哭笑着拥抱着亲人归来。等这些人走光了,才有一辆辆大卡车拖着货柜开下船来。我知道轮到我清关的时间还早得很。因为我做的医药产品是免税的,对海关人员来说没有什么油水，每次总是把我放在最后面。

蔡晓棠和大嘴已经离开了咖啡店。从咖啡店的玻璃窗可以看到海关货场。我看到他们在货场里面，跟在几个海关人员后面走来走去。一会儿，一辆卡车拖着货柜进了场，紧接着又是一辆。大嘴和蔡晓棠这回一下来了两个货柜。货柜停在货场中央，柜门被打开了。我看到好多人在往下搬箱子。看得出来，他们的货柜被开箱检查了。

这天下午五点来钟我提到自己的货柜之后，兴冲冲地卸了货。这些货物都是市场上断档急需的东西，明天就能卖出不少。大概在夜里十点光景，我把活儿干完了，然后去一个海鲜店里吃烤鲈鱼。我并不知道，这个时候蔡晓棠和大嘴的货柜已经被海关扣留住了。大嘴申报海关的发票上男式衬衣只有八百条，欧盟的海关官员检查到实际上两只货柜内装了一万五千条。大嘴事先已经给了阿尔巴尼亚一个海关官员一万美金，这个人让他这样做发票，到时会让他过关。但想不到欧盟的官员来了，那个内线起不了作用了。蔡晓棠和大嘴呆若木鸡，看着货柜被拖进了海关的扣押库房。

夜里蔡晓棠和大嘴回到了地拉那。大概是我在河边的海鲜店里喝下第一口啤酒剖开一条烤鲈鱼的时候，蔡晓棠开始做一锅面疙瘩。因为去了都拉斯，她没时间去买青菜，所以面疙瘩做出来后几乎是黄黄的面糊。她喊大嘴来吃饭，大嘴一见碗里那黄色的糊糊，眉头皱了起来，说："怎么又是面疙瘩？我都吃了一个礼拜了。"

"有面疙瘩就不错了，以后恐怕连这个也吃不上了。"蔡晓棠说。她说着张嘴喝了一大口面糊。她见大嘴闷着头不声响，又说了一句："早就和你说过，不要相信那个阿尔巴尼亚人。你给他一万美金，还不如自己多报一点海关税。”

“现在说有什么屁用？”大嘴说。

“现在不说什么时候说？得想办法把货柜拿出来啊！现在正是卖男衬衣的时候，过几个星期天气凉了，谁买衬衣啊？”蔡晓棠说着，“你给那个阿尔巴尼亚人的一万美金要去拿回来，海关肯定还会对我们罚款，要准备一些钱。”

“给了人家的钱怎么要回来？我没有办法！”大嘴砰一下放下饭碗。碗里黄色的面糊溅到了桌上。

“有本事给人家钱，就没本事把钱要回来了？”蔡晓棠继续说。她把碗里的面疙瘩吃完了，抬头看看闷声不响的大嘴。她觉得有点不对，大嘴的脸色发青，嘴角边有点唾液白泡沫，眼神直直地瞪着一个方向。他站起身来，慢慢走出房间。蔡晓棠以为他到院子里去了。但是她听到院子的大门吱一声开了。她跑到院子里，看到大嘴已经出了院子，消失在夜色下的巷子里。

夜里十二点钟以后，大嘴还没有回来。蔡晓棠有点担心起来，以前他从来没有这么晚还待在外面。她穿起了衣服，出门去找大嘴。她走到市中心的几个酒吧咖啡馆看了看，没见到大嘴。她有点心慌，于是去找一个青田人，她是大嘴的远房表姐。她敲开了门，屋里烟雾腾腾，有很多人在打麻将。表姐说大嘴没来这里。打麻将的青田人听说大嘴不见了，都放下了手中的牌站了起来。蔡晓棠跟着大嘴表姐和其他五六个青田人来到街上，挨家挨户敲着青田老乡的门，寻找大嘴。没有人知道大嘴的下落，但每户人家都会出来一个人加入寻找的队伍。在夜里一点多钟时，这支队伍的人数达到了二十多人，在地拉那的街巷巡回着。快两点时，表姐突然停住脚步，问："地拉那城里有没有山？"回答说是有的，地拉那大学后面就有个小山，山上还有个小水库。表姐说："那他一定在那里了！"她知道表弟以前还在青田山里时，每次他要是生了大气，就会跑到山上，爬到一棵大树上不愿下来。她的奶奶说过这是山精附体了。表姐让众人带上手电筒，向着地拉那大学后边的山上浩浩荡荡走去。

地拉那大学后面的小山风景不错，我曾经在白天时上去过，看到有人在山上的小水库里钓鱼。可晚上是什么样子我不知道。那个时候地拉那城里很乱，很多武器流落在民间，夜间经常听到枪声，大嘴怎么会在这个时候跑到山上呢？表姐和青田老乡都是在山区长大的，在黑暗的山间，闻到夜间树木的清香气息让他们感到十分自在。他们在山腰一带搜寻，喊着大嘴淇银的名字，声音在夜间的山里久久回荡。后来他们集中在一起，把电筒的光束集中起来，在可疑的树木上一棵棵搜寻。几十支手电的光从下往上照亮了树冠，能看见好多猫头鹰发亮的眼睛，有时是松鼠，有时是小鸟，还有几只可爱的小浣熊，偶尔还有一只猴子跳了起来。在这个山上还有猴子，让众人感到兴奋。接着他们看到更让他们兴奋的东西，一只比猴子还要大的动物掩藏在树顶浓密的树叶间，露出脚上穿的运动鞋。藏在树上的大嘴被几十支手电筒锁定了。表姐这个时候扯开喉咙又哭又喊跳了起来，嘴里念着："天皇皇，地皇皇，短命的山鬼走光光；淇银淇银快下来，姐姐给你买糖吃！"表姐跳着哭喊了一阵，还不见大嘴下来，就脱下了鞋子往树上扔，要打那个山精。众人看表姐开始扔鞋子，也纷纷脱下鞋子往树上打。他们整套动作做得很熟练。在青田的某些边远山村里面，经常有村人被山精附体。遇上这样的事，一种古老的做法是村人要集体脱下鞋子扔那中邪者，这样会把鬼气驱散。果然，众

　　　　　　　　　　　　无花果树下的 欲望

人的臭鞋子一扔，树上鬼气附身的大嘴清醒了过来，喊着："不要扔了，扔你们个卵尿！我要下来了！"

大嘴下来后，人们赶紧在他手臂上拴上一条红线，以防止山精再次附体。众人簇拥着他下山，像一群狩猎的山民凯旋。蔡晓棠也夹杂在队伍之中。后来她向我和李潮讲述这件事情时，听起来好像是一个早期的人类学家在原始部落考察氏族社会的民间巫术一样。

六

大嘴的事情还没有完。在欧盟海关工作组的监督下，地拉那海关将中国人朱淇银走私衬衣少报关税一案告上法院。法院择日开庭审理。蔡晓棠这回自己出马，让她的翻译找关系，后来通过一个可靠的人找到了法院的审判官。蔡晓棠把三千美金放在信封里，让翻译务必亲自把信封交给那个法官。那法官研究过案子之后，透过中间人传话说这个案子得罚款二万五千美金，然后才能把货柜的货还给他们。罚款数虽然很大，可是能拿回货物还是合算的。所以那段时间蔡晓棠和大嘴都放下心来。在上法庭之前的几个小时，大嘴还告诉了几个客户，说男衬衣马上有货了，明后天他们可以来拿。但是后来的事情让人瞠目结舌。法庭开庭那一天，大嘴站在法庭的被告席上，蔡晓棠则坐在不起眼的角落里。法庭经过简单的陈述，法官就起立宣布了审判结果。大嘴的阿尔巴尼亚语学得不错，日常用语基本都听懂了，可是法庭用语是另一回事。当翻译告诉大嘴他已被判刑一年零六个月，马上要被关进监狱时，大嘴还以为是搞错了。两个法警上来给大嘴上了手铐，带他上了警车，直接开向了监狱。听说当时蔡晓棠冲向警车想和大嘴说几句话，被警察粗暴地推开了。

大嘴被抓进去了！消息几个小时就传遍了地拉那的华人群体。我惊出一身冷汗，尽管内心深处有点幸灾乐祸的快感，可知道这件事对华人很不利。一个华人吃了亏，以后会有更多的华人吃亏。第二天早上，我跟随着蔡晓棠去监狱探望大嘴，大嘴的表姐和十几个青田老乡也来了。地拉那的监狱在城外的火车站附近，临街的部分是一片荒芜的花木苗圃，一排破碎的玻璃暖房遮住了架着铁丝网的高墙。我们等在监狱门外的马路上，和上百个本地犯人的家属挤在一起，一直没有获准进入里面。几个阿尔巴尼亚人说他们在门口都等了好几天了还见不到人。这里没有制度，完全看监狱长的心情行事。他说让谁进去，谁才可以进去。我们站在高墙外边，听到一些阿尔巴尼亚人大声朝监狱里喊着名字，然后里面会传来犯人的一声回应。我很难想象阿尔巴尼亚的监狱里面是什么样子。年轻时我当过几年警察，经常去监狱提审犯人，通常我看到的犯人都是比较乐观的。我经常会想起一句话：班长，厉害！那是有一回我看到一个年轻的犯人从铁栅里伸出一根大拇指调侃一个持冲锋枪的武警战士。还有一回我看见一群年轻的女犯人放风时在水池边洗头发，那些年轻的女犯梳着湿润的长发唱着小调时显得很优美动人。不过后来我知道地拉那的监狱没有那样浪漫，大嘴在里面还是吃尽了苦头。他收到的见面礼是被一个全身长满黑毛的杀人犯脱下裤子从后面操了一次，其他几个卖毒品的犯人也以同样方式操了他。这个见面礼和中国监狱里流行的不同，

无花果树下的 欲望

我所知的中国监狱对待新来的犯人见面礼是要睡在马桶旁边，要做刷马桶的事。地拉那监狱没有马桶，所以不需要睡在马桶边。但是大嘴睡的位置头顶上是一盏一直亮着的 500 瓦电灯泡，照得他夜里根本无法入睡。他头痛欲裂，一个星期解不出大便，脸上很快长满了密密麻麻的脓疮。

大嘴的表姐和青田老乡起初反应强烈群情激昂，不过在探视几次之后，渐渐地平静了下来。他们习惯了这一事实，去探望大嘴的次数越来越少了。真正关怀大嘴的人只有蔡晓棠。自从大嘴入狱之后，她好像变了一个人，身上那种清高优雅荡然无存了。每天上午，她会自己去开店，会卖力去推销货物，有时为了几十个列克零钱会和客人争得面红耳赤。而在中午之后，她会提早关掉店门回到家里。她先为自己做一海碗每天都一样的面疙瘩，配料是面粉、青菜和一个鸡蛋。填饱了肚子，她开始为大嘴煨鸡汤，熬西洋参，煮香肠。然后，她会端着一个砂锅，背着一个袋子前往监狱。她的住家距离监狱有半个小时路程，她没有车，也没公交车可坐，全靠步行。她会端着这些东西在监狱门口等上半小时，有时会等两个小时，然后才能把东西送进去。她还会交给看守两包烟，一包是给大嘴的，一包是孝敬给看守的。在做完这些事以后，她会回到家里，回到那个有无花果树的大房子里去。

大嘴坐牢之后，地拉那的华人中传着许多有关蔡晓棠的流言。人们说她是侵吞了公款逃亡在国外的经济犯；说大嘴是她的牺牲品，她利用大嘴的名字做生意结果让他进了监狱。人们说得最起劲的还是她和大嘴住在一起的事情，她把大嘴这个二十出头的年轻人收留在家里，会不会是为了满足她的身体方面的欲望呢？大嘴表姐有一天在街上遇见了我，激动地对我说她表弟有段时间一直叫她给他炖猪蹄子吃，因为他近来老是觉得腰酸，要补补身体。表姐说淇银这么年轻怎么会腰酸肾虚呢，一定是夜里屋里这个女人到他床上，吸走他精气。我一笑了之，不置可否。舆论这么厉害，使得我和李潮也不知不觉和蔡晓棠隔开距离。我们有很长时间没有见到她。

对于蔡晓棠来说，那段时间一定是很黑暗的日子。我能想象得到夜晚的时候她在这个大屋里的情景。这个阿尔巴尼亚院落具备了十分适宜作为小说场景的因素。长满青苔的石墙、院子里那棵伞状的无花果树、带唧筒的水井、壁上挂着琵琶的房间，还有那个有马槽的大马房。当她夜间独自守着这间屋子，她会做些什么呢？也许在无花果树下独自徘徊，月光照出她的清影，这倒有点像李清照诗词的意境了。或者，她会在屋子里闲坐，弹一曲琵琶？摆着扑克牌算命？她不可能不觉得孤独，因为就在不久之前，在隔着一木板墙之外的房间里，大嘴总是在那里候命。我不知道蔡晓棠是怎么从人海里捞到大嘴淇银这么个活宝的，并对他疼爱有加。大嘴表姐到处宣扬的事听起来有点好笑，但我觉得她不是凭空胡说。在浙江南部一带，民间故事里常把猪蹄子作为男性生殖器的象征物，把男女交媾之事说成是"铜锅煨猪脚蹄"。按这样的推论，莫非大嘴最初是作为性奴隶被收留的？

现在我得说说马房了。因为圣母马利亚在马槽里产下圣子，马房在西方人心里显得神圣而神秘。我第一次走进这院子的时候，马房也立刻给了我神奇的印象，它竟然藏了一辆可爱至极的凯迪拉克！我后来知道，这个马房还藏了其他秘密。我相信这些年来的夜间，蔡晓棠经常会独自潜入这里。如果有人在这里安装了一个针孔电子监视器的话，也许会拍摄下这样的镜头：一个深夜，蔡晓棠悄悄进入了马房。她架着一个木头

　　　　　　　　无花果树下的 欲望

梯子往上爬，突然觉得一阵眩晕，从梯子上摔了下来，左手小臂摔成骨折。当时她是一只手拿着手电筒，一只手爬梯子。在她摔下后，手电筒飞出很远而且熄灭了（幸好是手电不是火把，要不马房就着火了）。她倒在地上，什么也看不见，剧烈的痛楚让她差点昏死了过去。她挣扎着坐了起来，右手摸着左手，感到半截小臂像丝瓜一样垂了下来。蔡晓棠后来对我说，那一时刻的黑暗和痛楚让她感到了对人生的彻底绝望。我能想象那一时刻她无奈的情景，但是我不清楚为何黑夜里她要独自进入马房架起梯子。她没对我说这个秘密，我只能靠推理和想象求证出这个马房的确是她的藏宝洞。按已知的条件推理，她的密室大概是在高处，就像古人习惯把密室设在悬崖上。那么她是在藏宝还是取宝？她的宝贝是美金还是阿尔巴尼亚货币列克呢？当她从梯子高处摔下来时，马房的地面上一定会是撒满了绿色或彩色的纸钞。我只是推测，没有人看见过现场。蔡晓棠当时用力挣扎了起来，右手托着左手，走出马房。院子里空荡荡的，没有人能帮助她。天上刮着强烈的秋风，地上落满熟透了的无花果果实，她踩到了一个果子差点又滑倒了。她想起大嘴在的时候，他会摘下成熟的果子吃掉，不会让果子落在地上的。她艰难地走着，剧烈的疼痛使她的神志模糊不清，她觉得自己仿佛是走在南方的一段湿滑而漫长的田野上。她的家里没有电话，以前曾经有过的，为了节省费用，去年她把电话取消了。蔡晓棠走到屋子里面，使劲踢着一墙之隔的房东布卢努希的房子。喝得醉醺醺的布卢努希听到了她的求救声。他的屋子和这里不通，要绕道前门进来。布卢努希开车送她到了医院，给她治疗的医生是个浑蛋庸医，接她的断骨时错位了十几度，差点使她的手成了终身畸形。

我在第二天上午开车经过蔡晓棠的商店时看见店门没开。当天下午我和李潮下班时顺便把车拐进她家去看看。我们看到她的脸色苍白，左手打着石膏吊在头颈上。我们很奇怪这个时候她想的还是大嘴。她说今天不能给大嘴送饭了，请我们帮她把一条香烟和一包香肠送到监狱，告诉大嘴七天时间内可能没人送饭。到了第八天，蔡晓棠一只手吊在脖子上，一只手提着一个篮子，又开始去监狱送饭了。鬼知道她为什么这样用心照料大嘴。

七

大概过了一个月之后，蔡晓棠手上的石膏打开了。她看到的手已不是自己的手，而是一只怪物的手。骨头接上的位置错位了十几度，如果手垂下来，手掌是外翻的，看起来像是猩猩的手一样。蔡晓棠略通医学知识，知道这样接错了骨头不只是难看的问题，神经受到压迫，手会慢慢萎缩最后会残废掉。现在应该做的是动一次外科手术，把骨头重新搞断，再接上一次。但是在医疗条件糟糕的地拉那，没有医生会做这种手术。

"我知道我最好回到国内去治疗，否则我就会终身残疾了。"蔡晓棠说。那天李潮和我一起去看她。我们的意思是毫无疑义她得回国，而且还得赶紧走，趁断裂的骨头还没长结实容易断开些。

"可是我没有护照怎么回国呢？你们都忘了我是一个没有护照的人。

我的护照已经过期，使馆不让我延期。"蔡晓棠说，黯然神伤。

"你再去使馆试试吧，也许这回会不一样。使馆从人道主义来说，也得给你护照延期吧。"我们说。

蔡晓棠在第二天去了一次使馆，是李潮开车送她去的。蔡晓棠这个人很不善于求人，显得很不自在，总是怕会遭人羞辱。使馆的领事觉得这事有点特殊，请示了领导。最后的答复是使馆可以给她发一个特别文书，她可以用这个文书进入中国国境。如果她要再次出国，可以在中国国内再次申请护照。

这样的结果让人十分失望。不过能够回国了，我们觉得还是可以考虑的，治伤要紧啊。

但是蔡晓棠说她要是这样回去就肯定回不来了。

蔡晓棠告诉我们，其实就算是有护照，她也很害怕回到国内，因为欠国内的货款一点都没有还掉。她本来指望和大嘴一起做贸易把缺口的钱挣回来，把货款还清，这样她可以得到清白的身份，可以自由回国出国。但这回两个货柜一被没收，本钱全砸进去了，欠款缺口越来越大了。这个时候要是回去，她一定会受到隔离审查的。就算他们最后不处理她，让她待在青岛家里不能出国，她也无法忍受了。

"那你的手怎么办？"

"先不管它了，以后再说吧。"蔡晓棠说。看得出来，对她来说，没有什么比人身自由更重要了。她的脸色苍白，露出一种微笑。

那个晚上蔡晓棠把一个影集拿出来给我们看。于是我们看到了江南小镇的运河码头、一个像白色云雾一样的棉花田。还有后来的蓝色海洋、军舰；她家的小花园、她和小时候的女儿、长大了的女儿、她和浪花以及海鸥。但我们始终没有看到她的丈夫：那个想象中的炮台老英雄关天培。一个回不了家的女人，只能在照片里回忆着家园。

　　大嘴关了六个月之后，被提前释放了出来。本来他的刑期是一年零六个月，是蔡晓棠用了很多美金买通了关系，提前把他从牢里捞出来了。她曾经两次花了钱还办砸了事，这回算是成功了。大嘴出来几天后我去看他，觉得他的变化很大。他的皮肤因没有日光照射显得苍白浮肿，人的样子看起来像是一条鼓着肚子的河豚似的。我去的时候，他正在给青田的老家打电话，我很奇怪，蔡晓棠什么时候把电话又装上了？后来才知道，她是因大嘴提出的要求才装的。大嘴横着身子坐在椅子上，脚放在扶手上，头仰着看天花板，嘴里咕噜咕噜地说着我无法听懂的青田话。在听话的空隙他会猛抽一口烟，然后把烟吐向天花板。我和李潮是来看望他的，但他一直在讲电话。我们坐在房间里，又不便说话影响他讲国际长途，只觉得有点面面相觑。我看到蔡晓棠不时地偷偷看着手表，显得很不自在，因为那时阿尔巴尼亚的国际长途电话费是每分钟五美元，非常昂贵。

　　打完了电话，大嘴开始和我们说话。他讲的话很有系统性，从入狱开始到出狱的总过程全讲到，听起来好像是以前我在国内听过的英模报告会发言似的。我相信大嘴刚才在电话里说的内容和现在对我们说的是一样的，只是刚才是青田话版本，现在是普通话版本。本来我以为大嘴在外国人监狱的日子一定会有很多有趣的素材，但我听起来大嘴的陈述不知为何有了一点八股味。他好像急于要表现自己的不平凡经历，结果反而把事情弄得不真实了。不过对我的情况是这样，对有些人又不一样了。后来有一天我看到大嘴对一群青田老乡做青田话版的报告，我听到他们不时发出大笑声和赞叹声。

大嘴那段时间忙着讲述自己的故事。地拉那的华人毕竟有限，很快就没有听众了。某一天，大嘴在给义乌某外贸公司打电话时，意外听到接线的是一个女孩子的声音。大嘴以为自己拨错了号码，因为过去都是一个本地口音很重的老男人接电话的。仔细一问，电话没错，接线的女孩子是公司老板的女儿，最近刚上岗。女孩子把电话接驳到她老爸那里。这位义乌老板以前和大嘴做过几单生意，有点相熟，问他近来如何，怎么这么久没消息了？大嘴便把自己的遭遇说给他听。说到一半，听得电话里还有一个喘气的声音，是那个女孩子还在线上听他们说话。大嘴受到鼓舞，更起劲地说起来，那女孩发出声声惊叹。到后来，老爸已下了线，女孩还在和大嘴说个没完。

从那天开始，大嘴几乎每天都会和那女孩通电话，有时他打过去，有时她打回来。月底我在电话局营业处排队缴电话费，遇见蔡晓棠也在交费。我慨叹这个月电话费太高了，要八百多美金。蔡晓棠苦笑着，她的电话费要一千八百多美金。我说怎么会这么高？她说都是淇银和义乌那个女孩的国际长途。她心疼电话费，可又不能说他。他刚从监狱出来，吃了那么多苦，脾气也变坏了。

现在我知道，一场灾难有时会给人带来意想不到的改变。大嘴坐了半年牢，变得有点令人生厌，可看起来也成熟了许多。在一个周末夜里，我在地拉那一个通宵营业的酒吧看见大嘴和两个阿尔巴尼亚人坐在一起。他看到我来了，跑过来陪我喝了一杯。几个礼拜不见，大嘴已从刚出来时那种河豚模样的虚胖呆滞状态恢复过来，又露出那种流里流气的傻笑。他的大嘴唇又翻了开来，口水似乎又要流下来。不知怎么的，看到这家伙的这个样子总是会让人觉得开心起来。他吸了一口烟，然后提高重心伸长头颈往酒吧的内部一个比较光线暗淡的角落观看。突然他的头颈缩下来，用一只手挡住嘴巴，低声急促地对我说："看看！看看！就是这个！新来的！水很多很多的！"我顺着他所示的方向望去，看见有一个金色头发的姑娘坐在那里喝咖啡。她的身边坐着一个男子，这是一个皮条兼保镖。那女子看见我们注意她，向我们这边投来微笑。酒吧里烟雾太浓，看不大清那姑娘的长相细节。大嘴说她的水很多，那他一定是上过她的。大嘴早在给我们餐馆当厨师时就说过这一带有些小屋子是她们这种人的工作室。大嘴突然又弯过身对着我耳朵咻咻地笑，说："看那个看那个，那是个'白虎'，千万碰不得！"大嘴说的是不远处桌子上坐着的那个黑头发有点肥胖皮肤很白的姑娘。他说上周带过她，开始时觉得她皮肤上的体毛又黑又粗，特别扎人。后来却发现她下体光洁无毛。大嘴忙说晦气晦气。在他的家乡那一带，下体无毛的女人被叫作"白虎"。遇到"白虎"会倒大霉的，一定要脱下短裤正着转三圈，倒退转三圈，这样才会消除晦气。

我很奇怪大嘴这家伙的桃花运势会这样强，刚从监狱出来就做了这么多好人好事。

"听说你在电话上又搞到了一个姑娘？"我说。

"哦，惨了惨了，被她追得气都透不过来。"大嘴笑嘻嘻地说，露出一排大牙，"那女孩的声音可好听哦。听她说话，我下面的东西就会翘起来的。"

我咽了一下口水。我无法掩饰自己内心的一丝羡慕或者是忌妒。这个家伙的运气怎么会这么好呢。我想起来了我们年青时代的一个神话。那时一种叫"凤凰"牌的香烟刚从上海卷烟厂出厂上市，这种昂贵的香烟带着奶油香味，还伴随着一个浪漫的神话：说一个卷烟厂的女工把自己的一张照片放在一包香烟里面，附信说要是哪位男子从香烟里找到她的照片，她愿以身相许。因为这个故事，我们抽着凤凰烟时，心里就会有一种无比美好的幻想。而我现在的感觉是：大嘴真的在香烟盒里拿到了烟厂女工的相片了。

大嘴的运气好得无法阻挡。不久之后，他就踏上了回国发货的路程。

那天是我开车送行。大嘴穿着西装打着领带，倒是人模人样。送他上机场的蔡晓棠则显得有点神情恍惚。从地拉那到雷纳斯机场三十来公里。在前面的二十来公里的高速路上，气氛有点沉闷。大嘴和蔡晓棠都没说话，好像他们两个出发之前在家里已经把所有的话都说完了。一会儿，从高速公路下来转到了通往机场的小路。路边的树林里长着许多红彤彤的柿子，间杂着还有些树长着苹果。我问大嘴你们家乡有柿子树吗？大嘴说没有，他们家乡只有板栗，还有杨梅。我很想问问大嘴，这次他回去见到电话里的那个女孩子，是想玩玩她还是要把她带回来？可是因为蔡晓棠脸色一直不好看，我只好把话闷在肚里。如果没有蔡晓棠，我相信会从大嘴的嘴里听到很多有趣的事情的。

阿尔巴尼亚那时刚经历了动乱，机场入口的地方设立了检查点，有两部锈迹斑斑的老坦克蹲在一边。按临时戒严规定，送行的人不能进入候机室。不过有一个阿尔巴尼亚警察已在门口等候我们，让我们的车进入里面。地拉那国际机场那时已有十几条国际航线，可是那个简陋的机场候机楼还不如当时我们国家一个县城的长途汽车站。大嘴推着两个大箱子走在前面，蔡晓棠提着一个沉甸甸的小提包随行。在大嘴进入了护照检查口之后，那个戴大盖帽的阿尔巴尼亚警察过来从蔡晓棠的手里接过沉甸甸的小提包，从一个专用通道走了进去。我知道这是怎么回事。阿尔巴尼亚海关那时不准带大量现金出境，这里的华人只能买通里面的警察，让他们把钱给送过关口。

"多少钱在里面？"我问。

"六万美金。这是我最后的钱。没有了。"蔡晓棠说。这时我们看到大嘴又出现在检查口的那一端，向我们这边摇摇手，意思是小提包收到了，平安无事。

我们出了候机楼。我开车出了警戒线，蔡晓棠让我把车停下。蔡晓棠站在机场外面的铁丝网前，等候着飞机起飞。她对我说还是等飞机起飞之后再走吧。万一飞机飞不了，还可以把大嘴接回来。没有多久，大嘴乘坐的德国汉莎公司的波音飞机冲上了云层。蔡晓棠的脸色发白，目光一直追随着飞机飞向远方，追随着大嘴，也追随着她最后的六万美金。

八

大嘴这天随着汉莎公司的喷气机冲上了云霄，一个多小时后到了法兰克福机场。在免税店里他给电话里的女孩买了一瓶法国 CD 牌的香水，而后转机前往上海。他步出上海机场大厅时，看到那女孩手捧着鲜花在

　　　　　　　　　无花果树下的 欲望

门口等他。大嘴老远就认出了是她，然而随着距离越近，他的心开始冰凉下去。这女孩和她照片里的很不一样。她的腿看起来不够长，胸部看起来小小的，脸颊也太宽了一点。在最后的几步，大嘴最想的是要拔腿逃跑，但这个时候已经为时过晚。那女孩主动地冲上来和他拥抱，动作比西方人还大胆。在她身后，还站着她诸多家人，大多是女眷。然后一群人簇拥着大嘴，把他弄到一辆面包车上，向义乌飞驰。大嘴一直有点怀疑自己是被一群人劫持了。这个女孩也许不是电话里的那个，而是一个冒牌的，带着另一班人马。

车子到了义乌之后，没有去宾馆，而是直接开进一个民居里。那屋里灯火通明，已备下好几桌酒席。大嘴因时差关系头昏脑涨，最想躺下来睡一会儿。这时他看到墙上挂着一张放大的照片，正是女孩用 D.H.L 寄给她的那张。大嘴这才惊魂稍定，觉得没走错地方。好不容易吃好了饭，大嘴被送进一个卧室，里面带着一个浴室。大嘴洗了澡后，那女孩已进入了房间坐在床上等他同眠。那个女孩激情满怀，一夜和他做了多次，其中的一次怀孕成功。我后来从大嘴表姐嘴里听说：那女孩精心算计了她的计划，把排卵期算得很准。大嘴那次本来要晚一周到义乌的，那女孩一定要他提早一个礼拜到达这里。她给他选定的见面日子正是她本月排出第一枚卵子的日子。大嘴在和她相聚三周之后，她就温柔地告诉他：她已经怀上了他的孩子。大嘴当时一定有一种灵魂出窍的恐惧。

在接下去一个多月里，大嘴出席了很多的欢迎宴会、展销会、恳谈会、联谊会。他知道自己这么受欢迎是因为自己是"外商"，尽管他自己其实一个子儿都没有。九十年代中期中国需要大量的出口大量的外汇，"外商"还是一个很高尚的称号。大嘴这段时间带着义乌老板的女儿回了一趟青田老家的山村，看望了老父，上了祖坟，算是衣锦还乡。这样又过了一个多月，大嘴这个时候大概已经知道了他的处境。这个怀上他孩子的女孩是他的真正粉丝，是个"外商"爱好者，是个出国狂，她无比坚定地要跟他走遍天涯海角。毫无疑问，他要带着她出国了。大概是四个月之后，大嘴带着已经鼓着小肚子的妻子，还有两个装满用蔡晓棠的六万美金货款买来的日用品货柜出国了。但他不是回到阿尔巴尼亚，而是进入了商品十分短缺又战乱不断的南斯拉夫首府贝尔格莱德。大嘴在离开中国的一周前还和蔡晓棠保持着联系，说两个货柜的货物马上会发出，他也将启程回到地拉那。从那天之后，蔡晓棠就再也找不到大嘴了。当大嘴带着两个货柜和义乌的妻子出奔南斯拉夫的消息传到地拉那之后，我感到震惊和愤怒，这个家伙的良心真的是让狗吃掉了。然而蔡晓棠的反应却是出乎意料地平静，好像她对事情的结局已经有所预感似的。阿尔巴尼亚的华人反应不一。令我意外的是，有不少人觉得大嘴这样做是对的，他终于从一个老女人对他的身心控制下走出来了，这对他是件公平的事。甚至有些青田人认为大嘴拿走蔡晓棠的几万美金也没什么，就算是青春损失补偿费吧！大嘴后来在贝尔格莱德的情况怎么样我没有得到消息。几年之后，美国和西欧军队为科索沃一事对贝尔格莱德狂轰滥炸时，我才想起大嘴可能还在那里。不知这个小子现在活得怎么样？

一九九六年的除夕夜，地拉那的中国大使馆开了馆门，让地拉那的所有华人到使馆里吃年夜饭过年。这一年里阿尔巴尼亚发生了好几次动乱，华人在这里过得很不容易。我和李潮早早来到使馆，看到地拉那所有的华人都来了，连那些在基建工地盖房子的江西农民华工也来了。唯一一个没有来的华人就是蔡晓棠。她是一个失去中国护照的人，一个必须回国受调查的人，一个拖欠了大量公款的人，她当然不会去使馆自取其辱。我和李潮在使馆喝过一杯啤酒之后，就提早离开了。我们没有回家，而是把车开进了蔡晓棠的住家。

当我们把车停在蔡晓棠的住家门口时，发现院子的大门是虚掩的。推开大门，只见院子里的屋檐上挂上了好多的红灯笼，连马房的屋檐也挂上了。蔡晓棠的房间没有开电灯，但是点满了红蜡烛。蔡晓棠穿着一袭织锦缎的旗袍，一头青丝盘成发髻，脸上的妆很厚，有点像是日本艺伎的装扮。那个晚上李潮和我一起在这里守岁。蔡晓棠的情绪很好，显得有点兴高采烈的样子。以前我以为她只会做面疙瘩，其实她还会做几样江南的小菜。这个除夕，她做了盐水鸡、笋干扣肉、香菇菜心，还有糖醋小鱼，而且还有一瓶绍兴的花雕酒助兴。

吃过了年夜饭，时间还早，我们开始打扑克牌。由于只有三个人，我们只能打争上游，不能打比较有意思的四十分。打了几把牌之后，我觉得这种牌局味同嚼蜡，没劲。可蔡晓棠显得情绪很高，不时会发出一阵突兀的浪笑。这种充满欲望的笑声终于挽救了牌局，让我渐渐提起了兴趣。她紧紧握住手中的牌，由于手骨的错位，她手中扇状的牌不时会偏转了方向，暴露在我的视线里，而她自己则全然不知。我尽量不去看她的牌，可眼睛余光还是瞄到了她手里的牌常常是一片红色。有一阵子，蔡晓棠连续出了好几组红桃的大牌，其中一手是红桃同花顺子。我突然想起以前在一本命相学的书里看到的一个说法：一个打扑克的女人如果一直出红牌的话，那可能她正在来月经。借着酒劲，我好几次想开口问蔡晓棠你的红色大牌是否和你的潮期有关系？但我一直不敢贸然开口，因为我不知她是否已经过了更年期。

我虽然没有开口问，可这样的想法是有意思的，至少会让人联想起一些有关时间消逝的问题。这天我们打牌的奖罚是输一把牌喝一小杯红酒，我们只剩下这种老气横秋的办法了。但是年少时我们可以有更多种玩法。可以赌钱也可以在头上顶碗也可以刮鼻子在地上学狗爬。甚至还有更刺激的方法，我曾经在下乡的农村一个破屋子里和几个男孩女孩打牌，打输一局四十分要脱一件衣服。我自己有几次曾经输得只穿着一条内裤，不过从来没有把最后的短裤输掉。同样，我也让一个女孩好几次输得只剩下一个胸罩，可最后的一盘她总会转败为胜。我一边和李潮、蔡晓棠打牌，同时思绪飞到那个令我遗憾的牌局。那局牌的最后三手牌我还记得清清楚楚，我已胜券在握，可还是出错了一张牌，从而失掉了胜局。我现在想着如果我不出错那张牌，那个女同学真的会脱下胸罩吗？但这只是一种设想，事实上她绝对不会输了那局牌，就像我自己从来没有输得要脱下内裤一样。也许这就是神明在人尴尬的时候施给人的慰藉和庇护吧！

大概是两个星期之后，我很久没提到的那个梁西又回到了地拉那。这个家伙最近手气很差，在澳门赌场输个精光，到处搞不到钱，所以又偷偷在夜里潜回到这个长着无花果树的院子。这回他打开房门时，迎接他的是房东老游击队员布卢努希的步枪枪口和威严的目光。梁西扑空了，蔡晓棠已经搬出了这个庞大的房子，搬到了地拉那城外一个很小很小的屋子去住了。

无花果树下的 欲望

去斯可比 之路

一

星期六早上八点，接到杨继明打来的电话。杨继明目前在黑山共和国城市铁托瓦做贸易，和我所在的多伦多有七个小时时差。杨继明有奥地利国籍，平时独自待在黑山做生意，每月有几天会回到维也纳和老婆及两个孩子在一起。他很少打电话给我，隔几年才有那么突如其来的一次。非常奇怪，当我在电话里听到他频率很高的尖嗓音时，总觉得他不是在铁托瓦，也不是在维也纳，而是在一个古代山城的石窟里。而且在我脑子里他的形象不是一个商人，也不是他曾经干过很多年的外科医生，而是一个骑着扫帚戴着尖顶黑帽子的巫师。每回听到他出其不意的声音，我都会觉得猛吃一惊。这天，他打电话告诉我说他在 EURO NEWS（欧洲新闻）上看到巴基斯坦的塔利班绑架了两个中国工程师，电视上把这两个被绑架者的照片也播出来了。尽管照片面部打上了马赛克很模糊，他还是觉得其中一个很像武昌人段小海。杨继明问我看新闻了没有？平

　　　　　　　　　　　　　　　去斯可比之路

时有没有段小海的消息？自从离开了阿尔巴尼亚后，我就没有和段小海有过联系。要不是杨继明提起他，我可能再也不会去想起这个人。我把电视打开了，在凤凰卫视美洲台上看到了这则新闻。虽然有十年多没有见过面，可从电视上那张略显模糊的照片上，我认出这的确是段小海。没错，就是他！唯一不符的是以前他是个游手好闲的混混，现在有了工程师的头衔。我听到那个叫杨舒的女主播说这两个中国工程师是在当地修建一个水电站，他们是在到大河上游测绘的途中被人劫持的，塔利班要拿人质交换他们的被俘人员。真是发疯了，十年过去了，段小海还是在这些最危险的国家闯荡着，干着建筑的行当！我突然想起那次和他一起在德林河上漂流时，他说过脑子里经常会出现水电站的形象，难道他真的是在追寻这样一个噩梦？

一大早得知这样的事情，我心里十分沮丧。我伤感地想起了十多年前在阿尔巴尼亚的岁月，想起段小海和那帮一起患过难的老朋友。我想我得打个电话给他们中的某个人，也许他们中还有谁和段小海有联系。我第一个想起的是李玫玫。有一段时间她曾经和段小海热过一阵。段小海曾把她带到黛替山顶的汽车度假屋吃饭，可惜在开房间时被她拒绝了。不过最后她还是和他有了一腿。李玫玫是从意大利罗马来地拉那的，但是我不知道她现在的踪迹。这么多年来我从来没有向人打听过她的情况，怕会听到她可能境遇非常糟糕的消息。不过想起李玫玫，我心里还会有一种亲切的感觉，虽然我和她没有一点亲热的关系。这会儿，我想起了那次她臭骂我一顿的事。那是在地拉那武装大动乱之后，所有的外国侨民几乎都撤走了，只有一些特别勇敢的人留了下来，我们就属于这些人中间的一部分。那个时候戒严刚刚解除，我们在屋子内困了好几个礼拜了，看看局势稳定了一些，街上的枪声也少了，所以就一起出来想到海边的都拉斯散散心。那个周末天气特别地晴朗，我们七八个人开了两辆车，一路上看到天上盘旋着多国部队的阿帕奇直升机，地上布满了联军的坦克。到了海边，看到树林里停着不少多国部队的水陆装甲战车。一路上经过很多的安全检查点。那些坦克上的大兵虽然武装到了牙齿，可看到我们还是很和气。段小海看起来很开心，一路和坦克手们合影。那些钢盔上插着羽毛的是意大利坦克兵。李玫玫的意大利语很流利，和那些罗马大兵说了很多话。后来我们终于到了都拉斯海边，找到一家还在卖黑啤酒和烤海鲈鱼的小酒店。战乱中有这么一次短途的旅行真的是很开心。吃饭时，大家都在说笑。我对李玫玫说刚才那些意大利大兵看到你这样一个漂亮女人不知该多快活！你应该爬上炮塔，迷死他们（我说话的同时做了一个掀起裙子的动作）。我以为自己开了个不算太坏的玩笑，平常大家说说这种笑话算不了什么。可我不知道，我今天这么一说，就像是踩到了一条眼镜蛇的尾巴，李玫玫勃然大怒，马上骂起我来："让你的老婆去掀起裙子吧！你把我当成什么人了！"她情绪失控足足骂了我有十几分钟，搞得我十分狼狈。李玫玫本来不是这样的人，性情开朗温和。可能是那个时候她遇到了太多不开心的事，变得特别敏感易怒了。就在这次从意大利回到阿尔巴尼亚之前，她在罗马被她的青田籍的老公倒锁在屋里，拿走了她的护照。后来她在一个布满保险丝的配电箱里找到护照，从五层楼打碎窗户玻璃爬出来，才逃回到了地拉那。我想起了这些往事，心里就会有更多的事情涌上来。我想要是找到李玫玫说说段小海的事情倒是不错，可我根本不知道她现在是在地球的哪一个位置上。我唯一可以说话的人大概就是宝光了。宝光这会儿待在科索沃，他还舍

去斯可比之路

不得离开阿尔巴尼亚太远。听说他独自在那里开了个鞋厂。他的老婆春秋生了一场大病，再也不愿在巴尔干半岛颠沛流离，回国休养了。我拨通了他的电话。五年前我在广交会上遇见过他，他给了我电话号码。我一直没有给他打电话，可他一接电话，就听出我的声音。他说：

"嘿！长人，你在哪里啊？"宝光说。因我的个子高，阿尔巴尼亚那边的几个人都这么叫我。

"在加拿大。还能在哪里？外边又下雪了，这里一年要下五个月的雪，没劲！"我说。

"生意怎么样？"宝光说。

"生意还可以，就是觉得没意思，真他妈的没意思！你那里怎么样？"我说。

"可能又要打仗了。科索沃人要宣布独立，塞尔维亚人不干，街上都是北约维和部队的坦克。鞋子做出来也没人买。"

"那你还待在那个鬼地方干什么？不要命啦？你和那个武昌的建筑公司那班人还有联系吗？那个段小海怎么样了你知道吗？"我说。

"听说他在巴基斯坦，和他哥哥还有老赖他们在一起。你问他干什么？"宝光说。

"我今天看到新闻，在巴基斯坦有两个中国建筑工程师被塔利班绑架了，其中一个就是段小海。这回他可死定了。"我说。

宝光说他不知道这件事。他有段小海哥哥段志林的电话，马上可以打电话向他问个清楚。段志林以前也在阿尔巴尼亚，是建筑公司的总经理，我和他也都熟悉。原来他也在巴基斯坦啊。宝光说了解情况后再告诉我。我说那好吧，希望段小海会平安渡过难关。我感到宝光对这事比较冷淡，可能和他所处的科索沃安全形势不好有关系，在那里绑架也是经常会发生的事。接着我问起他是否知道李玫玫的情况，他说她可能还在荷兰那边混日子吧。宝光一说起李玫玫马上又提起他的破案分析证明她的确偷了钱的事，好像这件十多年前的旧事就发生在上个星期似的。宝光这个人还是这个德行。

从这天开始，我的心情变得很糟糕，老是心神不宁，在高速公路上开车时好几次开错方向。我的心底好像有什么东西发酵了，喷发出气泡。我牵挂着被绑架的段小海，更准确地说，我是又在想念阿尔巴尼亚了。过去的这么多年我把对于阿尔巴尼亚的记忆深深埋在心底，尽量不想去触动它。这种记忆已成为一种间歇发作的病，我尽量在回避它，可它总是要来的。

二

十多年前我们在阿尔巴尼亚居住时，宝光家是大家经常聚集的地方。

现在我已记不清宝光家的庭院里那棵树是无花果还是桑葚树？我只记得秋天果子熟了的时候，院子地上会落满一些满是汁液的果实，人一踩地上就会留下紫色的斑迹。不知为何，最近以来我的记忆力衰退得很厉害，以致我无法肯定宝光家的庭院里是不是还有个葡萄架？我的记忆像是一些风化了的碎片，当我力图把那个记忆里的庭院现场复制出来时，

　　　　　　　　　　　　　去斯可比之路

脑子里突然显现出一个阿尔巴尼亚人的脸。那是房东格齐姆的神经错乱的弟弟吉米。他站在树下，把落在地上的浆果捡起来放在嘴里，慢慢吃掉。现在我意识里终于出现一座土耳其式的院子。进大门是一个长方形的天井，中间是一条石板铺成的通道，两旁的泥土地长着一些灌木丛。是的，我想起来这里的确有一棵葡萄树。我甚至还想起了院子那条叫"博比"的狗了。这条狗是宝光老婆春秋在路上捡来的，样子虽难看，却是纯种的拉布拉多犬。

　　来这里串门的几个人都是单身，只有宝光一家三口都在这里。宝光夫妇是从法国过来的，他们在巴黎待了五年，在车衣厂做工。宝光在国内时是个做磨具的高级钳工，手艺很巧，据说在车衣厂踩出的衣服针脚特别匀称，经常被老板拿去当样板。尽管这样，他们在巴黎的身份还是没有户口的"黑人"。两年前，他们为了把还在国内的女儿接出来，来到了阿尔巴尼亚办公司。本来打算接了女儿到阿尔巴尼亚后，再偷渡回法国去。可是后来他们发现这里有做生意的机会，就留下来不走了。宝光眼下在市中心的费里路有一个商店，还在家里做一点批发生意。周末或者黄昏的时候，大家的生意结束了，我们都爱往他家里跑。他家的开放式厅堂里摆着一张很大的桌子。我们都在这张桌子上吃饭。从这里看去，我们经常会看到站在树下的吉米。有时他还会行走在树顶上，那巨大的树冠和邻近院子的好几棵大树都连成一片了。

　　宝光家的狗"博比"十分聪明。这狗见我来了会显出不高兴的样子，但不声响。它看见所有的中国人进门都不会叫和咬。但是只要看到阿尔巴尼亚陌生人进来马上会极其凶狠地吠叫，并扑他们。我很奇怪这条阿尔巴尼亚的狗被宝光养了不到一年，竟然会是这样一副"卖国"相。更让人奇怪的是，"博比"在李玫玫进来时那种兴奋的劲头。那时是夏天，天气很热。李玫玫这个时候常常是刚洗过澡，头发还湿漉漉的，穿着凉鞋和裙子，身上飘着浓烈的法国香水味。"博比"在她进门时会在她的足前一蹦一蹦地迎接她。在她站立的时候，"博比"会把它的狗头往她的两腿之间凑，用它灵敏无比的鼻子捕捉着她身体的雌性气味。不用说大家也知道，"博比"是条公狗。

"这棺材的狗！"李玫玫收紧了裙摆，夹着两腿避着"博比"。脸都发红了。

"这狗真聪明！"我夸奖着"博比"。李玫玫真的很吸引人。狗都会喜欢她，别说单独在这里过日子的男人了。李玫玫从意大利过来还不是很久。她到了地拉那一点语言障碍都没有，因为阿尔巴尼亚人尤其是年轻人都会意大利语。她在西比亚路上开了一个鞋店，从中国进了一个货柜的皮鞋。她在意大利有居留证，可以自由地在两地来往。她在意大利待的时间很长了，身上透露着一种优美的罗马韵味。

我们经常在宝光家里吃饭。去的时候买点菜带过去，或者买一箱啤酒饮料什么的。阿尔巴尼亚靠近地中海，海产还比较丰富，但很奇怪地拉那很多人一生没吃过海鱼。地拉那城里有一家很好的海产店，我经常在那里买到活的海虾、海贝、虾爬子和章鱼什么的。有一次我甚至还买到了两只大龙虾。那鱼店的老板看到我们来了会很开心，老是推荐今天有大海鱼的鱼头。鱼头对于本地人来说是废料，没有人要的。但对于我们这些人来说，鱼头汤是最好的东西。可惜在阿尔巴尼亚买不到豆腐，要不然这地中海鱼头豆腐砂锅会更加好吃的。

宝光的老婆春秋是个喜欢做菜的女人。她的菜做得不是很精致，但是非常利索，没多久那张长形的大桌上就摆满了饭菜。我看过宝光年青时和春秋的照片，那时她完全是另一副长相，看起来还有点姿色。后来大概是因为患了甲状腺病的原因，眼睛鼓出来，脸庞很大，有点像现在的动画卡通人物史瑞克。可我们这些人已经看习惯了，不觉得她难看。春秋做好了菜，通常会擦着手，说："你们先吃先吃。继明怎么还没来？"

春秋挂念的杨继明通常来得最晚。他生意做得蛮大，公司名号在地拉那几乎是家喻户晓。除了普通的日用百货，他和军队、警察都有生意来往。通常我们在吃到一半时，杨继明开着那辆绿色的柴油雪铁龙二手车匆匆忙忙赶来，说今天又加班了。他飞快地往嘴里塞吃的，看起来饿坏了。我们平常都叫他"岩松伯"。巴黎有个有名的温州老华侨名叫任岩松，非常有钱，捐过好几亿法郎给我们老家温州。可是他本人非常节俭，上茶馆喝完咖啡后会把找回的角子都收拢装进口袋，一点小费都不给服务生。我们觉得杨继明这方面很像任岩松。他虽然有钱，可钱袋捂得很紧，衣着车马都很普通。周末有时候我们一起打牌，赌点钱助兴。通常我们下注一二十美金，有时也会五十一百的。可他总是下一两个美金，最多不会超过五个美金。他也常常带东西过来，都是土豆西红柿黄瓜和大米，没有一点想象力。春秋在他来了之后，会把留起来的菜全拿出来，然后自己也坐下来吃饭。

上一个礼拜天，我到黛替山上埃及人开的空中餐厅喝茶。我虽然喜欢和大家在一起热热闹闹，可是到黛替山时却总是独自一人。那是个半山腰的地方，因为消费昂贵，所以客人不多。坐在临窗位置，能看到地拉那全城。从远处看，地拉那是个没有什么特色的城市，看来看去也没什么好印象。但是那天我注意到了城市外围北边的山丘上，有一小块反射着太阳光的地方。由于距离很远，这块反光看起来就像是一枚银币那么大小。我看来看去不明白那是什么，最后相信这可能是一个山里的湖泊，或者是一个人工的水库。地拉那附近没有河流湖泊，所以这个发现令我兴奋。我想有水的地方一定是可以钓鱼的。我把这个重要的发现记在了心里。在下一个休息日子我开着车按山上看见的位置去寻找那个湖泊。我找到一条小小的车路，有个当地人告诉我顺着这条路可以到达山上的湖泊。小路很险，弯弯扭扭，坡度很大，加上没有维修，路面上凸出的大石头差点顶破我车子底盘的油底壳。这山上有很多的大麦田，已经成熟了，可看不见有人在收获。我终于进到了山里面，可是没路了。我把车停在大麦田旁边，然后去寻找那个湖。我越过山冈就看到了湖水。那湖非常美丽，水面上开满了风信子的花。湖泊是腰子形的，沿着山脚逶迤而去，一眼望不到边际。这个湖看起来是个被废弃的水库，水面上有座木桥已经断掉了。我安上钓竿想试试运气，可是发现湖底长满了水草，无法下钓。倒是湖上有很多的青蛙引起我的注意。远处有个阿尔巴尼亚年轻人在钓青蛙。他甩着长竿，将一个假饵送到青蛙前面。青蛙猛扑过来咬住假饵，他就顺势把钓竿扬起。青蛙咬住假饵不放，就被钓了过来。他的左手准确地抓住钓线上的青蛙，放在背后的篓里。我在湖边待了好久，也想模仿那小子，用鱼钩加蚯蚓钓青蛙，可是青蛙对我的钓饵一点反应都没有。天黑之前，我看到那个小子提着两个沉甸甸的网袋离开了湖泊，而我则一个青蛙都没逮到。

这一天去宝光家吃饭时，我把自己的新探索和发现告诉了大家。他们听得眼睛都发亮了，因为爆炒青蛙实在太好吃了，出国后再也没吃到过。大家都说我们得去逮青蛙，可听了我说钓青蛙的技术难度后又都泄了气。宝光说他小时候常去乡下水田边抓青蛙。夜里青蛙会上岸，这个时候用手电一照青蛙会发呆，用手都可以抓住。杨继明出国前当过外科医生，他用解剖学的原理证实了宝光的说法。因为青蛙是冷血动物，晚上在水里会冷得吃不消，所以要爬到岸上来。我们讨论的结果是决定在夜间去抓捕青蛙。宝光最近刚从国内进了一批可充电的应急灯，我提了一盏在手，他们都说很像《红灯记》里的李玉和。但是宝光坚持说五节手电筒的强烈亮光会更加有效一些，所以我们把家里的手电筒都拿来了。另外，我们还用保加利亚进口的土豆包装网袋改装成带长柄的网罩，这样就可以大大提高抓青蛙的成功率。那天晚上我们在宝光家吃过了饭，将装备搬上了车子。我们都穿上野外作业的装束。李玫玫不穿裙子了，改穿了牛仔裤、长袖的衣服和胶底运动鞋。然后，我们开着两辆车出发了。

我开着车在前面带路。一个多小时后，我们进入了上山的小道。晚间开车更加困难，除了有很多挡路的石头，有一段临着悬崖的路向外倾斜了二十来度，让人胆战心惊。白天的时候我看见过这里的大麦田，现在则是黑黑的一片。我们把车停下，抄小道往湖边走去。一绕过山脊，月亮出现在天上，银色的月光把山洼里湖面照得很亮。我看见了横架在湖上的那座断木桥，那就是我前天来过的地方。这个时候我听得到处是青蛙的叫声，在我们还没到湖边的时候，已听到青蛙跳入水中的声音。我们到达了水边，发现周围的景色真是很神奇，外国的月色和中国的月色就是不一样。我们分成了几个组。一个人拿手电筒，一个人拿网兜，一个人去抓青蛙。我和宝光、李玫玫一组，杨继明和春秋还有阿猛一组。我们沿着水边向前走，李玫玫的电光罩住了一只大青蛙。青蛙对着亮光发呆，我就乘机用网兜罩住它，宝光过去抓住它放入布袋里。青蛙有时会逃跑，我得猛扑过去，结果很快就一身泥水。水边的沙地很清澈，有时候还看到小鱼在游动。很快，我们发现了湖里还有螃蟹。这种螃蟹像是太湖蟹，只是个头要小一点。李玫玫很喜欢这些螃蟹，以至没有心思为我打手电，改为去抓螃蟹。螃蟹都待在浅水里，她得两脚都踩在湖水里面才能抓到它们。我们沿着水边一直往东面走了很多路，还远远看到对岸杨继明那一组的灯光在时隐时现。很奇怪，按常理说，在这样笼罩着神奇月光的湖水边，会诱使男女们发生情欲之类的念头。可是事实上大家一点反应都没有。这可能是因为我们大家都一身烂泥，而且手里沾满了青蛙身上滑溜溜的黏液，而这种青蛙黏液也许就是传说中阻止人们发情的魔法水吧！走了那么久，我有点累了，独自坐在一块石头上抽烟。李玫玫还在抓螃蟹，她的两只脚已没入水里，弓身在水底摸螃蟹。她身边有很多的水莲花，月光照得湖面朦朦胧胧，让她显得像法国人马奈画里一个水仙女似的。我不知为何有一种幻觉，老觉得李玫玫正在被水底下无数个小螃蟹和小青蛙往湖中央深处拖去，即将沉入水底。我和她只有十几米的距离，随时准备跳起来冲过去救援她。

三

现在想起来，在宝光家的院子里和大伙共进晚餐令人愉快，似乎天下真有不散的筵席。可不久之后，宝光家来了一批新的客人，事情有了

　　　　　　　　　　　　去斯可比之路

变化。

那个周末黄昏我照样开车到了宝光家。他们家门口停了两辆黑色的大奔驰车，一辆是 300 型的双开门跑车，一辆是 500 型的 DIESEL 房车。在地拉那，买一辆高级的奔驰车不很贵，只要一万美金左右。这些车子全是西欧那边的偷车集团从西欧偷来的。他们在地拉那换掉钢印和发票，再转卖到东欧俄罗斯那边。但是地拉那的人开黑色奔驰的不很多，不是怕贵，而是怕太招摇，还怕被偷。地拉那小偷很多，他们看到车里的录音机就会敲破玻璃把录音机偷走。那时我们一停车先得把录音机拔下来拿在手里带走。他们还会把停在路边的汽车轮胎偷走，当然，如果他们看见可以下手的奔驰车更愿意把整辆车开走。我看着宝光家门口摆了两辆奔驰车，相信一定是来了有来头的人。车子挂的不是外交红牌照，所以我知道不会是大使馆的人。我进来了，看见客厅里摆着一张方桌，宝光和三个陌生的人在打麻将。春秋站在一边。我进来时，宝光只抬眼和我打了个招呼。春秋倒是介绍了一下，说他们是武昌公司的段总、赖经理和段小海。段总是那个戴眼镜的人，转头和我打了个招呼，其他人埋着头打牌，没理我。我现在知道这几个人是刚刚进入阿尔巴尼亚的一支建筑队的头子。我曾经听人说起过他们，可我觉得这些盖房子的建筑队和我没关系，所以没怎么很在意。我想不到他们会开着这么高调的奔驰车，想象中他们开的应该是柴油发动机的自卸翻斗土方车。我坐了几分钟就起身走了。尽管春秋说要留我吃饭，可我觉得和这几个不认识的湖北人吃饭没意思。我还是走了。

这天我本来是要到宝光家蹭饭的，现在只得独自到一家土耳其人开的餐馆吃点东西了事。我点了烤肉，喝着啤酒。我看着窗玻璃外边的马路上悠闲自在的阿尔巴尼亚人，看着那些皮肤奶油一样白的漂亮姑娘，心情慢慢又好了起来。我打电话给杨继明，问他吃过饭没有，他说还在卸货柜。一会儿，他来了，我们一起吃饭。

杨继明知道的事情比较多。他把这支湖北人的建筑队的来历说给我听。

这班湖北人是来承包工程的。就是在地拉那西边机场高速公路入口的右侧那块地上，要盖好几幢高层公寓大楼。杨继明说阿尔巴尼亚的总理沙利·贝里沙是医生出身，去年到马来西亚访问时，和同样是医生出身的马来西亚总理马哈蒂尔交谈甚欢。他们说好搞一个合作项目，贝里沙总理在地拉那划一块地出来，让马来西亚开发商来建商品房。马来西亚的开发商接下项目后，把工程转包给了武昌建筑公司。杨继明这么一说，我知道了这些湖北人不是我们国家派来援助的，而是来挣钱的包工头。

但接下去杨继明说到的事使我觉得他们还是有点来头的。这班人曾经在科威特盖过房子，刚好遇上了萨达姆入侵，结果是穿过沙漠逃到了沙特阿拉伯，坐上中国政府的紧急救援飞机才回到国内。他们在国内待了不到半年，又开拔到了北非的利比亚，给卡扎菲盖一个地下行宫。工程还没盖好，美国人空袭了卡扎菲的行营，差点把他给炸死了。紧接着西方社会对利比亚进行金融制裁，冻结了利比亚的货币，利比亚付给他们的工程费用是利比亚货币，根本无法兑换成流通货币，等于拿到一堆废纸。这班人在利比亚困了好久，终于接到了马来西亚人的项目，开拔到了地拉那。这回湖北人好像运气不错，马来西亚人财大气粗，预付了他们不少美金。湖北人现在看起来踌躇满志，想在阿尔巴尼亚大干一场的样子。

不知为何，从一开始，我就不大喜欢这几个建筑包工头，也不想和他们打交道。可地拉那的华人就那么些，抬头不见低头见。过不了多久，宝光对我说武昌公司有10万美金要换成列克（阿尔巴尼亚货币），问我想不想换。我手头正好有好多列克，跟他们直接兑换的价钱会比到市场上兑换合算一些，我就答应了下来。阿尔巴尼亚货币币值较小，大概100列克抵1美金。10万美金就是一千万列克了，论重量有70来斤重了。这个晚上我把钱装在一个大旅行袋里，开车去武昌公司的总部。那天我那辆二手的菲亚特车排气管消声器脱落了，车子进入他们院子时，声音大得像拖拉机一样，好些人看了都在笑，让我很没有面子。湖北人的总部不是设在工地里边，而是在地拉那市一座宽大的庭院里面。那是一座两层的小楼，屋里有很多房间，住了公司一部分管理人员。

这天接待我的是段小海，我曾经在宝光家见过他一面。段小海把一个叫小金的翻译兼会计喊出来和我换钱。小金从保险箱里取出十捆美金给我。我按照在地拉那外币黑市的习惯，数了一捆之后，其他的没有再数就放进袋子。而我给他们的一大堆列克他们却要数上很久。段小海数了几捆，就说不要数了，不会有错。可是那个小金很细心，非要全部数一遍。为了这事，他们两个用湖北话争了起来。我不知道他们谁对谁错。按财务制度，那个认真的小金肯定是对的。可我还是对段小海对于金钱无所谓的态度有了深刻印象。

这个时候段小海的哥哥段志林和那个姓赖的经理从工地回来了。姓赖的看见我连招呼都没打，可段志林看我带了这么多钱，就变得客气了，说一定要留我吃饭。他让他弟弟告诉厨房今天要多做菜，他要请大家吃饭。过了一阵子，宝光进来了。一会李玫玫也来了。李玫玫看来和这班人已经很熟了，见到我在这里倒觉得惊奇。接着陆陆续续来了几个女的，是青田人，我不大熟悉，但都有点姿色。我感到湖北人几乎已经把地拉那略有姿色的女人都网罗到了。席间很热闹，不停有人劝酒。李玫玫和几个青田女子都开始和段志林、姓赖的，还有一个姓李的经理兄妹相称了，让我觉得周身起鸡皮疙瘩。一会儿，上来一个大汤盆，里面是一道我没见过的东西。原来是乌龟汤。那汤炖得十分讲究，色泽透明黏稠，有枸杞当归在里面，香气扑鼻。我大惊失色。都以为自己十分会找吃的，想不到这里还会有这一种野味。段志林说乌龟分为水龟和旱龟，以山龟为最上品。一只山龟在中国国内大酒店会卖到几百元上千元，而阿尔巴尼亚的山上到处能找到。段志林说山龟滋阴补阳男女皆宜。前日大使馆的刘参赞来吃了一顿，说夜里折腾得翻来覆去，家属又不在，好不受罪。我喝了一口龟汤吃了一块龟肉，说不上好吃不好吃，但心里总有点恶心的感觉。那几个女客对龟汤很感兴趣，吃得津津有味。段志林几杯酒下肚，话多了起来。他让厨房杀一只龟，把龟血取来，掺到白酒里。他喝下一杯龟血酒，脸膛发红，说起了吃乌龟的历史。

那是在利比亚的事。他们在美国人封锁制裁之后，没有活干了，而且吃喝都成了问题。那段时间闲着没事做的工人跑到山上去捉蛇吃，意外发现山地里有好多乌龟。在后来的几个月里，他们几乎把附近山地上所有的乌龟都捉来吃光了。那些乌龟壳在工棚的墙角堆成了一个小山。如果这些是人的骨头，那就是一个骷髅山了。乌龟捉光了，他们还是没事可做。段志林说他寻思着：国内的中药里不是有一种叫龟板胶的东西吗？那不是乌龟壳做的吗？他让工人把一个大铁锅支起来，放了好几十

去斯可比之 路

个乌龟壳在里面熬。可熬了三天三夜，什么也没发生。龟壳还是龟壳，锅底下什么胶状的东西也没有。他翻来覆去思索着，怎样才能熬出龟板胶来呢？后来他想出了一个办法，让几十个工人拿锤子把乌龟壳敲碎捣烂，再放到锅里慢慢煎熬。熬了三天之后，他让工人用笊篱把碎龟壳捞了出来，然后再熬上了三天。到最后的时候，留在锅底的汁液越来越稠了，透明中发着珍珠一样的光芒。他知道这个时候得退火了。他把黏稠的汁液倒在两个小饭盒里，让它们冷却下来。夜里的时候，他起床去探视。汁液已经凝固，缩小了很多，呈乳胶状，有弹性的。他把炼好的龟板胶从饭盒里倒了出来，放在桌子上。这时很多人都在露天里坐着。月亮突然没有了。这两块龟板胶在黑暗中发出了光芒来。真的，就像人们在陕西法门寺看到的佛骨舍利发出的灵光一样。

段志林的语言能力很好，把事情说得活灵活现。在座的人听得毛孔都爹开了。我问了一句："你那些龟板胶还在吗？它们真的很珍贵吗？"

段志林说，他用了几千个龟壳才炼出两块豆腐干大小的龟胶，回国后给了他母亲一块，还有一块给了北京一个副部长。副部长曾把这东西给同仁堂的老药师鉴定。老药师说他从来没见过这样纯度的龟板胶，这是稀世之物。

四

我不得不承认，作为建设者，这群湖北人的专业能力令人吃惊。每次我经过机场高速路口时，看到那片工地上的房子一节节升高，很快到了四五层。那两座高耸的塔吊直入云霄，成为地拉那一个醒目标志。马来西亚的开发商已在各种媒体上到处打广告，这大概是阿尔巴尼亚劳动党垮台后第一批外国人投资的房，所以十分引人注目。自从湖北人来到之后，我们在宝光家的聚餐基本就不复存在了。宝光家成了湖北人的俱乐部，每个周末他们会在这里打麻将。我们以前打扑克输赢只有百八十元美金，可宝光陪湖北人打麻将输赢在几千美金。能陪湖北人打麻将似乎是一件荣耀的事，宝光那时已经有点不屑和我来往的样子。据说他开始从湖北人那里得到了一些生意合同。湖北人盖房子用的木头是从阿尔巴尼亚北方来的，现在他们把这个采购业务给了宝光。宝光十分卖力，一头扎进北方的森林去寻找上好的原木。他觉得现在辛苦点不要紧，以后和武昌公司合作会有很大的商机。其实我知道宝光是狗熊掰棒子，做过很多事情，做一个丢一个，所以到现在也没挣到过多少钱。这个家伙这回去了北方山区，把家里的生意全扔给了老婆春秋。我已经很久没去宝光家了。有一个晚上我因为护照签证延期的事打电话询问春秋，顺便问宝光什么时候回来。春秋说他下个月才会回来。春秋简单说了几句放下了电话，可是她的电话没搁好，可能卡住了，线路没掐死。我把电话筒放在桌上，想等她掐了线以后放回去。可我忘了这事。过了很久，我躺在床上睡着了。半夜里突然听到有细微的声响，声音是从电话里传出来的。不是有人和我说话，是电话那头房间里的人在说话。我明白了这是春秋家里的声音，她不知道电话还搁在那里，声音传到我这里来了。然后我听到男人咳嗽的声音。这个时候已经是深夜，后来电话里的声音变得很短促，是喘息的声音。我把听筒放回电话机座上，这样我就什么也听不到了。我想这他妈都是人们吃了壮阳的乌龟惹的祸。

几天后，我在外边办完了事，开车转到了李玫玫的皮鞋商店门口。李玫玫坐在柜台后面，看着大街发愣，她的旁边站着那个阿尔巴尼亚雇员拉亭。拉亭是个体格健壮的小伙子，二十多岁，比李玫玫要小个十来岁。这个家伙看到我来了，冷冷地点了一下头。我对李玫玫说：

"嘿，好久不见了，生意怎么样？"

"哪有生意啊，你看街上这么多人，就没有人来买东西。走！我们到隔壁去喝一杯。"李玫玫用意大利语对拉亭说了一句什么。拉亭咕哝着，好像不大高兴。

酒吧就在商店隔壁，面临着第二十一大街。我们坐下来，李玫玫要了一杯卡布奇诺，我要了一杯"沙列泊"。沙烈泊是一种藕粉糊似的东西，上面撒了一层肉桂粉。酒吧里的生意很好。

"不知怎么的，生意突然就没有了。除了酒吧里的生意很好。"李玫玫说。

"所有的人把钱都投入到 VIVA 的投资公司了。你看，每个阿尔巴尼亚人都兴高采烈的，等着发大财呢。"我说。我说的是实话，你看酒吧里的人一个个都很兴奋，街上的人看起来也笑容满面。因为最近阿尔巴尼亚人找到了一种快速发财的机会。他们把钱投资在 VIVA 公司，月息可达百分之二十，而且是每月派息。这件事去年开始的时候人们将信将疑。但现在很多人拿到了投资回报，大家都把钱投进去了。

"你说真有这样容易生钱的办法吗？要这样大家什么都不要做，把钱放在 VIVA 就可以发财了。"

"阿尔巴尼亚人就是这样想的。我的药剂师前天要辞职了，她把房子卖了，投资在 VIVA ，每个月的利息比我给她的工资还要多。她觉得以后可以什么也不做，吃喝不愁了。"我说。

"再这样下去我们生意可怎么做啊？其实在阿尔巴尼亚做生意一点也不容易。我到现在没挣到钱，倒是赔了很多钱。"李玫玫说。

"我不知道为什么你要到阿尔巴尼亚来？意大利挣不到钱吗？"我说。

"我在意大利挣过不少钱。我只是不想待在那里。"李玫玫说。

"我明白了。"我说。李玫玫以前说过她的经历。她的老家说起来和我老家距离很近，是在一个叫张府基的巷子里。她二十岁的时候有人给她介绍了一个在意大利的青田人，她就出国了。那个青田人是个脾气乖戾的人，前些年还开车撞死过一个人。我想李玫玫到阿尔巴尼亚来做生意，可能就是想和他分开来吧。

这个时候我看到酒吧门口进来一个人，像是个中国人，仔细看是段小海。李玫玫看到他，就把头转到墙的一面，装作没看见他。她低声说：

"他又来了，真神经病。"

"怎么回事？他追你吗？"

段小海一眼就看见我，也一定看见了李玫玫。他的脸色很不好。我以为他会过来和我们喝一杯，可是他往后退，离开了酒吧。

李玫玫转过身来，松了一口气。

"最近他几乎每天都来找我。我陪他吃了几次饭，可他把事情想错了。"李玫玫说。

"也许他真的喜欢上你了。你看人家也一表人才的嘛。"我说。

"去你的！"她说。

"你看人家开的奔驰车多神气，还穿着皮尔卡丹西装，打着领带，穿着皮鞋。"

"神经病才会在海滩上穿西装。你知道吗？他去都拉斯海边也穿西装，让人发疯了！"她说。

"湖北人还是蛮厉害的，地拉那成了他们的天下。你看宝光整天跟在他们屁股后面跑，现在为了他们还跑到北方的森林，个把月时间还不回来。"

五

第二天晚上，我接到段小海的电话。这是他第一次给我打电话。我很奇怪他怎么会知道我的电话号码，他说是从春秋那里问到的。他问有我有没有空？是不是可以去喝一杯？我说好吧，去哪里？他说玻璃房酒吧怎么样？

我来到玻璃房酒吧时，看到段小海已坐在里面一个角落的位置上，向我招手。我坐了下来。他问我喝什么？我说喝啤酒吧。他说喝啤酒有什么意思呢！他对那个金发的女招待说："来两杯康涅克！"酒上来之后，他建议我们干一杯。我说我不会喝快酒，只能慢慢喝。他说："那你请便，我干了！"

我知道段小海找我一定是有什么事的。一种直觉告诉我很可能跟李玫玫有关。可这个家伙跟我玩起弯弯绕。他问我是不是经常来这个酒吧？我说很少来这里。我不大喜欢这个酒吧过于黑暗的灯光，看起来有一种暧昧的不安全感。我说的是真话，地拉那有很多漂亮的酒吧，尤其在大学街一带。我比较喜欢在对面一家乡村风格的酒吧喝东西。

"那个乡村酒吧没意思，我以前在那里也喝过很多次。那里没有小姐。"

"这个酒吧有小姐吗？"我说。

"有好几个。"他说，"你顺着左边看，在最里面坐着的那个黄头发的就是。"

我顺着他指出的方向看去，果然有个黄头发的姑娘。不过酒吧灯光很暗，香烟的烟雾又浓，我无法看清她的面容。

"右边角落的那个也是，那个戴棒球帽的。看到了没有？"段小海说。他的眼睛并没往那里看。这回我看到了戴棒球帽的姑娘的面容。她的面孔有点像亚洲人。"知道她为什么戴棒球帽吗？她的头发有点问题。可能是个癞子。"段小海贴着我耳朵说。其实他再大声说人家也听不懂。

"其实你不需要小姐，你有女朋友。"他说。

"谁说的，你怎么知道？"

"李玫玫是你的朋友，我也看到你和她在一起。"

"不，没有这样的事。我和她只是老乡。"我说。

"我不相信。"他说。

"相不相信由你。"我说。

"你是不是觉得李玫玫是地拉那最好看的女人？她的气质真特别，和国内的女人不一样。"小海说。

"我以前当过兵，在一个非常偏僻的山沟里。那个时候我们当兵的看到老母猪都觉得是漂亮的。"

"你意思说李玫玫是老母猪？"段小海的脸突然涨得通红，站立了起来，似乎要和我单挑。

"没有啦，我的意思是说没有女人的男人像一群公猪。"我说。

"这还差不多。"段小海笑了，重新坐下来，"我觉得自己就像是一头公猪，整天想着李玫玫。前些日子我曾经和她很接近，去喝过咖啡，在欧洲花园吃过饭，还带她到了黛替山顶上的汽车度假旅馆吃饭。可我不该提出开房间。最近她不理我了。约她几次她都推掉了。"

"她不是一个随便的人。算了吧，你看这酒吧里姑娘那么多，何必一定找她呢。"

"不。我对她是认真的。我在国内的婚姻快要完蛋了。我知道李玫玫的婚姻也不好。我有一种很奇妙的感觉，好像自己在茫茫人海中终于遇见了一个自己要找的人。"

"这么说，你离开中国到海外，就是为了寻找茫茫人海中的这一位了？"我微笑，肚子里却在大笑，想不到这小子还会玩深沉。

"不是的，不是这样。"段小海说。

这个晚上，我被段小海逮着在酒吧灌了好多酒，听他说了很多的话。没有多久，我就对他改变了看法。他的经历是个很不错的故事。

他说自己高考的时候，数学成绩就特别好，是他们省的数学高考状元。后来他是在中国财经大学读的书，读的是统筹数论专业。他问我统筹数论是什么知道吗？我说不大明白。他就举了一个例子说明："一个铁锅可以烤三个麦饼。麦饼的两个面要各烤一分钟才能烤熟。现在要烤四个麦饼，得花几分钟？"我说："四分钟。""不！是三分钟。"段小海说。先把三个饼烤一分钟，然后翻过两个饼，取出一个烤了一面的饼，放入第四个饼继续烤。两分钟后有两个饼已经烤好，还有两个饼已烤了一面。第三分钟将两个烤了一面的饼一起烤熟。这就是统筹学最简单的例子。

段小海说他大学毕业后，在中国银行武汉分行工作。那个时候他年纪刚过三十岁，结了婚生了孩子，还当上一个信贷部门的主管。后来，广发银行成立了，在武汉建立了分行。他被广发银行挖去了，给了很高的职位。他有宽大的办公室，工资很高，还配了他一大笔股份。他的生活相当地好，老婆在机关当公务员，也是一个副科级的干部。九十年代初武汉像他这样成功的人士还不多。大家都羡慕得要死。

问题出在他哥哥段志林身上。段志林本来是武汉建筑公司的一名科员，后来被提拔为一个海外建筑公司的经理，让他组建一支建筑队伍前往科威特承建一个大型会议中心的基建工程。段小海有一天回家看母亲时遇见了哥哥，看到他正在整理一大沓贴着照片的表格。哥哥说这些是建筑队工人去申请护照和科威特使馆签证的表格资料。段小海起先好奇地翻着表格，还被照片上那些农民工古怪的表情弄得哈哈大笑。突然间他觉得有点激动起来，别看这些土里吧唧的农民工，很快就可以远行到

去斯可比之 路

一个阿拉伯的国家了。科威特是什么地方？大概就是一千零一夜故事里的地方吧！哥哥对他说："看什么看？有什么好看的？"他说："哥，要不你也给我弄个护照来吧，这会儿你不是当经理了吗？有权！"段志林说："你又不去那边，搞护照干吗？"段小海说就让我过把护照瘾吧，万一以后我不小心黑到一大笔钱，也可以用它逃到国外去啊！九十年代初期，出国还没像今天这样便利，对很多人来说这是神秘而遥远的事。老母亲一直把小儿子当孩子，对大儿子说：你就给他整一个玩玩好了。段小海立即到隔壁一家快照店拍了一张宝丽来快照，并填好了表格，塞到了那叠表格里面。半个月后，哥哥把一本蓝皮的公派护照给了他，吩咐他藏好，不要给人家看。哥哥还说自己三天后就要带着一百多个工人出发到上海。他们将坐一条海船出发到科威特。

段小海回到家，偷偷把护照打开来，看看这个神奇的本子究竟是什么样子的。突然他看到护照上的中间一页盖了一个蓝色的大印章，上面全是古怪的阿拉伯文字，那是科威特大使馆的入境签证。他吓了一跳，哥哥怎么把签证也搞来了？这就意味着，他也可以进入那个遥远的天方夜谭的国家科威特了。从这个时候开始，他觉得心脏像个定时炸弹的计时器一样在咔嗒咔嗒地响个不停，他脑子里不时冒出一个个可怕的念头。他的脸色苍白，不时会颤抖个不停。

过了两天，他开始往一只箱子里收拾衣物，告诉妻子说自己要出公差。妻子问他去哪里？他说去上海，个把礼拜就会回来。妻子说那你给我多带几件好看的衣服回来。段小海搭着飞机到了上海，在他哥哥的建筑工程队伍即将登上那条阿拉伯国家的客货轮之前找到了他们。他上了这条大海轮，在雄壮的黄浦江中徐徐开向大海。

"我本来以为，我一上船就可以打电话给我老婆，告诉她我已经跟着哥哥到科威特去了。可是上了船才知道，这条船上根本无法打电话，而且也不能发民用的电报。船在海上开了将近一个月，就像他妈的郑和下西洋似的。我在船上知道这下可闯大祸了。老婆以为我失踪了，她和孩子一定会吓死了，一定会报案。银行也会查我是不是偷了巨款潜逃了。我后来到了科威特，打电话给老婆，以为她一定会在电话里大哭一场，然后再骂我个半死。可事实上我发现她很冷静，其实警察已从海关出关记录找到了我的去向。我的老婆对我冷若冰霜。"

"可是你为何突然会产生这样的念头呢？其实你的广发银行高级职员的职业很好。真要出国，你就公开地安排就是了。"

"我也说不清楚。真的，在看到护照上那个蓝色的签证之前，我从来没有过出国的欲望，对于同事中出国考察的从来没有羡慕过。事实上，银行的高管已经暗示我可能会派我到法兰克福证券交易所去实习一段时间，而我都心平如镜。可这回一见到那个科威特使馆阿拉伯文字的蓝色签证印章的一刹那间，我其实什么都决定下来了。广发银行的工作待遇很优厚不错，家庭也都很体面，但在我看到那个蓝色签证之后，什么都改变了。如果从此之后还要我每天去银行上班，下班回到家里陪老婆孩子吃饭，我觉得自己一定会像个炸弹一样要爆炸开来。"

"人这个东西说不清，你的内心其实有个凶猛的精灵关在里面。平时你可能不知道它的存在。可有时它要是一闹起来，就要你的命了。"我这样说，表示听懂了他说的话。我喊着："Waiter（服务生），再来两杯酒！"我也兴奋起来了，因为我在段小海话里看到了自己内心深处的一点影子。

　　　　　　　　　　　　　　　去斯可比之 路

"我在科威特的头两年很快活。我哥哥他们在盖工程，我却是整天晃来晃去没事情。当然，有时候我也会去干点活。比如去搬水泥，切钢筋。不过那都是自愿开心地去做，出了一身汗，胃口变得很好。在科威特虽然不能喝酒，也没有小姐。但觉得很有意思，很快活。可是我们的运气很快变得不好了，萨达姆的军队打过来了，一夜之间把科威特全占了。你知道我们逃离科威特的时候有多狼狈？在沙特阿拉伯的沙漠上很多汽车坏掉了，没有水和粮食，夜里还有狼群来袭击。好在最后把命捡回来了。但是回国之后日子更加难过，因为每天要经受老婆无止境的面对面的审判。"

"可你后来还是去利比亚了。"我说。

"利比亚我们待了四年，我们在这个国家的运气更加烂。我们在那里盖的总统行宫让美国人的飞机导弹一下子全摧毁了。后来我们又重新在地下修一个庞大的防空系统，可是后来拿到的钱无法兑换，和废纸差不多。现在想起来，在利比亚的日子是个真正的噩梦，比在科威特还糟糕。"

"有时候，人的一个选择就会改变他的一生。你要是那天没让你哥搞护照，现在不知情况会怎么样？"

"肯定比现在有钱。我知道我当年的同事都成金融界高管了。他们都有了几百万的身家。"

"那你是不是后悔当初的一时冲动呢？"

"不知道，没想过。这个事情说不清楚，我现在觉得我的日子过得挺好的，我喜欢这样的生活，有意思，自由啊！要是不出来，我怎么可能和你坐在这里喝酒呢？怎么能看到这些漂亮的阿尔巴尼亚妞儿们呢？”

“这回你们在地拉那看起来不错，像是时来运转，要发财了。”我说。

“也难说。我们其实是给马来西亚人打工。他们看建筑的进度给我们一点钱。真正的钱要等工程结束了才能结算回来。”

“可我发现你们这些人花钱挺气派的。”我说。

“我们经过那么多事，总是不知道明天会怎么样，所以会这样花钱如水。前些天我老婆来信告诉我她打算要和我离婚了。她觉得和我这样古怪的人做名义夫妻实在没意思。你看，下次我回到中国，就可能没有家了。”

这天晚上我们聊得挺有意思。十二点半时，我实在困了。我起身先走。段小海还要坐一会儿。他说要和那个黄头发的姑娘喝一杯。

六

从这天开始，我算是真正和段小海认识了，还成了不错的朋友。下一个礼拜六，我跟着他上山去抓乌龟。那天去的人很多，几乎居住在地拉那的华人都参加了。

阿尔巴尼亚是个多山的国家，号称山鹰之国。真正的山鹰其实很难见到，可一种食草的山乌龟在两千米以上的山地里却有很多。当地的山民对乌龟毫无兴趣，以为它们只不过是些会移动的石头，因此，当他们看见许许多多的中国人漫山遍野聚精会神寻找乌龟时，都很是不解。一个常年住在山顶上的棕色头发小姑娘追着一个个从她家门口小路上走过的人问道："中国人，你们抓那么多的乌龟做什么？"匆匆忙忙的人们没有回答她。她不知疲倦地继续问着路过她家门口的中国人："你们为什么抓乌龟？"终于有个人回答了她："抓乌龟是为了让兔子和它们赛跑啊！"棕发小姑娘听得眼睛都发亮了，追着那个人问道："那么你们的兔子在哪里呢？"不过那个中国人已经走远了，听不到她在说什么。那个人就是段小海。他这个脱口而出的回答把一个难以回答的问题变得有趣了，这一点表现出他是个高智商的人。可是从另一方面来讲，他这样的回答是不诚实的，他欺骗了那个山里的女孩。这些乌龟很快会被吃掉，根本不存在伊索寓言里所说的那些事儿。

在我和段小海熟悉了之后，发现他在这个建筑公司里其实没有什么具体的工作。虽然挂着个材料供应员的职位，实际上好像他都没做什么。倒是宝光为了供应他们木料一头扎到北方森林半个多月不回来。段小海其实就是个游手好闲的混混，因为他哥哥是公司老大，没有一个人管他的。他也上班，只是什么也插不上手。这样他在下班之后，会显得特别精力充沛。老是喊我去做打发时间的事。

那个时候他还在打着李玫玫的主意，其实我心里知道这事没门。在我们老家那个地方，对于盖房子这行业的人历来不大看得起，称他们是"泥水卒"。即使像段小海的哥哥段志林这些公司领导人，大概在李玫玫的眼里也只是个穿上西装的包工头儿罢了。她表面上跟武昌公司打得火热，只是出于女人的虚荣，那个时候好像能在武昌公司出入是一种身份的标志。后来我还发现了，李玫玫店里的那个雇员拉亭已经成了她的性伙伴。拉亭这个家伙身体很有型，属于那种猛男的类型。李玫玫一旦尝试过这样的身体，那么我们这些黄种男儿根本不会引起她的兴趣了。

不久后，段小海算是做了一件正经事儿。他准备要去一次北方城市斯库台。宝光在那边山里搞到了一批木头，他得去验收一下，再从水路运回来。他问我愿不愿意一起去？阿尔巴尼亚南方的沿海地带我去过很多次，可是北方的山地却还没去过，所以我就答应了。

阿尔巴尼亚北方山很高，车子基本上是在山间盘行的，风景非常壮观。我们到了那个出产木头的小镇库科斯的时候，木头已经堆在了那里，可是没见到宝光。人家告诉我们宝光还在山里面，道路被水冲垮了，他一时间出不来。段小海检查过这批木头之后，品种和长度直径都没问题，就让本地的木排运输工把木排沿着一条山间的河流放下来。本来我们这样就可以回去了，可是，段小海突然又不正经起来，问那个放木排的拖船主，我们是否可以跟着木排的拖船一起漂流下来？

现在想起来，我们这个选择是多么荒唐。本来以为木排一两天就会到地拉那，可是却在河上面漂流了七八天时间。很快我知道了这条河的名字叫德林河，是一条北方的主要河流。河上的风光很好。我们大部分时间都坐在木排上，看着两岸扑面而来又很快闪过去的风光。有时一边是茂密的树林，另一边则是高高的悬崖。有时看到好几匹马在河边饮水，有美丽的姑娘在河边洗衣服。我们向她们招手，她们也向我们招手。可当她们发现我们是外国人时，她们会不好意思地笑起来。看起来，要了解一个国家，最好的办法就是沿着它的主要江河漂流一下。第三天的时候，我们发现河流变得很宽了，成为一个大湖。放排的人告诉我们前方是一个水库大坝，大坝里面是个水电站，木排要通过船闸才能下来。他建议我们在大坝下面的小镇住上一夜。我们下了船来到了小镇。这是个非常整洁的小镇。和那些传统的农村不同，这里的房子带着工业区的气息。我们在大坝下方看到大坝很雄伟，有八十多米高。无意中我们在大坝的入口发现了一块石碑，上面竟然有中文和阿文关于大坝的建造历史。原来这座电站是中国政府在六十年代援建的，当初的名字就叫"毛泽东水电站"。人们告诉我们，现在这个电站的名字是改了，叫"乌耶代水电站"，可人们还是习惯叫"毛泽东水电站"。这个电站还在发电。除了供应本国，还输出电力给南斯拉夫，每年能挣回很多外汇。

我们在电站下面的一个小旅馆住下，整个晚上都听到轰隆隆的发电水声。段小海说自己感到惊奇，这个水电站怎么看起来这样的熟悉？好像他在哪里见过似的。我说水电站的样子都是差不多的，你见过的也许是新安江或者是三门峡水电站吧？他说不是，肯定不是。而且很奇怪的是，当他见到这电站，心里有一种特别亲切的感觉。这些年他意识里经常会出现水电站的形象，老是觉得自己早晚要去建造一座水电站。

那次回来之后，我偶尔还会去武昌公司，主要是和他们换美金。可是我明显感觉到他们的换钱数量少了。这个时候阿尔巴尼亚的高息集资变得很疯狂，人们把所有资金投到高息集资公司，没有人要在这个时候买房。马来西亚的开发商，因为房子预售很不理想，预感到事情不妙，便大大减少对武昌公司的资金供应。湖北人的资金变得紧了。这样又撑了几个月，到了十月份的时候，阿尔巴尼亚全国处于狂热之中，几乎每个家庭都卷入高息集资的投机中。很多人脸上荡漾着笑容，就几个月之间，他们贫穷的祖国成了世界上最幸福的国家。只要投一点钱给集资公司，他们得到的回报就可以衣食无忧。这种情况下，好些手头没钱的人把房子卖掉，用房子的钱去投资拿回高利息过生活绰绰有余。

这个时候宝光从北方的森林里回来了。湖北人告诉他不再需要木头，因为资金短缺几乎要停工了。这个家伙在那里一定吃了不少苦头，脸孔变得又黑又瘦。他回来之后，他老婆打电话来让我们去他家吃饭。好久没上他家了，觉得变化不少，院子里还增加了一个大狗笼，里面关着一只巨大凶狠的狼狗，是宝光从北方带回来的。这大狗身上有一种臭味，我一看这狗的眼睛，就觉得这狗已经疯了。春秋说，以前那条叫"博比"的狗在这个大狗来了之后，很不高兴，前天它跑掉了，到现在还没见踪影。

我来的时候，杨继明已经来了，正在和宝光夫妇讨论高息集资的事情。杨继明说国际货币基金组织已注意到了阿国疯狂的集资活动，他们估计有一百多亿美金的民间资金被吸收到了这个金字塔式金钱游戏里，垮台的时刻很快就会到来，但是阿尔巴尼亚的人民还沉醉在发财的美梦里。

我在宝光家坐了一个小时，没见李玫玫过来。春秋说李玫玫的生意很不好，最近把住家搬了，和那个阿尔巴尼亚伙计拉亭公开一起住了。春秋说拉亭这个家伙喜欢打老虎机，李玫玫店里卖出来的货款很多被他拿去输掉了，所以搞得她手头很紧。春秋说着，起身来到桌前，拿起话筒给李玫玫打电话。我想起了那个夜里我在家里电话中听到的声音就是从这个话筒里传来的。这是个老式的脉冲电话，地拉那的号码一直是四位数。那个话筒的支架比较突出，所以容易搁住。春秋接通电话，是拉亭接的，说李玫玫不在，就把电话挂了。说话间，我看到李玫玫进来了，她的脸色不好，眼周有一圈黑圈，看起来有点憔悴。

"博比呢？"李玫玫问道。她已经习惯了博比的骚扰，没看到它反而不习惯。

"博比跑了。我们有了一只新的大狗。"春秋说。她指着院子角落的狗笼，有一股难闻的臭气飘了过来。

"怎么会呢？"李玫玫好像有点不舍。春秋给她解释了半天。

"是不是很忙啊？"我对她说。

"是啊。刚好在搬家。生意现在不好，只得节省点费用。"李玫玫说。

"慢慢来好了，没什么好着急的。"我说。我觉得李玫玫这样单薄的身体怎么经得起拉亭机器一样的身体折腾。我不明白她为什么会迷上拉亭，那家伙我越看越像是个无赖。

自从湖北人来了之后，我们很久没在这里一起吃饭了。春秋烧了很多菜，可不知怎么的我总觉得味道和以前不一样了。过了一会，宝光家的翻译多利带着他的女儿来了。多利的中文说得很好，普通话的发音比我们这班南方人要准确很多。多利个子很矮，差不多是个侏儒。他六十年代在中国北京广播学院学习了五年，回国后在阿尔巴尼亚广播电台国际部当中文广播播音员。阿尔巴尼亚和中国翻脸之后，大部分说中文的人都失业了，可多利还在电台里工作着。虽然多利像个侏儒，可是他八岁的女儿却长得很健康漂亮，听说还很会跳舞。多利带来的消息一切正常，政府总理刚刚发表谈话，说阿尔巴尼亚的集资是健康的，人们不必有顾虑。政府总理的话一出，人民放心了，他们几乎是倾其所有把钱交给投资公司，而现在有的投资公司月利息已提高到100%。我问多利：投资公司把钱拿去做什么生意会有这么高的利润？多利说：在巴尔干有一家庞大的军火公司经营非洲的军火贸易，所以选中了阿尔巴尼亚这样一个小国来洗钱。多利的话十分荒唐可笑，但多利那种兴高采烈的情绪让我觉得好像一时还没事。接下来，我们看多利女儿的跳舞表演。她跳的舞都是自编的，从电视上学来的。她就像一个机器跳舞娃，一跳起来就停不下来。她的脸像是陶瓷没有表情，到后来我都有点恐怖的感觉，搞不清她是个玩具还是个小孩。

我们在继续聊天，从窗外传来大狗的臭味。而且在夜色里，有时会隐隐传来零星的枪声。

七

那个早上我外出办事，经过大学街时，冷不防见到前面是游行示威的民众。示威的人把路堵住了，我发现周围全是愤怒的眼睛。我的车子像在波浪上一样摇晃着，我一眼见到路边有好几辆车被掀翻着火了，不知驾车的人是否在里面？正当我的车子快被掀翻时，人群突然发出一片呼喊声，向另一个地方跑去。那边有人发射火箭弹了……我看到一辆坦克在倒退，炮塔上面站着好几十个民众。我看见了他们朝总理府大楼发射了四零火箭弹，看着烟雾像蘑菇一样从大楼冒了出来。我赶紧倒车逃走，到了宝光家里。我看见李玫玫也在那里，头发都烧焦了。她说她的商店给人抢劫一空，还被点上火烧了。我说那个拉亭呢？怎么不保护你？她说整条街商铺都被抢了，没有人能挡得住。

所有的集资公司一夜之间全垮了。它们在短期内吸干了民间的资金，而在资金带断裂之后，金字塔一下子轰然倒塌了。发烧一样做着发财梦的人们一夜醒来，发现自己的钱已经全部蒸发了。他们一个个走上了街头，包围了那些集资公司，那些集资公司早已人去楼空。他们放火烧了房子，然后开始冲击政府，抢掠街上的商店。反对派的政治势力介入其中，导引民众冲击部队的军火仓库，有一百万支武器一夜之间流到了民间。

紧接着传来消息，湖北人工地被抢了。工地附近的持枪民众包围了工地，用冲锋枪四处扫射，强行进入工地居住和办公区，把建筑材料和机械设备全搬走了。办公室里的保险箱被砸开，工人们身上的现金和好一点的衣物被拿走，伙房里的食物也被洗劫一空。

武昌公司被抢的事件报告到国内之后，中国政府立即要求大使馆保护当地侨民，并开始安排撤侨工作。使馆通知我们都到使馆里避难，可是当我们来到使馆区时，发现以前的警察都没有了，只有几个身份不明的持枪者在转悠着。地拉那的警察和军队都自行解散了，成了无法无天的危险城市。我们进入使馆后，看到昔日庄严肃穆的使馆大厅里那些建筑民工歪歪斜斜地靠在真皮沙发上，空气中充满汗酸味。

这个时候我看见了段小海。他正在通厕所。民工来了之后，卫生纸一下子用光了。他们就用旧报纸，结果抽水马桶全堵了。他看见了我们，过来打招呼。看起来他没有一点沮丧的样子，精神还显得兴奋。

我们等待着撤退。电视上CNN播着美国和西欧国家已开始全部撤离侨民，他们是用直升机将侨民载到地中海的军舰上，再分散回国。可中国那么远，又没有远洋舰队在地中海，怎么来撤离我们呢？大家在猜测中度过了一夜。天亮时，我们得知我国外交部已经通过希腊政府做出安排，希腊海军一艘驱逐舰正在全速开向都拉斯海港，来接我们到希腊的萨洛尼卡城，再坐飞机到苏黎世机场。中国民航的撤侨包机会在那里等候。

我们一夜难眠，只等着明天一早撤离。这时候我觉得心神不宁。在我的仓库里，还有大量的货物库存，如果我明天一走，那些库存必定会被抢无疑。但是要是我不走，局势这么混乱，南方的起义民兵正在向地拉那逼近，安全没有保障。这个时候段小海来找我，说公司要留一个人在这里守摊，他决定要留下来。他说他见多了，这样的形势还不算是太坏。他的乐观感染了我。我找来杨继明商量，他决定也不走。于是我决定也留下来了。

第二天一早，地拉那的华人大撤退开始了。当时的气氛颇为悲壮。大使先生升起了国旗，然后大家还唱了一次国歌。我看到每台客车的两边都插上了中国国旗，以表明这是外交车队，利于路上通行。车队要前往二十公里外的港口，在那里上军舰。那些民工想到要回家了，面露喜色，他们挥舞着国旗，宝光夫妇和女儿、李玫玫还有好些在这里经商的人都撤离了。我们几个坚守在地拉那的人目送车队远去，心里觉得特别惆怅，好像被遗弃在荒岛上似的。

　　　　　　　　　　　　　　　　　　　去斯可比之路

八

有一件事情非常奇怪，时隔十多年，现在我想起来在阿尔巴尼亚最快活的日子还是动乱之后的那段时间。我不能对家人说这样的话，要不家人会说你脑袋进水了。不过我相信要是我现在对段小海说这话，他一定会大笑称是。可惜他这会在塔利班手里，实在叫人不安。

那起初的几天局势还很混乱，我们只能躲在屋里看电视。电视台还有几个勇敢的记者和主持人在工作。我永远不会忘记在使馆撤退之后的第三天，我不得不去马路上买面包时，突然看到马路上开过了一辆老旧的第二次世界大战时期的装甲车，上面有个穿着制服戴着坦克帽的警察站在上面向路边的人挥手。地拉那在经过一段没有军队和警察的黑暗时期之后，现在终于有一部分有责任心和良知的警察自动出来恢复工作了。地拉那又有警察了！我从来没有感到警察会是这么重要，当我看到这个戴着坦克帽的家伙，只觉得眼泪都差点下来了。原来一个城市是多么需要警察。

从这天开始，局势慢慢好转，欧盟安全委员会派来了维和部队，机场和海港重新开放，撤退了的人陆续回来了。宝光夫妇回来后，我们的中心移到了段小海住家，这房子宽敞，以前是他们公司总部。李玫玫回来的情景我还记忆犹新。那天她走路的时候腿有点瘸，手掌上包着纱布，眼角还是乌青的。她说自己刚刚从都拉斯海港过来。我们看到她回来都很高兴，可是不知道她会变成这个样子，好像给人殴打过了似的。她起先什么也不说，可她是个藏不住话的人，一会什么事情都说了。她说这回是从罗马的家里逃出来的。

李玫玫在罗马的家是在一个古老的拉丁区份，那一带的房子都有几百年历史了。她的住家房子是租来的，是一个单元的一半，在一幢老式公寓的五楼。李玫玫说过她早年是在餐馆里做跑堂，把意大利话练得很顺。后来开衣工场，挣了一些钱。本来她是可以买一个小房子，至少不会住这么小的房子。可是她的老公开车撞死人，把钱都赔光了。老公自从撞死人之后，变得很乖戾。宝光说自己见过她老公，他的头发留得很长，颜色灰白，样子很不好。那个时候李玫玫的事业开始败了下来。本来她想到阿尔巴尼亚重新振作起来，可是想不到这回被抢劫一空。她回到了意大利后，看到房间里全是比萨饼的盒子。她的十一岁的儿子看见她一点也不亲热。老公对她商店被抢一事倒不在乎，觉得这样她死了心回到罗马就好，至少家里有个女人带孩子了。李玫玫在家里住着，眼睛却一直在看着电视新闻，她的心还在阿尔巴尼亚，即使是儿子也无法留住她的心。她看到阿尔巴尼亚的局势在安定下来，多国部队已经进入，戒严快取消了。她对老公说，她还要回到阿尔巴尼亚去。老公问她你为什么还要去那里？她说要去做生意。老公说你在那里血本无归了还做什么生意？你还是在这里去餐馆跑堂吧。李玫玫说我一定要回去。老公这回动了粗，把她狠揍了一顿，眼圈打得像熊猫一样。老公知道这还没用，她的脾气是越打越犟。老公把她的护照收缴了过去。白天他上班时，把所有的窗户都锁了，把门也倒锁了，将她囚禁在家里。李玫玫对老公的

　　　　　　　　　　　　　去斯可比之　路

粗暴行为很快就给予谅解，因为这样她可以心安理得地把最后一点情分断绝掉。她最担心的是她的护照，怕老公已把它撕碎或者烧掉了。在被囚禁的屋子里她不停地寻找，把每个角落都找遍了。后来她发现屋角上方一个配电箱上的灰尘似乎有被抹过的痕迹，这让她觉得她的护照有可能会藏在里面。李玫玫最怕的东西是电。对很多女人来说，配电箱都是通电的。但是她今天什么都不怕了。如果回不了阿尔巴尼亚的话，她觉得自己会发疯的。她在屋里找了半天，找不到螺丝刀，结果就拿起了一把菜刀。她拖来一张桌子，在桌子上架了一张椅子，这样就够到了那个配电箱。她挥动菜刀使劲砍配电箱，砍得火花四溅，还是砍不开小铁门。后来她用菜刀打破了配电窗厚玻璃，终于找回了她的护照。她快活得像个疯子一样笑个不停。现在她可以逃离囚室了。在离开之前，她吃了一点东西，解了大小便，还梳了一下头，把长发用橡皮筋扎住。她知道自己这回不会回来了。窗门被锁住了，她只得把窗玻璃砸破，然后爬出了窗洞。一块残留着的玻璃碴儿划破了她的手掌，血流不停。可是她无法顾及了，因为这个时候她已站在窗外一块突出的墙头上。这里有五层高，一不小心，就会坠落到几十米以下的地面。她那个时候全神贯注，像个蜘蛛人一样贴着墙壁，摸着一块块砖头的缝隙，沿着只有二十公分宽的滴水檐慢慢向另一个屋顶那里走去。许多栖息在屋檐上的鸽子被惊起，在她身边咕咕地飞过。而在她背对着的远处，是古罗马斗兽场、圣心大教堂和蔚蓝的地中海波浪。那天风很大，李玫玫是穿着短裙子的，地中海的海风把她的裙子像旗帜一样吹起来了。在马路上的行人们和路边咖啡店里喝咖啡的人们都举头张望，手搭凉棚。事后有人说她底裤是粉色的，有说是黑色的，也有人说根本就没穿，那黑色的影子是她的下体毛。

很快就有消防队的车子带着云梯和气垫之类的东西过来了，而这个时候，她已经走完了最危险的墙头滴水檐，到达了旁边一个红色的铁皮屋顶上。在这个波纹铁板的教堂屋顶上，她快步如飞，很快就从消防队和马路上的观望者的视线里消失了。她以前常在窗口眺望屋外的风景，对这一带的空中地形很熟悉。她跑过屋顶，接连跳越过好几条狭窄的小巷，很快就降低了高度，接近了地面。在最后的一层屋顶上，后街很多酒鬼和流浪汉伸手托住了她，将她轻轻放到了地面。整个过程她只是崴了一下脚，要不然就更加完美了。一沾着罗马城的地面，李玫玫就像一条鱼掉进了大海，没有人拿她有办法了。第二天，李玫玫就搭上了巴里到都拉斯的渡海轮船，回到了阿尔巴尼亚。

现在李玫玫就坐在我们的中间，身上带着伤，神色疲惫，但是能感觉到她内心的激情和兴奋。她所讲的出逃故事让我联想起了好些女英雄，比如圣女贞德什么的。李玫玫的回归让我们感到由衷的高兴。那段时间我们基本上过的是集体生活，大家一起买菜做饭，春秋烧菜，我们这些人打下手帮厨。那个时候还在戒严，我们什么事情都没有做。吃过了饭之后，通常都是分成几拨人打麻将和打扑克牌。段小海每天的兴致都是很高，好像他们的建筑工程没有被人抢过似的。我麻将打得很臭，所以常常是和妇女们搭档打扑克牌。段小海也常会从麻将桌上下来和妇女们打纸牌。那时大家说话都很随便，腥一点黄一点也不要紧。有一天李玫玫一直出很多红桃的大牌，还摸到一副红方块的同花顺子。段小海突然问她你是不是来月经了？李玫玫好生奇怪，说你怎么知道的？你偷看我啦？段小海说从你打出的牌上看到的，全是红色。

下午五点钟的时候，我们开始吃晚饭，因为六点钟就开始戒严，路

　　　　　　　　　　　　　　去斯可比之路

上不能走人了。吃好了饭，我们各自开车回自己住家。这个时候就会看见拉亭站在门外等候李玫玫，接她回住处。李玫玫显然还是和他同居的，这让我明白她冒着生命危险回到地拉那并不是为了和我们的聚餐，而是为了要和拉亭在一起。我看出了这一点，但是段小海还对她心存幻想。

那些快活的日子延续了一段时间，可惜这只是一种暂时现象，早晚是要过去的。对于李玫玫来说，这个快活的日子结束得可能比大家要早一点，因为她很快感觉到了财务方面的压力。她的商店已在动乱中被抢一空，从罗马带来的一点里拉很快就被拉亭花完了。后来的时间里我们打牌时李玫玫只能坐一边看了，因为她已经没有钱可赌。她也好久没出钱买菜了，都是吃大家的。她曾私下向春秋借钱。往常的时候，李玫玫要是开口借个三五千美金是没问题的。可这个情况下，春秋只借给她两百美金，说自己现在也周转不动了。

大概是在我们去都拉斯海边吃饭的三天之前吧，李玫玫发生了一件事，那个拉亭甩下她走了，不知是去了哪里。她本来是和他合住在一起，现在他走了，没有缴房租，房东把她赶出来了。她这么一说，眼泪就下来了。这事真的叫人难受。不管怎么说，为了回到这地拉那，她可是冒死从罗马的屋顶上逃出来的。她无家可归了，总得有人出手援助，让她有个蔽身之所吧？按道理说，她最好是住到有女人的家里。可是春秋没有反应。可能是因为怕她一直住下去，也可能怕老公宝光会偷吃腥味。当然，我和杨继明也都不敢吱声。这样大家的眼睛自然落到了段小海的身上。段小海叹了口气说：如果你不嫌弃，就住我这里吧，我这里空房间倒是很多的。李玫玫说这不好吧？你们的领导会不会有意见呢？春秋忙说现在是非常时期，还有什么可说的。我们都觉得这事也只能暂时这样，住在段小海这里最为合理了。

然后大家就去了都拉斯海边，发生了我被李玫玫臭骂一顿的事。现在想起来，我那天叫李玫玫爬上欧盟维和部队坦克再对意大利大兵掀起裙子的玩笑实在是开得不是时候，因为此时她正寄人篱下，人会变得特别敏感，容易受到刺激。李玫玫骂我一顿是有好处的，让我知道游戏人生的时光即将结束，我们得回到现实世界，又要面对很多令人苦恼的事情了。

从海边回来之后大概两天吧，段小海约我单独在外面的酒吧去喝酒。

"我老婆昨天给我来了信。那是最后的通牒。她要我马上回国，要不然就和我离婚。她把离婚协议书都打印好了，我只要签一个字就可以。"他喝了一口酒，说。

"你回去以后还有工作吗？"

"这个没问题。我老婆的爸爸是市人大退下的，还有点影响力，他已和银行方面说好让我回去工作。"

"那听起来似乎还不错，也许这是你回到正常生活的一个机会。"我说。

"你是这么想吗？"他说。他的脸上出现失望的表情。

"我总觉得你们这种建筑包工队总是在落后危险的国家转来转去，不是个事儿。"

"那你不是也在危险的地方待着吗？"

"是的，不过我在想办法离开这里，移民到发达国家去。在这里只是暂时的。"

"你说得也有道理。我在国外混了这么多年，实际上没挣到钱，也没过上好日子，从来没进入过西方发达国家。而且现在看起来，以后的日子也见不得会好。可是，一想到回到国内，我就不舒服了。我这几年的浪荡经历会被当成劣迹，老婆一定常常会拿这事来压我。我大概只能过过很普通的日子了，像我的爸爸，像我的舅舅，这样想想我就受不了。"他说。

"说得也是，我们这些人浪荡惯了，再回到鸟笼里真的会很不舒服。"我说。

"所以我现在有点矛盾，不知下一步怎么走。"

"李玫玫怎么样了？"我转了一个话题。我看到他有点猝不及防，脸红了起来。

"她现在独自待在住家里。"他说。

"你以前不是追过她吗？这会儿和你住一起了，你不觉得是个机会？"

"我和她做过那事了。不过不是我主动的。你知道，我虽然很想，可是觉得人家是落难才寄宿到你的屋檐下，你可不能乘人之危对吗？"他说。

"是啊，说得没错。后来呢？"

"是她主动敲我的门的。她说自己很孤独，很害怕，然后就上了我的床。"

"这很好啊，这不是你一直要的好事吗？"

"可我有一种奇怪的感觉。事情来得太容易了。以前她可精得很。"

"也许，是出于一种感激的原因吧。"我说。我明白李玫玫绝对不会喜欢上段小海的。

"也没什么可以感激的,不就是把空房间让给她睡几天吗?"他说。看得出他的心里是有疙瘩的。

"我觉得,你应该把你老婆要你回去的事情和李玫玫的事分开来考虑。有一条是肯定的,李玫玫绝对不是那种能够和你一起生活的人。"我说。作为朋友,我觉得这些话还是要说的。

后来就出了这件让大家不愉快的事了。

那个时候戒严即将取消了,我们白天的时候都各自去做自己的事情,准备恢复做生意了。下午我回到段小海的家,看到宝光夫妇、杨继明已在那里,站在门边讨论着。我被告知段小海放在床头柜里两万美金的公款被人偷了。由于我们这些人都在这里进出,因此段小海被偷了钱让我们都觉得很尴尬。我问他们是不是已经报警了。他们说现在警察连枪杀抢劫案件都管不好,根本不会为这些事来看现场。后来大使馆来了个二等秘书,简单做了记录,这还因为是武昌公司有公派公司的背景。宝光在研究门锁,想找到破案线索;杨继明借助外科手术知识,想找到作案者的指纹。这个时候他们都以为自己是福尔摩斯。但是段小海心里已经很明白是谁拿了钱。准确的解释是,李玫玫上了几次他的床,知道了他放美元的地方。在他外出时,把他的睡房打开了,从床头柜里拿走了钱。这个时候李玫玫回来了。我们想不到李玫玫还会回来。大家都看着她没有说话。她显得很吃惊,问出了什么事情?杨继明说段小海的钱丢了。她说怎么会呢?后来,段小海让我们出去,他要和李玫玫独自谈一谈。段小海对李玫玫说,这些钱不是他自己的,是公家的,没有了这些钱他会遇到很大麻烦。如果她缺钱,可以拿走一些,至少要还给他一部分,

　　　　　　　　　　　去斯可比之 路

要不他在这里就没有办法工作了。但是，李玫玫矢口否认，尖声叫喊起来。我们只好进入房子，劝她安静下来。然后，杨继明把现场的勘探情况分析给她听。整个形势很像是电影《尼罗河惨案》里的那场自我分析会，杨继明企图做一回波罗。可是李玫玫再次爆发，用很难听的话痛骂杨继明。相比起来，我那次在都拉斯被骂还算是轻的。我想起以前优雅的有意大利韵味的李玫玫，简直难以相信她会变得这样凶狠。后来，她在我们被骂得鸦雀无声时，回到她寄宿的房间里清理自己的衣物。几分钟之后她背着包走出去，把门摔得很响，离开了我们。

当天晚上我接到她的电话，她在电话里反复向我解释这事与她无关。我明白她实际上是在安慰自己的负罪感。她说得越多，我越是明白她是干了一件有预谋的事。我想大概她在前些日子已经发现了段小海这笔钱，所以会编出拉亭独自出走摆下了她的谎言。可是我还是不能明白为什么她要偷这么一笔钱。说起来，两万美金不是大的数字，尤其是对于见过世面的她来说，不该为了这一点钱而把自己的名声毁了啊！但是后来我知道了，她的确需要一笔钱。拿到这笔钱之后，她就和还潜伏在地拉那的拉亭一起离开了地拉那。不久后，我听一个阿尔巴尼亚人说拉亭和李玫玫现在是在阿姆斯特丹运河红灯区贩卖大麻。在那个地方贩卖大麻是合法的。这样看来，段小海这笔美金成了拉亭和李玫玫做买卖的本钱了。

想起来让人感慨，李玫玫当初从罗马到地拉那时，心里根本不会想到自己会走到这个地步，这也是形势和处境使然吧。我不知道她后来的日子是否会过得很艰难，算起来，李玫玫现在年纪也不小了，差不多到更年期了。要是这会儿还在阿姆斯特丹运河边混日子，真叫人觉得有点过意不去。现在我在加拿大待久了，看到马路上很多无家可归者其实都受过高等教育，是他们自己选择了这样一种生活方式。或许李玫玫的情况也是这样。谁知道呢？说不定她过得很快活呢！弄不好她知道了我的境况也会叹息：长人这个家伙，到现在还是活得这样无趣。如果真是这样，倒是一件令人欣慰的事。

九

　　段小海那个时候曾考虑过是否听老婆的话，回国内银行重新上班算了。但是在公款被盗之后，他有点心烦意乱，怕回国了说不清楚，所以就没有回去。结果老婆死了心，向法院提出了离婚。段小海继续留了下来，错过了一个回头的机会。

　　李玫玫离开阿尔巴尼亚之后，地拉那的局势在慢慢好起来。戒严取消了，多国部队结束维和任务，撤了回去。然而这次动乱留下的后果是严重的，民主党和社会党的矛盾日趋暴力化。后来的血腥事件一直不断。我记得有一次汽车炸弹是在一家超市的门口爆炸的。炸弹炸死了三个人，炸伤十几个人。还有一次是一个公寓大楼被炸开了花，里面的天花板上挂着一具死尸。这些都是我亲眼看见的，说起来很像是现在电视上巴格达、坎大哈常发生的爆炸事件一样。我们就生活在这样的环境中，好像是在一个淌着脓血的伤口里，让人十分烦躁不安。在这样的糟糕局势下，全国选举要开始了。这是两个政党的殊死搏斗，欧洲的各大报纸都分析

　　　　　　　　　　　　去斯可比之　路

无论哪个党派胜出都会有一场大规模的武装冲突。美国和欧洲的使馆开始再次撤离人员。经过这么久的折腾，我们的心里烦透了。我们害怕这回的动乱会比上一次更危险，最后大家都觉得应该躲避一下。杨继明定下回维也纳家里去；宝光夫妇还有法国的签证，决定到巴黎。我和段小海只有阿尔巴尼亚的签证，去不了西欧，说好到时一起到邻近的马其顿去，这个前南斯拉夫国家的签证还比较容易拿到。不过后来情况有了变化，我的一个法国的朋友给我发来邀请担保书，这样我也有了法国签证。然后，差不多在选举前的三天，我们分头都离开了地拉那。段小海独自去了马其顿。

那天我先坐汉莎航空飞到了慕尼黑，转机到巴黎时有朋友在戴高乐机场接应。在接下去的二十多天里，我穿越了西欧多个国家，在古老而优雅的土地上放松地游荡着。这个时候想起混乱不堪的地拉那恍如隔世。同样是欧洲的土地，为什么会有这么大的差别呢？

非常庆幸的是，这一次的选举在和平中过去了，社会党获得胜利，局势没有发生动荡。我回到地拉那时，杨继明、宝光夫妇和段小海都已经回到了地拉那。宝光夫妇在巴黎时和我碰过面，杨继明回家里也没什么新鲜事情，倒是去不了西欧只得去了马其顿首都斯可比避难的段小海有了一段不寻常的经历。他在斯可比只住了一天就回来了。乘春秋在厨房做饭时，他向我们几个男人详细述说了这一段事情。

段小海本来说好是和我开车去斯可比的。后来我改去了法国，他怕独自一人开车不安全，就改成坐长途大巴了。他先是坐到了斯特鲁加湖岸，那里是阿尔巴尼亚和马其顿的边境。在那里过了边境之后，又改乘马其顿的长途巴士前往首都斯可比。在阿尔巴尼亚境内汽车走的多是沙石山间道路，颠簸不平。到了马其顿之后，公路变得平坦宽广，路边的农舍呈现着红瓦白墙，很是整洁，一看和阿尔巴尼亚就是不一样。最初进入马其顿这段路是沿着斯特鲁加湖边开的，那个湖背景是一座雪山，湖水碧绿，是一个有名的度假村。车子到了一个叫卢西亚的小镇，坐在段小海旁边位子上的一个大爷下车了。地面上有几个旅客准备上车。段小海在窗边看到一群人在送一个姑娘。一个年纪大的女人可能是她母亲，一个黄头发孩子一定是她弟弟，还有个男青年会是谁呢？那个姑娘和她母亲以及那个男青年亲过了脸颊之后，上了巴士。她看到了段小海边上的空位子，微笑着说了一句话，大概意思是可以坐这里吗？段小海赶紧挪挪身子，说："OK，OK。"姑娘的脸红扑扑的，头发是棕黄色的，眼睛的底色很蓝。她带了不少东西。段小海站起身，帮她把东西放到行李架上面，还有一个篮子塞到了座位底下。段小海看到这都是些农产品。有好几串肉肠，有奶酪，还有无花果和樱桃。

"你是一个日本人吗？"姑娘坐定后，用不熟练的英语问他。

"不，我是一个中国人。"

"真的啊！我可从来没有见过中国人。"她说。显得很兴奋。

从这里到斯可比，还要坐五六个小时的车，段小海开始时还担心这一路上会很无聊。想不到这个当地的姑娘非常地热情，充满好奇心，很爱说话。她一直在向段小海介绍沿路的村庄，其实段小海只听懂一半，而且也不怎么感兴趣。他感兴趣的倒是姑娘本人。他很快知道了这姑娘叫阿丽霞，她是这里的乡村小学教师。家里有一个小农场。她这回去斯可比是去看望她的姑姑，并邀请姑姑下周来参加她的婚礼。段小海说你的未婚夫是刚才送你的那个年轻人吗？她说是的。她的未婚夫是镇上的一个医生。

她一直显得很兴奋，也许是因为马上要做新娘的关系吧。段小海记得听人家说过，一个姑娘在做新娘的那几天会像花一样开起来比平时好看，看来这个马其顿的姑娘也是这样的。姑娘讲了很多事之后，轮到段小海讲自己的故事了。这个姑娘听得傻了眼。她从来没有出过国，只是在书中或电视里看到马其顿以外的世界。她为段小海的浪迹天涯历尽艰险而惊叹，也为他的接连不断的坏运气而难过。这个姑娘听着说着，不知怎么的靠着车窗玻璃睡着了。这个时候，段小海可以仔细打量她。他看着她白皙泛红的脸庞，眼睛上长长的睫毛，那裸露的头颈像羊脂一样洁白。颈下的部分一直裸露到她的前胸。她的胸口随着呼吸起伏。乳房的一部分从领口露出来，被遮住的部分则饱满地鼓了起来。段小海觉得很感伤。这个美丽的姑娘很快就要成为人家的新娘，而他只是短暂地和她挨肩而坐。过不了多久，所有人都要从车上下来。他这一生就再也不会见到她了。

这天车到了斯可比之后，那姑娘有人来接她走。她和段小海告别时问他在这里住多久？他说不知道，大概十天以上。她说自己明天八点就坐这班车回去。然后，她就消失在人群里了。

段小海告诉我们，这一夜他住在斯可比一家旅馆里，感觉这一夜是他一生中经历过的最长的一夜。晚上的时候他一直在街路上走，在那条阿尔巴尼亚人云集的黑山大街吃芸豆汤和烤牛肝。这里有很多阿尔巴尼亚的手工艺小贩，说的都是阿尔巴尼亚话。很奇怪，当他来到完全陌生的马其顿城市斯可比的时候，见到了自己熟悉的阿尔巴尼亚人竟然有了一种乡亲般的亲切感。但是这种感觉并没有让他快活起来。他一直想着同车的阿丽霞，要是这个时候能再见到她该有多好！他坐在一家酒吧里，慢慢喝着酒。周围的桌子上坐满了体态庞大长着浓密胡子的男人。不时有人坐到他的桌子前面，问他：要姑娘吗？段小海醉眼蒙眬地看着对方，顺着对方的手势看见酒吧角落里坐着几个丰满的姑娘。他摇摇头，说：NO！NO！那一夜他很晚才回旅馆，夜里根本无法入睡，对阿丽霞的柔情一阵阵涌上心头。天还没亮时，他就起身了。他洗漱完毕，把行李收拾了，到前台把房间给退了。他提着旅行包，让出租车司机带他到长途巴士站去。

他站在站台上等着。后来看到阿丽霞来了。阿丽霞看见了他，眼睛发出了快乐的光辉。她说你不是要在这里住十天吗？他回答说：昨晚这一夜我过得比平时的十天都要长。她听懂了。

在回程的巴士上，段小海和她的手始终握在一起。他们还是不停地说着话，但都不知在说些什么。段小海有一种失魂落魄的感觉，因为再过几个小时，就要到她的家乡小镇了。她要下车，成为人家的新娘，而段小海则只能再往前走，回到危机四伏的阿尔巴尼亚去。段小海告诉我们，在这一段路程里，他才真正感觉到了什么是爱情。他小时候也有初恋，后来婚前婚后也有过几个女友，但是从来没有过像此时一样激情澎湃，好像集聚了一生的情感在这短暂的时间里全释放出来了。就这样，半天的时间过去了。巴士在一个中途站停了下来，这里离阿丽霞家的车站只有一站路程了。阿丽霞对段小海说：在这里下车吧。段小海只觉得心如刀割，以为阿丽霞要提前下车了。"不！我们一起下。"阿丽霞说。段小海终于明白：聪明的阿丽霞有了一个安排。在告别之前，他们要在这里住上一夜。

这个小旅馆坐落在斯特鲁加湖边。后窗就是蔚蓝的湖面，远处是雪山，窗下开着血红色的曼陀罗花。一切都像是梦境里一样。现在，美丽的阿丽霞在做新娘之前，把自己的身体给了他。

说到这里，我看到段小海的眼里泛着泪光。好像有了这样一次经历，他对这么多年倒霉的事情也就无怨无悔了。

"你知道，我都奔四十岁的人了。这一回，我竟然会有这样的能耐，一夜和她做了三次。"段小海说。

我们几个听了，都默然无语低下了头，心里有一种虚度光阴的羞愧。

"你这是连打三炮啊！以后我们就叫你段三炮吧！"宝光终于开腔了。我们才似乎如梦初醒，大笑起来。

这一次相聚后不久，我离开了阿尔巴尼亚，移民到了加拿大。后来，段小海也回国了。武昌公司另外派人来看守废墟工地。再后来，在地拉那经商的那些人慢慢地都走了，连大使馆的官员也都轮转了好几茬。时间能洗刷掉一切，再过上一些年头，我的记忆还会消退，最后会像磁盘格式化之后变成空白。但是，现在我还记得段小海，看见他被塔利班绑架在巴基斯坦一个边远的山村里。当初我们这些人因为好奇离开故国去远方闯荡，想走一条自己喜欢走的路。如今好多人已经到达了目的地，可他还在路途上走，他还没走到，这叫我们这些已经停止行走的人心里深深感到刺痛不安。不过段小海还是幸运的，他毕竟有过一次去斯可比的路上的神奇经历。这样的幸运上帝是不会随便给世上庸碌的男人的，只有那些心怀真诚在路途上苦苦追寻的人才有可能得到。

黑白电影里的 城市

一

　　那是个夏天的早上，李松开着一辆老式的大型吉普车离开地拉那，前往南方海边城市吉诺卡斯特。吉普的副驾驶位置上坐着迪米特里·杨科，后排的座位和货箱里装载着五十箱上海第四制药厂生产的抗菌素注射针剂。山地的公路上坑坑洼洼，车上的东西装得又很重，所以吉普车一直摇摇晃晃速度不快。在一些黑白战争电影片里，人们经常看到一些吉普车像这个样子进入了敌人的埋伏圈。

　　迪米特里·杨科是个秃了头的老药剂师，当时的职务是阿尔巴尼亚国家药品检验局的副主任。前一天，杨科打电话要李松去他办公室见他。他告诉李松南方省份吉诺卡斯特出现流行性肺炎，急需大量的抗生素针剂。可是那里医院的库存已经用完，又没有经费去采购价格昂贵的欧美产的抗生素。迪米特里·杨科问李松是不是可以帮点忙，发送一部分青霉素针剂给吉诺卡斯特医院，货款过几个月等他们得到卫生部下拨的经费以后再还。李松那时在地拉那做药品生意已有三年，和杨科经常打交道，知道他是个老狐狸。他以前多次对李松说要帮助他把药品卖给地拉那国家总医院，事实上李松知道他和一家希腊的药品公司有合作，暗地里在打压李松进口的中国药品。可不管怎么样，人家是国家药品检验局的副领导，李松总得给点面子。再说吉诺卡斯特医院虽然远了一点，毕竟还是国家的医院，赊点账问题不会太大。所以李松说：好吧，我仓库里还有三十箱青霉素，先给你拿去用吧！药品怎么发送？他们什么时候来拿？杨科说：事情紧急，明天你是否可以开车直接送过去？我要亲自跟着你的车子去一趟。李松知道杨科是吉诺卡斯特人，心想莫非是他要回老家看老母亲，才编了个事儿让他开车送他回吉诺卡斯特去？他心里正嘀咕着，听得杨科说：你知道吉诺卡斯特医院药房主任是谁吗？是伊丽达。这些药是要交给她的，伊丽达会在那里等着我们的。就这句话，让李松不吭声了，心里愉快了起来。第二天装车的时候，他装了三十箱青霉素后，又加装了十箱庆大霉素、十箱先锋霉素。

吉诺卡斯特在阿尔巴尼亚的最南端，紧挨着希腊边境，离地拉那有三百多公里。车子开过都拉斯港口之后，公路边就能看到蓝得刺眼的亚得里亚海的海面。阿尔巴尼亚中部平原的风景非常漂亮。田野上有丰饶的庄稼，有许许多多的果树园，而平原尽头的山峦则呈现一片光秃秃的褐色，不时会出现一座中世纪的石头城堡。李松沉浸在扑面而来的景色中。他还是第一次自己开车去南部阿尔巴尼亚，可心里对一路上的景物却有一种亲切的熟悉感。在他的少年时期，看过了许多阿尔巴尼亚故事片，电影里的风景和人物已经成为他精神中不可磨灭的记忆。李松心里一直还有一种甜甜的感觉，因为杨科说过伊丽达将会在那里等着他们。

杨科一路上大部分时间都在睡眠着。他的大秃脑袋耷拉着，睡得很沉，好像回故乡的路途让他感到特别地放松。过了很久，杨科醒了过来，问李松几点了？李松说一点钟了。杨科说刚才自己一直在做梦，梦见了自己和早已去世的父亲还有很多祖先在一起。杨科说这个梦逼真极了，好像真的一样。他说着说着又睡过去了。

下午五点钟左右，迪米特里·杨科又醒过来了，这个时候吉普车靠着海边开行，空气里都能闻得出海洋的气味。车子又转进了一条山路，漫山遍野是浓绿的橄榄树林。一条清澈又湍急的引水渠伴随着公路蜿蜒下山。杨科说这条引水渠是吉诺卡斯特的饮水水源。公路从山上一下来，就快到目的地了。果然，从山阴处转出来，就看到远方山谷中浮现出来的吉诺卡斯特城在夕阳照射下闪闪发光。也许是因为距离还比较远，这个城市看起来像是海市蜃楼一样虚幻。

吉诺卡斯特虽然已经可以看到了，可要开车进城里，却弯弯绕绕又走了好多路。一直到天完全黑了，李松才逼近黑压压的城墙，终于看到城墙下的城门洞。没有城门，但是有一道路障，边上有几个背着冲锋枪的人在把守。李松看到一个人穿着警察的制服，还有一个却戴着德国鬼子的钢盔。戴钢盔的人举手让李松把车停了下来。李松把车窗放下来，那人伸过头来，一看见李松，吃了一惊，喊了起来：怎么是个中国人？

杨科下了车，和他们说了一通话，他们看起来还是很友好的。他们把拦路杆抬了起来，让车子进去，但是却让他们在城门口内的小操场上停一下，接受检查。他们说前些日子对面山上希腊边境那边一个极端民族主义的武装袭击了阿尔巴尼亚这边的村庄，所以最近这里戒备很严，进出车辆都要查。李松看到那个戴钢盔的人在打开吉普车后盖时摸着沉重的青霉素针剂的包装箱，说这么沉啊！里面不会是炸药吧？不过他明显是开着玩笑，边上的人都笑嘻嘻的。检查过后，杨科问哪里可以打电话？警察说城门下边左侧那个咖啡店里有电话，在那里喝咖啡的话就可以免费打电话的。那个戴钢盔的人自告奋勇带他们去。他摘下钢盔后，原来也是个秃顶，头皮光滑程度和杨科差不多。

杨科的电话是打给伊丽达的，说已经到了，正在城门底下喝咖啡。伊丽达说自己马上来，让他们等她。李松在一边听到话筒里传出她的声音，只觉得阵阵激动。杨科和戴钢盔的人喝过一杯咖啡后，建议再来一杯葡萄烧酒。他们说得很投机，还要了好几个煮鸡蛋下酒。在两个秃头一起剥着和他们脑袋一样光滑的煮鸡蛋之际，李松独自走出了咖啡店，在外边的小广场踱着步子。李松看着操场上那条通向城里的路，想着过不了很久，伊丽达就会从这里出现了。

城门口的小操场不是很大，地面上铺着鹅卵石。这个时候月亮已经升起，照得小操场发出银色的亮光。他看见了操场中央部分出现了一个赭色的五芒星的图案，而在五芒星图案之上，还有一个人形的光影，呈现出一种非现实的景象。在地中海沿岸国家，五芒星是战争和死亡的象征，而这个神秘的月光人影又是怎么回事呢？李松穿过广场，因为对面有一棵高大的树引起了他的注意。那棵树叶亭亭如盖，树叶发出沙沙的响声。李松来到了树下，发现这是一棵阿尔巴尼亚常见的无花果树。只是这棵树特别的高大，而且很健壮。接着，李松看到了树下有一座雕像，是一座少女的雕像，五芒星上的神秘人影就是因为她挡住了月光投射而成的。由于天黑，李松看不出这是大理石的还是青铜的。他在雕像前待了一会儿，眼睛的瞳孔慢慢开大了些。他能看见少女的头发被风吹起了，脸上带着坚毅的微笑，这个刹那间的印象立刻深深烙在了李松的心底。尽管他不懂雕塑，也没看得很清楚雕像的细部，不过他能相信这不是古希腊的女神，而是一个现代的雕像。

当李松从操场回到了咖啡店的时候，看到伊丽达已经来了，和杨科以及那个戴钢盔的警察坐在一起。伊丽达看到李松进来，眼睛发出了光彩。李松能感觉到她久别重逢后的那种欢快和伤感。她微笑着，用英语和李松说：

"想不到你会来这里，你都还好吗？一路上开车很辛苦吧？"她和李松握手，但没有像亲热朋友那样拥抱他。

"我还不错，你怎么样？我们有半年多没见面了是吧？"李松说。

"有那么久吗，时间有那么快吗？"伊丽达说。

"要不是杨科说是你的药房急需药品，我不会自己开车把药送来的。"李松说。

"杨科真可爱，谢谢杨科。要不我不知还要过多久才能见到你呢。"伊丽达说。

他们在咖啡店里吃了一些东西，起身开车前往城里的旅馆。安排了李松住下后，杨科被他的一个亲戚接走了。伊丽达说她也得走了。这个城市很小，什么事全城很快都会知道，所以她这么晚了不能陪他了。她说明天白天再来和他见面。他可以多睡一会儿，因为路上很辛苦了。告别的时候，她飞快地在他的脸颊上吻了一下。

等他们都走了，李松才觉得这个旅馆有多么破败。旅馆的结构很高大，看起来没有什么客人来住，好多房间的玻璃窗都破了。他的房间里面有四张床铺，可上面都没有被褥。房间里没有洗手间。李松在走廊上找到一个木盆，端着木盆到楼下一个水池里打了一盆水擦脸洗脚。然后，他和衣躺在那张没有被褥的床上，可是越躺越觉得脑子很清醒，没有办法入睡。他起来走到阳台上，拖了一张椅子过去，点起了一根香烟。

这个旅馆所处的地形比较高。从这个阳台上望去的下方，应该就是城市了。但李松睁眼所见的只是几盏时隐时现的昏暗灯火，因为这个时候起雾了。我现在是在哪里呢？是在一个陌生的阿尔巴尼亚城市里吗？李松自问着，这种时空迷失的感觉总是让他好奇。这个城市里住的是些什么人呢？他们是怎么生活的，他一点也不知道。他只知道伊丽达也在城内的某个屋子里。当然还有杨科。杨科现在一定在她老母亲的脚边听她讲他童年的故事吧？李松不会去多想杨科，他想的是伊丽达。过来的一路上他不时会兴奋着，幻想着到了这里之后和伊丽达的相遇一定会很销魂的。可是他却一个人被抛在了这间破败的旅馆里。

他看着雾气中偶尔显出的昏黄的灯光，心想伊丽达是在哪盏灯下呢？也许她的房间里灯关了，也许她睡觉了，她会在睡着之前想起我吗？哦，要是她偷偷跑出来，来到这个阳台下面，对我吹一声口哨那该多好！可这是不可能的，完全不可能。这个时候也许她的身边睡着她的新男友，一个满身长着黑毛的家伙，正在一次又一次地做爱呢。李松的呼吸急促起来，把烟掐灭了。

这个时候他觉得肚子有点饿了，因而产生到外面走一走的冲动。他穿起了衣服，走出了旅馆。在他面前的这条路，左边是下坡，右边是上坡。他选择了上坡的路。可是走了一段之后，路没有了。前面是一条沿着石崖盘旋的石头台阶，借着月光，还能看得清光滑的石级。他小心翼翼地走上了石头台阶，现在他终于看见了城市的内部。有许多高低不一的石头房子建在狭窄的路边。这里没有电线杆上的路灯，偶尔有的店家门口点着一盏样式古老带灯罩的煤油灯，闪耀着中古时代的光芒。他在小街上走了一段，看着自己的影子慢慢地变长。前面有个老年人慢慢吞吞地走了过来。李松怕那个老人看见一个中国人会吃惊，就贴着墙的阴影快步走了过去。即便这样，他还是能感到那个老人在他走过去后，停下步子回过头来看着他。

他终于看见了一个小餐馆。这个餐馆做的烤鸡、芸豆汤同样有着中古时代的风味。那个戴着菊花帽藏在灯影里的老板娘极像是伦勃朗的一幅肖像人物。店里的青年侍者曾经在地拉那大学音乐系学吹长笛，不过这个晚上他好像显得对足球更有激情。当时正是九四年世界杯足球赛前夕。他一再问李松喜欢哪个队，哪个队会得冠军？李松用英语和他聊了一些这个城市的历史，也说了一些中国的事情。青年侍者说很多年以前这里有过一些中国人。有一次中国国家足球队来了，在这里和阿尔巴尼亚国家队一起集训了一年多时间。

李松脑子里还记挂着城门口那个无花果树下的少女雕像。李松问他知不知道那是谁？他想了想，好像没把握。他过去到柜台那边问了那个伦勃朗画像里的菊花帽老板娘，然后回来告诉李松这个雕像是纪念一个少女游击队员的。这是第二次世界大战时期的事，当时德军占领了吉诺卡斯特。这个少女地下游击队员是负责和地拉那方面联系的机要员。由于叛徒的出卖，她被德军逮捕。德军用尽所有的办法审讯她，她始终没有泄露一点机密。最后，德军就是在那棵无花果树上，活活吊死了她。当时她才18岁。那座雕像就是她的原型，像座上的题字是霍查写的。在阿尔巴尼亚劳动党垮台以后，霍查所有的东西都销毁了。只有这座雕像上的字，人们没有动手抹去它。

当天晚上，躺在这个空空荡荡，又冷又湿的旅馆里，李松睡得很不踏实，脑子里老是晃着那个少女雕像，并且和伊丽达的形象交织在一起。她在他的不安的梦境里不是个石像，是个一直在飞快跑动的战士。

经过一夜断断续续的梦境，李松在天刚刚发亮时就醒来了。他走出了旅馆外边，城市从黑夜的面纱中显现出来了，他看到了就在不远处有一个高高的石头城堡。这个时候晨光弥漫，一头白色的母牛不声不响地从他面前走过。李松朝着城堡的方向走了一段路，看到有一条通向城池的陡峭的通道。当他登上城堡顶部，吉诺卡斯特城全部呈现在了他的眼底下。这是一个完全用白色石头建成的城市，坐落在一个巨大的环形山坡上。那些白色的房子屋顶有的是圆形的，有的带着尖顶，在晨光里闪闪发亮。李松呆呆地看着这个好似童话一样神奇的城市，心里抑制不住地有一种熟悉的感觉，好像自己多年以前在什么地方见过这个城市。真的，当他环视四周，发现这个城楼的城堞和近处一个带拱顶的亭廊都是那么地熟悉。这怎么可能呢？他坐了下来，出神地看着城市里每一个地标，一群鸽子飞了起来，连这群鸽子看起来也是那样地熟悉，他确实在某个时间见过这群绕着城市飞行的鸟类。

李松在城堡上待了将近一个多小时，才回到了旅馆。这个时候伊丽达已经在旅馆门口等着他了。昨天晚上见到她是在昏暗的灯光下，还有那么多的人在一起，所以她看起来很不真实。在这个阳光明媚的早晨，他看到她是那么富有生气。她的金色的短发、典型的希腊式脸蛋和眼睛，在几千年前的希腊古瓶里都已经画下来了。不过她的身材并不是很好，这一点李松早就很清楚。她的腿不够长，背部也不是很直，好像小时营养不够，发育得不是很充分。但李松已经看习惯了，正因为这样她才是伊丽达。伊丽达穿了一条带黑点的白色衬衣，花布的长裙。这套衣服她以前经常有穿，所以当李松看到她穿着这样的衣服，心里马上产生了极其亲切的感觉，他相信伊丽达是为了他才穿起了这套怀旧的服装。伊丽达在这天早上见面时轻轻地拥抱了他一下，她的气息钻进了他的心里面。她总是用英语和李松说话，尽管李松已经会说一点基本的阿尔巴尼亚语了。

伊丽达带来一个盖着毛巾的篮子，里面有烤得松软的面包和放在热茶壶里的咖啡。伊丽达把一条餐布摊在一个茶几上，把面包和咖啡放在茶几上，让李松趁热吃了。

"是你做的吗？"李松喝了一口滚烫的咖啡，心里有一种说不出的幸福感觉。

"不，是我妈做的。"伊丽达说。

"是这样的啊？你妈都还好吗？"李松说。他脑子里马上出现了一个头发斑白个子瘦小的阿尔巴尼亚妇人的形象。那个时候伊丽达在他的公司上班的时候，她的母亲不时会来看看女儿。李松相信她来的目的其实是要提醒他，不要碰她女儿。

"她很好。她知道你来了很高兴，说隔天要请你到家里来做客呢。"她说。

"是吗？她真是个好人。"李松说。

"你喜欢我们的城市吗？你这么早就起来在外面跑了。"伊丽达说。

"伊丽达，刚才我在城楼上看到了城市，好像我以前到过这个城市一样。那种感觉非常强烈。"李松说。

"是吗？那说明你喜欢上了这个城市。"伊丽达说。

"不是喜不喜欢的问题。我只是觉得这个感觉太逼真了。"

"也许，这是一种心灵的感应吧。有一现象叫 Deja-ve（即视感），你会发现你所见到的事情事先在你意识里出现过的。"

"不知道，反正我觉得我是回到了一个我去过很多次的地方一样。"李松坚持着说。

吃好了早餐，伊丽达让李松开车出发，去接杨科，然后把车上的药品送给医院。

李松从停车场开出了车，在伊丽达的指挥下把车缓慢地开进了城市。路非常狭窄，又是上下起伏，路面是石头铺成的，已经磨得很光滑。当吉普车拐进一条很长很长的下坡路时，李松心里那种熟悉的感觉又来了。这真是太奇怪了，李松无法阻止意识深处浮上来的这种感觉。他甚至还出现幻觉，发现前面有一辆德国纳粹的军车，路的两边有两排端着冲锋枪的德国鬼子一步步走来。李松看着路边那些用层层重叠的石片作为屋顶的房子，突然眼前出现一个意象：一个女游击队员在屋顶上飞奔，追踪她的子弹把她身边的石片打得飞溅起来，她像鹿一样踩着屋顶继续飞奔，李松只觉得心跳急促了起来。

"到了，停车吧。"伊丽达说。

"这是什么地方？"李松问。他显得神情紧张。

"这里是杨科的老家，我们得接他走的。"伊丽达说。

李松把车停了下来，他看到路边的屋前有一口水井。不是像中国那样的水井，是一种用唧筒提压的封闭水井。一个老人用陶制的水瓮来打水，几只公鸡气势汹汹地走来，井边有几个妇女在绣花，李松知道有一种著名的阿尔巴尼亚十字绣花的针法。连这样的场景，李松也觉得十分地熟悉。杨科从里面出来。他的气色不很好，脸色灰白，腿瘸得比往常厉害了些。他说自己的腿越来越麻，脑里的血栓似乎很麻烦了。

带上了杨科之后，他们开车前往医院。医院在城市后面的山里，他们在一条沙石路上开了一阵，拐进了山洼，进入了一排带拱顶的建筑中。这里有一个开放的园地，种植着一大片特别茂盛的石榴树，石榴树的花正疯狂地开着，血红血红的。医院的屋舍外墙粉刷成白色，和石榴树的色彩形成强烈反差。车子进来时，李松看到了有很多人等在门外，有穿白衣的人，有穿病员服的人，也有穿普通衣服的人。伊丽达说："瞧！这么多人等着你的药品，人们是多么喜欢你啊。"

"他们是什么人？"李松问。

"这里的医生、病人，更多的是病人家属。医院的药用完了，他们在等着药呢。"

李松受到了英雄般的欢迎。他的吉普车被打开了，车上的药品被众人搬下来。马上有药剂师把普鲁卡因青霉素的箱子打开，把针剂分配到病房。这些上海第四制药厂生产的抗菌素很快被蒸馏水稀释，注入阿尔巴尼亚肺炎病人的体内，在血液里循环，与病菌战斗。

李松被伊丽达带到了药房里。伊丽达已到换衣室换上了雪白的护士服，头上用别针别着白帽，看起来光彩照人。杨科被一个医生拉去了，他在这里有很多老朋友，所以这个时候只有伊丽达和李松待在一起。伊丽达带着李松参观了药房，药房几乎是空的，很多东西都断档了。

"你看，我们有多么地困难，几乎什么药都没有了。"伊丽达说。

"没有药怎么治病呢？不是说有世界卫生组织在帮助你们吗？"李松说。

"说是这么说，可是我们这里到现在还没收到一点药品呢。"

"其实你还是待在地拉那好一点，那里至少不会这样缺药吧？而且这个医院有那么多肺病传染病人，你不觉得危险吗？"

"不，我想我回到这里是对的。你知道，我去过不少地方了，现在我还是喜欢回到自己家乡医院做点事。"

"也许你是对的。这里的风景很好，不仅是城市，你看，远处的山峰，还有更远的海，连外面的石榴树花园也非常漂亮，它让我想起了一首希腊人写的关于石榴的诗歌了。"李松说。

"李，你知道吗？我快要结婚了，我有真正的未婚夫了。这一回，你可不会再骂我是 Bitch 了。"她微笑着说。

"伊丽达，我早就向你道过歉了，为什么还记恨呢？"李松说。Bitch 的意思母狗，即便在英语里也是一种最厉害的骂女人的话。那次是伊丽达自己告诉李松说早一天她又去见飞机场的那个修理技师了。在这之前，伊丽达曾对李松说这个修飞机的技师是个变态的人，经常要伊丽达再找一个女人来三个人一起群交。伊丽达表示过自己不会再和他交往了，可她这天还是忍不住去看他了。李松问你和他做爱了吗？她说是的。李松愤然地骂了她一句：You are a bitch！（你是一只母狗！）自从他这样骂了她，她就伤心得再也不理会李松了。

"李，我没有记恨。其实我想，也许你说得对，我那时真是一只Bitch，太放纵了。可我现在不是了，我已经在筹备着婚礼了。你可一定要送我一些礼物哦。"

"礼物我倒是带来了。不过告诉我那小子是谁？我可要和他决斗了。"李松用开玩笑的口气说。

"他是一个外科医生，是我们医院的。小心哦，你可打不过他，他手里有很锋利的手术刀的。"伊丽达说。

"伊丽达，你现在看起来真是太迷人了。我要是一个阿尔巴尼亚人的话，我一定要娶你为妻的。"

"李，你又逗我开心了。不过，我还是从最深的内心感谢你为我做的一切的。你对我真的很好，从来没有一个人像你这样对我好。"伊丽达说。这样的话她以前也说过，但这一次，李松觉得心里酸酸的。他知道自己并没有真的爱上伊丽达，但他还是无法中断对她的想念。

这个时候外面的树林里似乎有个白色的人影在晃动。伊丽达说：我的未婚夫来了。说着，一个瘦削、脸上胡茬发青的年轻人走进来了。李松对这个人的印象还不坏，只是觉得他是个十分妒忌的人，他的眼睛看起来十分紧张。他和伊丽达说了一些话，还很可笑地给了她一个苹果，让人想起伊甸园创世纪的故事。然后就走了。

中午时分，杨科不知从哪里又出现了，身上带着浓重的烧酒气味。他说吉诺卡斯特的市长要在市政厅见李松。李松说他为什么要见我啊？伊丽达说反正也没事了，去见见他也无妨。

于是李松开起了吉普车前往市政厅，车上坐着杨科、伊丽达。当车子进入了城内时，那种似曾相识的感觉又回到了李松的意识里。他几乎不用伊丽达指路就准确地穿过了好几条街路。

"伊丽达，这里转过一个弯，是不是有一个铺着石板的大广场？"

"是呀，那就是市政厅广场了。你来过这里啊？"

"没有。我是第一次到吉诺卡斯特。可我好像来过这里一样,真是奇怪。"李松说。

车子转了个弯,进入了市政厅广场。李松脑子里那种熟悉的感觉愈加强烈了。他甚至能记得在广场左边有很多的小贩在叫卖:卖糖卖糖卖巧克力糖!右边的台阶上有一支铜管乐队在吹奏一支乐曲。

进入了市政厅,穿过了长长的走廊,看到胖胖的市长坐在一张巨大的桌子后面。他叫斯坎德尔,胸前横挎着一条表示权力的绶带。他紧紧拥抱了李松,说:

"我就相信中国同志是最可靠的朋友。我们现在需要抗菌素,毛泽东同志就赠送给我们了。"

李松听得头都大了,怎么这些药变成毛泽东同志赠送的了?他赶紧对伊丽达说:

"请告诉市长同志,毛泽东同志已经不在了,现在中国的领导人是邓小平同志。这些药品不是赠送的,是我卖给你们医院的。等你们卫生部拨下了经费你们就要付钱给我的。"

伊丽达抿着嘴在笑。她把李松的话用阿语说给了市长听,市长听了直摇头。他说:

"不,不!中国同志帮助我们的事情从来是不要付钱的。你看这个城里的输电设备是中国人建的,地下的自来水管是中国人给的,山上的电视塔也是中国人建的,我们从来没付过钱的。只是这些东西都老旧了,用了二十多年了。我正要找中国同志来帮助建设新的呢!"

这个说着梦话的市长倒是十分地热情,邀请李松参观吉诺卡斯特的历史展厅。由于劳动党倒台后阿尔巴尼亚所有产业都休克了,市政府没有了经费，工作人员都溜走了，只留下斯坎德尔一个人还待在市政厅里。他一手拿着鸡毛掸子，带着他们进入了尘封已久的展览室，一边用鸡毛掸子掸着灰尘，一边讲解了吉诺卡斯特的历史。这个城市最初是拜占庭时代一个土耳其帕夏的行宫，后来不断扩建，曾是巴尔干半岛十分辉煌的城堡。然后讲到了第二次世界大战时期德军占领时代。李松看到了昨天晚上他在城门口看到的那个无花果树下的少女雕像照片，他觉得是那样亲切，他已经知道那个少女的故事，她是被德国人吊死在头顶上那棵无花果树上的。接下去斯坎德尔先生说到了一部电影。他用鸡毛掸子的柄指着一张被装在玻璃镜框内的黑白电影海报，李松的心里像是被电猛击了一下。他看到了电影海报上的那个少女，那个永远让他无法忘怀的米拉！伊丽达用英语翻译这部电影的名字是 *Never surrender*（《绝不投降》），但是不用她翻译，李松知道这部电影中文名字叫《宁死不屈》。斯坎德尔告诉李松，这个电影里的故事完全是真实的，米拉·格拉尼就是那个被吊死在无花果树下的女学生的真实名字，她死于一九四四年八月六号！二十五年后，她的故事被拍成了电影，拍摄的背景就是这座城市。现在李松心里很多的疑问已经串接了起来。原来那个树下的少女雕像就是《宁死不屈》里的米拉。哦，米拉！他在整个少年时期深深暗恋着的对象。那时他一次又一次看着这个电影，像一条鱼一样潜游在电影的细节里面，对每个镜头每一句台词都熟透了，所以他到了这个城市会有曾经来过的那种熟悉的感觉。他看见了玻璃陈列柜里有一把吉他，他认出就是电影里那把吉他。泪花漫上了他的眼睛，李松的脑子里立即浮现出米拉露着肩膀换药的情景，他看见她长着一颗黑痣的脸，看见那个德国军官把一朵白花扔进了她背后的墓坑，看见她面带微笑走向了绞索……赶快上山吧勇士们，我们在春天加入游击队，敌人的末日即将来临，我们的战斗生活像诗篇……这个吉他伴奏的歌声如潮水一样在他耳边响起来。

二

　　卖糖！卖糖！卖巧克力糖！李松的脑子里一次又一次响着《宁死不屈》这句台词。但叫喊的不是电影里的人，而是一个小女童的声音。那是二十五年前的声音，他们的小学班级去解放电影院看过学生场的《宁死不屈》之后，那个叫孙谦的女同学在班级里学着电影里这句台词。李松的南方老家使用着一种古怪的瓯越蛮语，普通话还没在学校普及，所以这个女同学银铃般的普通话叫卖声让李松觉得奇妙而高贵，并对她产生了儿童版的爱慕之情。这个叫孙谦的女童不是本地人，她的父母在兰州防疫站工作，她只是寄养在外婆家里，所以她会说与众不同的标准普通话。李松现在还能回忆得起她十岁时的模样，她的脸又大又圆，很白，鼻子很平的，但是眼睛很亮。李松那个时候很愤慨班里的一些同学给她起了外号叫"兔子头"，可他心里也承认孙谦的确有点像一只小白兔。后来。在小学四年级的时候，孙谦离开了南方，回到了兰州父母身边。李松一直有写信给她，她也有回信，一直到了十八岁那年，李松收到了她最后一封信，她说我们两个人之间儿童团时代的友谊应该结束了。这个时候孙谦还在兰州边上的永登县农村里插队，而李松则入伍了，刚好还在新兵连。那个晚上部队的操场上刚好在放电影，正是《宁死不屈》。

现在想起来，孙谦那封最后的信是在一九七七年收到的，竟然也过了十五六年了。孙谦后来的情况如何，他一点也不知道。他自己在部队里当了几年的兵，退伍回来在一个贸易公司从一个科员开始干到了经理。很多人梦寐以求的职务他没费很大劲就得到了，可他越来越觉得这种生活没劲。他在第二年辞了职，独自去了新西兰。在那里他剪了半年的羊毛，又飞到了捷克的布拉格，在那里做起了贸易。后来有一次，为了追讨一笔债务，他开着一辆车沿欧洲75公路下来，经过斯洛文尼亚，经过贝尔格莱德，从黑山共和国进入了阿尔巴尼亚北部城市斯库台。然后他沿着水势湍急的德林河，南下到了地拉那。

这个时候是一九九一年的春天，在阿尔巴尼亚统治了几十年的劳动党垮台了，政局动荡，物质匮缺，到处是断壁残垣。李松在一个当地的翻译帮助下，根据那个债务人留下的地址去寻找那个人。他找到了那个地址，住在里面的人却告知他要找的那个人已经搬到另一个地方住了，并给了李松那人新的地址。可李松去了新的地址，同样的事又会重复发生一次。在这个过程中，李松发现地拉那的城市内部是那么破败，很多住宅公寓都是粗制滥造的，红砖的外墙上没经过加面粉刷，水泥梁上露出了钢筋头。遍地的垃圾没人处理，大群无家可归的猫和狗徘徊在其间。李松感到十分失望，脑子里那么美好的阿尔巴尼亚原来是这样的。几天过去了，他发现无望找到那个债务人，而且看来即使找到了也不会要到钱的。他决定离开这里，回布拉格去。

在最后一个傍晚，他走上街头，去喝一杯咖啡。这里是地拉那大学

　　　　　　　　　　　黑白电影里的 城市

街，轴心线上有民族英雄斯坎德培立马扬刀的铜像。他在前一天早上来过这里，只见行人零落，毫无意趣。但是这个黄昏的景象完全不同。他发现街路上尽是闲逛的人们。大部分是青年人，有很多漂亮的姑娘，她们看起来无所事事，脸上满是幸福而神秘的笑容。那是一种十分奇特的现象，在自然界也有这种现象，比如在一场大雨后会有很多蜻蜓飞来飞去；黄昏时在原野上会有大群的鸟类欢乐地一起飞出来，在天上打着盘旋。这些人群看起来和漫舞的虫鸟类相似，纯粹是因为内心的喜悦和好奇来到黄昏的街头，漫无目的地闲逛。他们有的会在路边的咖啡店坐下来喝一杯，有的就是不停地走着。地拉那有足够大的地方给黄昏的人们散步，从斯坎德培广场到地拉那大学那一段路的路边布满了各种风情的咖啡店，而在南面那一大片街区，则是原来的统治者霍查的宅邸。那是一个巨大的花园，到处是欧洲夹竹桃的浓荫。浓荫下的夜色里布满了情欲满怀的人群。李松有点犹豫了，原来地拉那还有另外一幅景象啊！他把离开这里的时间往后推了一天。

第二天黄昏，他又来到了大学街的那个露天咖啡店，在台子上搁了一包三五牌香烟，慢慢喝着浓黑的意大利咖啡。他怀着一种安静的心情慢慢注视着大街，有时看看来往的行人，好像在等待着一个约会。

大概八点钟的时候，有一个头发又长又黑的阿尔巴尼亚女人来到了他的桌边。她用纯正的伦敦英语说：

"对不起，你是日本人吗？"

"不，我是中国人。"李松说。他看到这个女人的眼睛也是黑色的。

"我可不可以抽你一根三五牌的香烟？"头发又黑又长的女人说。

"好的，没问题。"李松打开三五牌香烟的硬纸盒，递给她。李松发现这个女人并不是那种流落街头的落魄女子。他说："如果你愿意的话，我很荣幸请你坐下来喝一杯咖啡，我有好几天没有和人说过话了。"

"好吧。"那女人坐了下来，显得慵懒，眼睛都没看李松。她沉醉在香烟的感觉里。她深深吸了一口，屏住气，微闭着眼睛，像是捕捉什么感觉，然后把烟轻轻地优雅地吐了出来。

"刚才我在你的桌子旁边走过来走过去，走了三次了。我一直被你的三五牌香烟所吸引。"她说。

"你身边没带香烟吗？"李松问。

"不，我带了。"她从口袋里掏出一包 L&M 牌香烟放在桌上。"有很多年的时间，我只抽三五牌香烟一个牌子，可是从去年开始，我再也搞不到这种香烟了。"

"是的，我看到这里买不到三五牌香烟。我的香烟是从布拉格带来的。"

"是的，这里买不到，其实以前也是买不到的。我可以再抽一根吗？"

"当然可以。"

"你知道，我是在英国读书时开始抽三五香烟的，后来我就一直抽这个牌子。我说过，这个牌子这里一直买不到的。阿尔巴尼亚有很长时间，市场上供应的东西都是东欧或者本国生产的东西。只有我们这些人能搞到西方的东西：香烟、威士忌、名牌服装、香水。"

"那你看来有点来历的。"李松问。

"我的父亲是以前政府的 PARLIAMENT（议会）主席，是国家重要领导人。"她说。她的眼睛被燃烧的烟头映得发亮。

议会主席？李松一想，阿尔巴尼亚议会相当于中国的人大常委会。

那么她父亲的职位相当于朱德委员长，她就相当于朱德的女儿。李松一惊，屁股收紧了，腰板也挺直了些，遇见身份高的人他就会流露出恭敬来。

"我的父亲是有名的法托茨·皮察。他是恩维尔·霍查的战友，是最早的革命者，一个老游击队员。他已经死了五年了，他的老家有一座他的巨大的铜像纪念碑。"她说着。李松看着她的脸，觉得她不像是欧洲人，更像是小亚细亚人。除了她的头发又密又黑，她的眼睛也又大又黑，而且眼眶上有浓浓的黑圈。她的脸上已有皱纹，但是遮掩不住她神情中透露出的贵气，她无疑是一个过去时代的公主。

她的名字叫阿达·皮察。她有一个儿子一个女儿，丈夫是个医生。她现在没工作，但是她有药剂师执照。以前她在英国学的就是药剂师专业。她说过去她的父亲让她学药剂师她还不愿意，觉得自己不可能去干这些具体的事情。现在才知父亲是对的。在父亲的政党失去所有的权势之后，她已沦为平民。现在她因为有药剂师执照，才有希望找到一个谋生的职业。她正在学习做一个平民。

"阿达，我只是为了追讨一笔债务来到了这里，可我发现那个欠我钱的人是一个狐狸，我根本无法找到他。本来今天我就离开这里回布拉格，旅馆的账都已结好了，可不知怎么的我没有走。"李松说。

"是啊，你没有走，所以还坐在这里喝咖啡。"阿达说。

"你这样说像是在谈论哲学问题。"李松说，"我不知道自己今天为什么没有走。而且现在，坐在这里，看着夜色里有那么多的人心情愉快地走来走去，我可能明天还不会走。"

"你在布拉格做什么事情呢？"阿达说。

"我在那里做一点小生意。"

"那你为什么不在这里做生意呢？"

"我不知道这里有什么生意可以做。"

"有啊，这里现在什么东西都缺，什么都要进口。你可以进口药品吗？"

"可以啊。什么药品我都可以做。"

"我不会做生意。可是我有很多朋友在医院、在卫生部。他们会帮助你的。"阿达情绪高涨地说着。

因为遇见了阿达，李松留在了阿尔巴尼亚。阿达带他到了卫生部，到了中心药检管理局，见到了很多人，其中包括迪米特里·杨科。不久后，李松注册了药品进口公司。就这样，他在阿尔巴尼亚一晃就过了三年。

上午，伊丽达打电话到旅馆。看门人把李松喊起来到楼下接电话。伊丽达说杨科昨夜突然中风了，今天半身瘫痪，已经住到了医院。李松对这个消息倒不特别意外，因为他知道杨科的高血压的毛病已经很严重了。他开车去了吉诺卡斯特医院，看见杨科躺在病床上，鼻子里插着氧气管，身上吊着好几个输液瓶。杨科看见了李松，眼睛眨了一下，看得出他的神志还很清楚。

李松坐在他的身边，看到他的曾经像是西瓜一样油亮的大脑袋现在皱了皮了，像是脱了水似的，一下子成了真正的老人。但是李松从他的眨巴着的眼睛看出，杨科的心情还似乎很不错，甚至还带着一种魔术师一样的快乐。李松向他做了个喝酒的手势，他看到杨科的一只眼睛里出现了赞许的光辉。

"杨科，来点伏特加？"李松说。

杨科轻轻摇摇头。

"来点威士忌？"

杨科还是摇摇头。

"康涅克 XO 怎么样？"李松说。

杨科不动了，看得出他的眼睛在微笑。李松心里想：这个家伙总是爱喝这种最贵的酒，只要不是他自己掏钱。他第一次在阿达的牵线下和他在酒吧见面时，他一连喝了五杯康涅克。

"他就是喜欢喝一点酒。他就是因为爱喝酒才会得高血压。"伊丽达对李松说。

"杨科给我讲过一个故事，那是一个最具人生真理的喝酒笑话。他说以前有两个喝酒的朋友，一个为了省钱把酒戒掉了。过了五年两个人碰到了，戒了酒的朋友买了自行车，喝酒的那个什么也没有。又过了五年，戒了酒的那个骑上了摩托车，喝酒的那个还是醉醺醺的什么也没有。十年过去他们再次相逢，喝酒的那个开起了汽车，戒了酒的那个还在骑摩托。他问喝酒的你哪来的钱买汽车啊？喝酒的说我把这十年喝掉的空酒瓶卖了，换了一台汽车。"

在听到最后一句话时，伊丽达笑了起来。她说很奇怪，杨科是她大学里的老师，又是在检验局的领导，从来没有和她讲过这故事。

"伊丽达，你还记得我那次去检验中心找杨科，你给我指路的事吗？"李松想起了那天在环形走廊里转来转去找不到杨科，突然见到了伊丽达时那种惊艳的感觉。

"是啊，记得。可我不知道我给你指了路，后来我会成为你的药剂师的。"伊丽达说。

是啊，伊丽达，你永远是我亲爱的药剂师。李松在心里说，感到亲切无比。但他嘴里还在争辩：

"你不是我的药剂师，你是我唯一的阿尔巴尼亚 Girl friend（女友）"。

伊丽达的眼睛出现了温柔的光辉，可是她还是把李松打过来的球挡了回去。她说："别乱说，杨科听了会笑话的。"

杨科的鼻子嘴巴罩在氧气罩里。他的眼神有点发直，像个孩童似的。

"他的神志还很清楚，他其实是个很热爱生活的人。"伊丽达说。

"真不知道他会突然发病了。也许，应该安排把他送回到地拉那去治疗。"李松说。

"不，地拉那的医院情况不好。杨科这回来这里，本来就准备到希腊的萨洛尼卡一家医院去看病，他有一个老朋友在那里当医生，是专家，要给他做手术的。我们已经和他联系，也许很快就可以把杨科送到希腊去。"伊丽达说。

"那样安排就很好了。"李松说。他的心情有点发沉。本来他是准备在吉诺卡斯特待两天就走，可现在两天过去了，他却还在这里。杨科现在又生病了，他不知什么时候才能回地拉那。不过想起这样有机会能和伊丽达在一起多待一点时间，他的心里还是觉得快活。

中午时分，杨科家族里很多人来了，好些是从周围的山地里来的，挤得病房都站不下人了。伊丽达对李松说今天她休班，她母亲让她带李松到家里来，母亲要给他做饭吃。李松开着吉普车，和伊丽达一起前往她的家。她的家在城北，在一条溪流旁边。看得见远处的雪山，还有亚得里亚海湾。那是一个石头的房子，旁边也长着几棵特别茂盛的石榴树。伊丽达的母亲在门口等候。那是一个头发斑白个子瘦小的女人，她看起

黑白电影里的 城市

来很温和，微笑着，但是透露着坚强。不知为何，李松在见到她时，还是会觉得有点难为情，总觉得她早已看穿了他的心思。

伊丽达的母亲没有看错，从某种意义上讲，李松的确像是一只狼，觊觎着她的女儿。那天他和阿达一起去国家药品实验室找杨科，在接待室等候的时候阿达被一个熟人拉去喝咖啡抽烟去了。李松后来独自在环形的走廊里寻找杨科办公室而迷失了方向，突然从一个房间里出来一个金色头发的姑娘。李松当时就被她的美貌震惊住了。这个穿着白衣的金发美女药剂师显得很亲切热情，问李松需要帮忙吗？李松说要去杨科办公室。她说那我带你去吧。她把李松领到楼上杨科的办公室，开了门让他进去。李松问杨科刚才这姑娘叫什么名字，杨科说她叫伊丽达。杨科问李松你问她名字干什么？李松笑笑没回答。他记住了伊丽达的名字。

阿达是他的第一个药剂师。可是阿达这个昔日权贵的女儿，外表依然美丽精神却已经被摧毁了。她十分地懒散，总是不能准时上班，来上班了也只是坐在桌子前面，不停地一根接一根抽着一种刺鼻的香烟，然后发出阵阵剧烈的咳嗽。更多的时候，她干脆不来上班，让李松大伤脑筋。这段时间里，李松和伊丽达有了来往，他偶尔会付给一笔让她惊喜的报酬请她给他做点药剂师的事情。后来，伊丽达辞了国家药检室的工作，去了意大利。半年之后，李松在地拉那一家破旧的私人小药店意外看见了伊丽达在那里当药剂师，她受不了在意大利的屈辱生活回来了。李松说：伊丽达，做我的药剂师吧，你会得到很好的报酬的。

以前在地拉那的办公室，每次伊丽达母亲来找女儿时，她的神色总是显得温顺中带着紧张。那个时候她对女儿待在一个中国男人身边工作总是心怀戒心。她总是会经常出现，她的恭顺而坚强的笑脸让李松明白了伊丽达处于她的有力保护之下。但是今天，在她自己的家园地盘里，伊丽达的母亲显得没有了戒心。她看到李松时显出了真诚的快乐，她对李松以往给予伊丽达的优厚照顾心怀感激。她把李松迎进了屋子。在屋子的中间，摆着许多吃的东西。按照阿尔巴尼亚人的习俗，先要上一杯叫"阿拉契"的葡萄白酒，而后再是一杯带渣子的土耳其咖啡。桌上摆满了蜜饯、饼干之类的食物。

伊丽达母亲做了很多好吃的东西，有烤小羊肉，奶豆腐炖牛肝，洋葱无花果饼，还有好多说不清的东西。她像中国过去的妇女一样，忙着做饭菜，自己不愿入座，只是站在一边看着他们吃。这让李松觉得不很自在。他这时想起一部名叫《地下游击队》的阿尔巴尼亚电影里的一个镜头：一个名叫阿戈龙的游击队员在一老大娘家里。老大娘给他端来一个盖着餐巾的盘子，他摇摇头说自己没有胃口。大娘说你至少把餐巾打开看一看。阿戈龙掀起餐巾，看见盘子里是他被上级收缴了的手枪。

由于比较局促，李松只是机械地吃着，吃了很多。因此他把伊丽达母亲做的东西都吃光了。这让她感到很高兴。这个时候，发生了一件让李松如释重负的事，伊丽达的母亲披上了头巾，说要出去到教堂去参加唱诗班练习了。她很开心李松还待在这里，在她自己的家里，她对李松一点戒备都没有了。李松看着她走出来，从窗口还能看见她沿着小溪边的小路，提着裙襟，过了小桥（有一下看起来她差点掉下桥去），急急忙忙迈着碎步走去。

哦，伊丽达，我们又能够在一起了。李松心里有个声音说着，他觉得一阵慌乱的心跳。

母亲一走，伊丽达起身收拾餐桌。她系上一条绣花的围裙，把盘子收拾起来清洗掉。李松看到她灵活挪动的身体，从她背后看到她硕大的臀部。她在劳动时自然迸发出来的那种快乐和热情，让他觉得是那样地愉快。

他想起伊丽达在他那里当药剂师的时候，她经常是这样给办公室做卫生的。她常常用一个大木盆盛上水擦洗门窗，尽管这些事不是她的职责。她一边洗，一边用英语给李松讲普希金那个金鱼和渔夫的故事。当渔夫的贪心的婆娘最后惹怒了金鱼，她已拥有的所有财富全部被波涛卷走，唯一留下的只是一个木盆。伊丽达说这个故事里的木盆就是她现在用的这个木盆。在她干完了清洗整理的杂活，李松会给她一个奖励，那就是给她放一支她喜欢的歌。开始的时候是玛丽亚·凯丽，后来是麦克·鲍顿，后来还有巴西的 Boney M。而且，李松还会不声不响倒一杯马蒂尼甜酒放在桌上，伊丽达会像一只爱喝牛奶的猫一样忍不住把酒喝了。喝完了还用舌头舔着酒杯。喝了酒她会变得风情万种，浑身散发着女人的香气。李松有一天把酒杯偷偷换得大了一号，但是他的阴谋总是会被伊丽达的母亲粉碎。她会像一个超人一样准时出现在门口，给女儿送来了一把雨伞。尽管这天阳光普照，没有下雨的可能。可谁能说天一定不会下雨呢？每回伊丽达的母亲一出现，李松身上高昂的"士气"就会瘪了下去。

在这个阳光明媚的中午，伊丽达的母亲沿着溪边的小路远去了。伊丽达洗好了盘子，把身上的围裙解了下来，她穿着紧身汗衫的丰满身材一览无余地展现了出来。每回这个时候，李松会想起一个电影的名字《远山的呼唤》，日本片，高仓健演的。那个远山是伊丽达的乳峰的联想。现在他又感到了两座高山的呼唤，但他为了抑制这种冲动，把目光移开了，眺望远方真正的山峦。屋外的那两棵石榴树开得如火如荼，李松昨天在医院看到了那片石榴树之后，脑子里老是想着希腊诗人埃利蒂斯那首诗，此刻一些诗句浮现了出来：在那些刷白的庭院中，当南风，吹过那带拱顶的走廊，告诉我，是那疯狂的石榴树，在阳光中撒着果实累累的笑声？当草地上那些赤身裸体的姑娘们醒了，用白皙的双手采摘青青的三叶草，告诉我，是那疯狂的石榴树，随意用阳光把她们的篮子装满？

"伊丽达，看我给你带来了什么？"李松说。他从那个放礼物的袋子里拿出了一对中国的青花瓷花瓶。

"哇，这是什么？"伊丽达吃惊地喊起来。

"这是我答应过送给你的，最漂亮的中国陶瓷。我在上个月到北京的时候特地给你买的。我还以为不会有机会送你了呢。"李松说。

"天哪，亲爱的李，你真是个好人！"伊丽达激动得脸孔发红。

"我还有一件东西呢。"李松说。他拿出了一瓶意大利产的马蒂尼甜酒，曾经充满了阴谋的酒。

"哦，李，你真是我的甜心。"伊丽达把酒瓶贴在心口，吻了一下酒瓶。她把酒瓶放下来，在一部 CD 音乐播放机上摆弄了一下，音乐起来了，是麦克·鲍顿的那首 *Soul Provider*。这盘 CD 原来是李松的，伊丽达走的时候，李松送给了她。

"每次我听这首歌，我就会想起你给我倒马蒂尼酒。没有马蒂尼酒这首歌就不好听了。"伊丽达说。

"伊丽达，我来给你倒一杯马蒂尼酒好不好？"李松说。他的欲望开始燃烧，每回他给她倒马蒂尼，总会让他产生有机可乘的希望。

"好啊，给我倒一杯。"她显得很干渴，把酒喝了一大口。她的身体变得很兴奋，胸脯在起伏着。

"伊丽达，我爱你。"李松说。

"不，不，你是在开玩笑。"伊丽达咻咻地笑着。

"I can't living without you。"李松说。意思是我不能没有你而活着。

"得了，这句话是玛丽亚·凯丽的歌词，谁都会唱。"伊丽达说。

"不是这样的，伊丽达，在你离开了地拉那回到你的家乡后，有很长的时间我都很不快活。我知道这算不上是爱情，可我想起和你在一起的时候真的很有意思。"

"你真的想起过我吗？那你为什么不来看我？"伊丽达说。

"我不知道怎么才能看到你。对我来说，你的家乡是个神秘的地方，不只是遥远，而是觉得你家乡城市的人一定很凶悍，不会接受一个中国人来探望一个城里美丽的姑娘。"

"哈哈，你不是一个骑士。故事里的勇士为了一个美丽的姑娘，从来不怕路途遥远，也不怕城堡里的妖魔多么厉害的。"伊丽达说。

"可我现在不是来了吗？我找到你了。可是你以前答应我的事却没有给我。"李松说。

"我答应你什么了？"伊丽达说。其实她心里知道李松会怎么说，她是喜欢听他再说一次。

"你答应和我做一次爱。"李松说。

"你说的是真的吗？我怎么忘记了？"她辩解。她的眼睛看着李松，她的眼睛里燃烧着情欲。

李松闻到她的身体发出了一种气味。那是一种与中国女人不同的气味，可能是从腋下的汗腺挥发出来的一种膻味，一种类似狐臭的气味。这个气味信号告诉他可以进入下一步了，他可以吻她的脸，可以抚摩她的上身任何部位，但仅仅只能在衣服的外面。如果他的手想伸进衣服里面则马上会被挡开，似乎她穿着中国古代传说里的铁布衫。她说不能触摸一个女人的身体内部，要不然她就会受不了，马上会失去了抵抗的能力。他们之间的这种游戏以前做过好几次，每次到这里就到尽头了。

在这个温暖的中午时分，李松和伊丽达长久地相拥在一起。比起过去，李松并没取得什么进展，所能触摸的区域维持不变。但是李松还是感觉到了她的身体不像过去那样紧张充满防卫性，而是变得像海浪一样起伏着。

李松在她的家里待到了下午，在她母亲回来之前他和她一起离开了。李松送她回医院值下午班，自己回到了旅馆，倒头便睡，很快进入深沉的梦乡。

傍晚的时分他睡醒了，觉得心情愉快精神饱满。他起身出门，又走到了那个巍峨的城堡上头去了。落日照耀之下，城市一片金色。

和他刚来那天的清晨不同，他现在清楚地知道了他看到的景色就是《宁死不屈》电影里呈现的城市。他已经想起来了，他所站立的城堡在电影里是个监狱，那个纳粹军官把关在黑屋里的米拉带到了屋顶，让她在这里去看城市的屋顶、阳光中盘旋的鸽群。那个纳粹军官喝着白兰地，对助手说：看，她马上要哭了。这个时候闪烁着雪花的黑白银幕上慢速摇过了城市的全景，米拉的头发被风吹起，银幕上黑云中出现了一道光线，照耀着米拉心潮起伏的脸庞。米拉的脸上慢慢露出沉思忧郁的微笑，她转过身，看着纳粹军官，慢慢走了过来。她站住了，平静而坚决地说：刽子手！德国鬼子疯狂地抽着她嘴巴。

李松坚信，他现在所在的位置正是当年米拉站立的位置。他记得那个电影是一九六九年拍摄的，现在是一九九四年，整整二十五年前，几个装扮成德国军官的男人和一个扮演米拉的女演员在几盏聚光灯的照耀下拍下了那一段镜头。不，还不是这样，这个电影拍摄的是一个真实的故事，演电影的米拉不过是个演员，真正的米拉就是在城门口小操场上那个石头的雕像，她被吊死的时间是一九四四年，整整五十年了。虽然时间消逝，可李松对第二次世界大战胜利之前死去的真正米拉和六九年演员米拉都感到那样的亲切，似乎还能感受到她们的血肉之躯的温暖。他在几个小时前和伊丽达接吻的感觉还在，她的身体的柔软，那种特别的汗腺气味都还在他的感觉里继续兴奋着他的器官。对伊丽达的渴望和接触的美感在他的意识深处和对米拉的记忆混杂在一起了，好像有一根导线，把这三个不同历史年代的姑娘传导连接上了，伊丽达的性感的肉体使得一段历史变得活生生了。

天渐渐黑了下来，城堡上的风大了起来，景物变得模糊了。李松走下了城堡，进入了城市里。现在他对城市感到熟悉极了，好像在这里住了几十年似的。他行经过一个石块铺成的长坡，前面有几个女孩在向前走，她们的背影让他想起米拉和她的两个女同学走过长坡的镜头。这个时候他又开始想念起了伊丽达。他的心里很是沮丧，刚刚和她分手，现在又开始了对她强烈的思念。他知道这算不上是爱情，也不仅仅只是性爱。因为米拉的元素，他对她的思念加深了，也似乎给他自己找到了一个思念她的借口。伊丽达很快要结婚了，要成为人家的新娘，而他还在想和她亲热，还企图进一步接触她的身体，这似乎是一个危险和不光彩的行为。但这个道德的谴责此时不起作用了，对伊丽达的思念和欲望一波波高涨。

李松在一盏盏中古时期的油灯照明下，又来到了第一天来过的那个小酒店，那个戴着菊花帽的妇人还是坐在黑暗的灯影里。他走进来，坐了下来。那个长笛手侍者走了过来，问他这几天过得怎么样？李松说还不错的。侍者说，有一个人想见见他，在这里等了好几天了。李松说：是什么人啊？让他过来吧。

一个戴着礼帽的阿尔巴尼亚小老头走了过来，他用生硬的中国话说：

"同志！你好吗？"

"我还好啦。"李松说。

"好得厉害吗？"他说。

"好得很厉害，非常厉害，Very 厉害。"李松回答，心里奇怪老头这古怪的问候从哪里学来的？

这个小老头就会说这一两句中文，接下来全是山地口音很重的阿尔巴尼亚话了。李松听不大懂，还得借那个侍者的英语翻译。李松问他这几句中文是从哪里学来的？他说是六十年代中国的专家在吉诺卡斯特工作的时候，他给他们做过清理卫生的杂活，跟他们学了几句中文。他报出了好几个中国专家的名字，可发音不清，李松根本听不清楚是些什么人，再说即使听清楚了对他来说也没一点意义。老头说中国专家只是个开场白，他真正要说的是另一件事。他说在吉诺卡斯特城市后面的那座高山上，埋葬着一个中国的年轻人。这个人是来参加建设吉诺卡斯特电视台的工程师，在安装高架发射塔的时候从高空坠下死亡的。李松问这个中国人是哪一年死的？老头说大概是一九六八年吧，他的坟墓修建的时间要晚一点。

老头说，坟墓修建好以后，市政府让他兼差做守墓人，每月还给他一点钱做津贴。七十年代初的几年里，经常会有一些中国人专门从地拉那过来，到山上去给死者献花扫墓。后来，就慢慢地没有人过来了。再后来，这里的市政府也忘了他是守墓人这件事，不再给他发津贴了。老头说，他现在已经老了，不可能再到山上了。他说自己老是梦见有一个中国人会来寻找这个坟墓，他一直在等待着，现在终于等到了。李松连忙说，他也对这件事一点没兴趣，他根本不是为了这事来的。老头说，不管怎么样，他无法再等待了。他说自己早已经画下了那个坟墓的位置图和路线图，按照这个地图，就可以在高山上找到那个坟墓。老头把那卷地图打开来，是画在结实的羊皮纸上的，墨水笔画的，像一幅故事里的藏宝图。老头不管李松答应不答应，起身快步走了。李松只得把地图收起来。

杨科第二天早上要被救护车送往希腊萨洛尼卡医院，李松前往送行。

在一排墙壁刷得雪白的病房外边，盛开的石榴树发出鲜红的色彩。天空上有一只秃鹰在盘旋，无声地上升到了天庭。从希腊来的救护车已经停在车场，两个穿着雪白护士服戴着白头巾的姑娘慢慢推出了帆布担架床，上面躺着杨科。杨科的眼睛被阳光和湛蓝的天空刺激得睁不开来。伊丽达推着担架床，她的眼里含着眼泪，她的未婚夫穿着白色的医生大褂站在她的身边。李松对杨科偷偷做了个喝酒的动作，他看到杨科的眼睛里又流露出快活的光辉。杨科的担架被推上了救护车，车门被重重关上了。那车里的女护士是希腊医院方面的人，鼻子很高，神情冷漠。车子开动了，李松看到天上那只秃鹰也远远飞去了。

三

就在这天的下午，李松正寻思着是否要在明天回地拉那的时候，他听到城里响起了枪声。枪声开始是稀稀落落的，后来渐渐密集，听起来好像是中国人大年除夕全城人都在放鞭炮似的。李松伸头到外面一看，只听得子弹的呼啸声和发射声，可就是看不见开枪的人。突然，他看见了一个持枪的人出现了，就在旅馆对面的马路中间，拿着一支冲锋枪向天扫射，然后另一个人过来了，手里有一支步枪，也向空中开枪。李松赶紧离开了窗边，这么密集的枪声，弄不好就会有流弹打进来的。

这突如其来的枪声让李松感到一定是发生了重大的事情。他现在唯一能做的是把房间里那台黑白电视打开。这台破旧的电视机屏幕上全是闪耀的雪花和噪声，李松用手掌猛烈地击打着机箱，随着显像管的温度提高，渐渐在雪花中浮出一些人影和声音。他把调钮扳到英语的欧洲新闻频道 EURO NEWS，那里正在现场直播地拉那的骚乱。画面上展现了一群人站在一辆坦克上横冲直撞，在地拉那大学街倒退着开行；一个手持四零火箭筒的人肩扛着武器将一枚火箭弹射向了总理府。大批汽车被推翻燃烧，商铺被抢掠，几具尸体倒在马路边。欧洲新闻的主持说阿尔巴尼亚首都地拉那陷入混乱，机场关闭，政府瘫痪，军火弹药仓库被打开抢掠一空。全国人民的财产在金字塔集资计划中化为泡影，所以人

　　　　黑白电影里的　城市

民起义了，全国范围发生了动乱。

对于电视上说的动乱，李松心里倒不觉得意外，因为地拉那近几个月局势一直紧张。从去年开始，一种高息集资的运动在阿尔巴尼亚开始盛行，利息高得惊人。这种金字塔式的骗人把戏必须不断扩大吸收新的入股者才能保持资金链运转。但是最近以来，混乱的局面开始了，很多集资公司资金链中断派不出利息了。李松出发之前，地拉那的人们已在排队提款，人心惶惶。李松想不到仅仅过了几天，这件事会演变成这样一场武装大起义。欧洲新闻主持人说动乱的背后或许有反对党在操作，现在阿尔巴尼亚变成了火药桶，很可能会爆发大规模的内战。美国和西欧国家已经开始紧急撤离侨民。电视镜头上播出美国海军陆战队的大力神直升机在使馆官邸区接走了家属。

李松开始往地拉那拨电话，可是一点信号也没有，地拉那的邮电通信都中断了，变成了孤岛。他在地拉那的仓库里还有大量的药品，真不知会不会被人抢掠一空呢。但是此时他的心里倒不是很担心那些货物财产。当一场大革命式的运动席卷而来时，人们在集体失去财产时的痛苦会减轻许多。

这个时候，伊丽达打了电话过来，问他还好吗？李松说他没有事，他已经知道了地拉那的情况，可他不明白吉诺卡斯特发生了什么，为什么这么多人在打枪，是谁和谁在战斗？伊丽达说现在城里的枪声不是战斗，而是起义，是一场革命。人民开枪是向空中打的，是表示他们对在集资骗局中失去财产的愤怒。伊丽达说，他住的旅馆附近的城堡下面的地道通向一个军火仓库，现在已被人打开了，全城的人都跑过来拿武器，所以这一带枪声会特别密集。伊丽达说过一忽有一辆车子会载着医院这边的人前往军火库，她也要跟着来。在进入军火库之前，她会先来旅馆看他。

果然，不到半个小时，伊丽达匆匆忙忙跑进了旅馆，一进房间的门就紧紧拥抱了李松。李松能感觉到她的两只胸脯挤压着他的身体，战乱时候人们的行为改变了，变得亲密了许多。伊丽达的打扮也变了，穿着山地民族的服装，头上包着一块黑头巾，裙子一角掖在腰带上，很像法国七月革命时期那幅著名的油画里那个带领人们起义的自由女神，只是伊丽达没有像画里举着战旗的妇女半个肩膀不穿衣服袒露着一只乳房。李松问她为什么也来拿武器，她说每家每户都有了武装，她们家也得有。李松说那你的那个外科医生未婚夫为何不来帮你拿？她说他是个追求理性的人，不喜欢暴力，所以没来。伊丽达说现在她得走了，还问李松待会儿是否也给他顺便捎两个手榴弹来？李松突然产生一个想法，捉住了伊丽达的肩膀，说：

"伊丽达，我也想和你一起去军火库拿武器。"

"你也要去？可你是外国人啊，恐怕不大好吧。"伊丽达说。

"不，我一定要去。我刚才突然感到，我一直在等待着这一个时刻，这是我很早的时候在看你们的黑白电影时就决定的事情，真的，对于今天的事情我有说不出的兴奋。"李松说。

"李，我有办法了。刚才我来的时候，看到有的人戴着黑色的面罩，只能看见他的眼睛。你可以用我的黑头巾蒙住面孔，这样人家就认不出你是中国人了。"伊丽达说。她把头巾解了开来，她的金色的头发顿时撒了开来，看起来动人极了。

李松用她的黑色丝绸头巾绑在自己的眼睛之下的鼻梁上，只露出眼睛部分，这样就成了一个蒙面人，看不出他是中国人了。他跟着伊丽达出了旅馆，向着城堡方向跑去。

城堡在暗红色的天空映衬下显得巨大无比了。城市的每个角落都在响着枪声，子弹的光芒把天空映红了，不时有洩光弹如流星闪过留下好看的轨迹。通向城堡的石头甬道不宽，现在已挤满了人。起义的人群在慢慢地前行，脸上有一种古怪的表情。伊丽达牵着李松的手，生怕他会走失了，或者被人认出来。要是有人想和李松说话，伊丽达赶紧抢过话头，替他回答了。

他们终于走到了城堡地下军火库的入口处。这里以前是由部队重兵把守的，动乱一开始，所有的官兵都放下武器自动解散，回家不干了。这里的电力供应已被切断，没有灯光照明，外边一只大油桶在燃烧着，发出了亮光。从地下军火库出来的人都打着火把，脸上被烟火熏得黑黑的，肩上挂满了枪支。进军火库的人先要自己制作火把。门口有一些木棒，有一些擦机器的油棉纱。李松把油棉纱缠在木棒上，蘸上了柴油，点上了火，就成了一个非常明亮的火把。

他和伊丽达打着火把走进来军火库，李松心里发怵，弹药库里烧着这么多火把真是太危险。但集体的行为让人胆子加大，什么也不怕了，高举着火把只管往里面走。军火库里面很宽大，隔成很多的空间，李松见到了旁边的一些库房里有一架架高射炮，在火光照耀下像是史前的恐龙化石一样无声无响。洞壁上还隐隐可见一些壁画，有恩维尔·霍查，还有毛主席的画像。在洞穴深处常规武器库房，他看到地上撒满了黄灿灿的子弹，好多子弹箱被打翻在地，绿色的木箱上清楚地印着中国制造的字样。五六式冲锋枪、班用机枪、半自动步枪一排排摆在枪架上。还有手榴弹、地雷、火箭筒、喷火器都散乱在库房内。李松问伊丽达喜欢什么枪，伊丽达说自己也不知道，她从来没摸过枪。李松说我给你拿一支冲锋枪，外加两百发子弹。他自己则扛了一挺班用轻机枪，捎带着还捡了支五四手枪揣在了兜里。

从地下的军火库出来，扛着沉重的枪支，打着火把，伊丽达、李松随着人群走向了城里。现在城里的枪声开始冷落了下来，整个城市里到处闪耀着火把。拿起了武器的人起先都游逛在街上，不时地冲天空开枪。令李松奇怪的是，有很多人包括伊丽达都穿着古老的传统粗布衣服。和电视上地拉那暴乱的人群完全不一样，这里的人非常地理性冷静，他们没有去抢劫商铺，也没去焚烧汽车。他们只是把自己武装起来，举着火把在黑夜里慢慢等候着。到后半夜的时候，起义的人们开始打着火把集中到了市政府广场，好些人在发射彩色的信号弹，好看得像节日的焰火。一支铜管军乐队不知什么时候组成的，吹奏着雄壮的进行曲开进了广场，李松惊喜地看到那个餐馆里的青年侍者在第一排吹着长笛。广场上枪支如林，情绪高涨，在一个临时搭建的指挥台上，站着几个刚刚推选出来的领导人。一个戴钢盔的人挥舞着手臂开始演讲，李松认出他就是那个在城门口检查过他的车辆的那个钢盔秃头，他演讲时的姿态好极了，像巴顿将军似的。伊丽达在一边低声给他翻译着，说现在南方的城市已经联合起来，组成南方联军，他们将准备北上进攻地拉那，推翻现行的政府。

闹腾了整整一夜，天快亮的时候李松才回到旅馆睡觉。第二天醒来的时候，太阳已升得很高。他睡得很不安稳，做着乱七八糟的梦，以至于醒来之后他觉得昨夜的奇妙经历只是梦的一部分。可是他摸到枕头底下那支被他的体温烘得热乎乎的手枪，探头看看床下，那挺轻机枪也还躺在地上,这让他相信昨夜这些事都是真的。他起来了,看看外面的街面,外面很安静。

他穿好了衣服,洗漱完毕,要出去到那个小酒店吃早餐。他临走的时候犹豫了一下,最后还是把那支五四手枪别进了腰间。他沿着石头斜坡走下去,上了石级,看到街路上没有行人。经过昨夜的一夜兴奋,城市现在还没醒过来。他进入了小酒店,戴菊花帽的妇人坐在灯影里一动不动,那个长笛手青年侍者不在了。李松要了一点面包和咖啡,一边吃,一边看着店里的那台彩色电视。这里的电视信号很清楚,他们收看的是边境对面的希腊电视。

电视上的英文节目 EUERO NEWS 还在滚动播报地拉那的动乱消息。报道说南北的民兵可能会在地拉那展开激战,欧盟和北约组织已严重关切事态的发展。报道上有一段专题,报道各国使馆撤离侨民的消息,其中一段专题是中国使馆大规模撤离华人的行动。李松看得头颈都直了。由于和地拉那的电话一直不通,他不知道那边的情况,也不知道自己仓库的货物是否被抢掠了。电视上报道中国武昌公司在地拉那的大型建筑工地被抢,几百个工人财物被洗劫一空,全部躲到了大使馆;好多家大街上的中国商店也遭到洗劫焚烧。由于地拉那机场早已关闭,中国政府委托意大利政府派军舰来接驳待撤的中国侨民,中国政府派专机到意大利罗马机场接人。李松从电视上看到大使馆的国旗落了下来,地拉那所有的中国人都撤走了。镜头还追到了军舰,李松看到好几个地拉那的熟人,还看到一个青田女人在一个意大利水兵的帮助下攀上了甲板,她的怀里是一个刚出生不久的孩子。李松知道现在所有的中国人都走了,只有他被抛掷到这个地方。他心里寂寞无比。

回到旅馆百无聊赖地待了一阵，李松把前日那个阿尔巴尼亚老头给他的那张山上中国人坟墓的地图摊开看了。过了一会儿，他揣着沉甸甸的手枪又出来了，他已经喜欢上了这种口袋沉甸甸的感觉。这回他不是往城市里面走，而是沿着一条往上升的石级一直往上，离开了城市，走向后面那座绕着云雾的高山，去寻找那座中国人的坟墓。他走了一段路之后，已高高在城市之上了，云雾漫住了他脚下的山路，城市若隐若现，他感到自己好像在云雾中自动上升着。

根据羊皮纸上的地图，在山顶接近永久积雪的一个山坡上走过一条布满蜘蛛巢的小径，李松在一片荒草中找到了这个中国人的坟墓。这里开满了野生的铃兰花，几只岩羊在山崖上啃着植被，远处的亚得里亚海湾闪闪发光。李松把坟墓上周围的野草清除了，看到了一座小小的石碑，上面镶嵌着一块陶瓷的头像，是一个剪着平头的年轻中国人。石碑上面刻有中文：

赵国保，河北石家庄人，生于一九四二年。一九六八年七月在建设吉诺卡斯特电视台的施工任务中因事故光荣牺牲。

李松坐在草坡上，抽着烟，望着远处的海湾出神。他想着这个叫赵国保的年轻人死的时候才二十六岁，一九六八年，李松刚好开始上学，而他已经死了。他死了一年之后，《宁死不屈》的电影开始拍了。后来，又过了几年，在一九七三年，有一支中国的足球队来到了这里。之后，又过了这么多年，他来到了这里，不知是为了挣几十箱抗菌素针剂的利润，还是因为对伊丽达充满肉欲的思念，来到这里并陷入了奇怪的境遇。他把手枪掏出来，对着不远处一棵松树的枝干开了一枪。枪声在山谷间久久回荡着。他以前的部队是榴弹炮兵，发射过很多的炮弹，对轻武器使用得反而比较少。他打过几次冲锋枪、半自动步枪，手枪则从来没打过。他瞄准着一颗松果开了两枪，都没打中。然后他学现代电影里枪手双手持枪又击发了几次，把弹匣里的子弹打完了。他一边装上新的弹匣，一边对着那个坟墓说：赵国保兄弟，听到枪声了吗？我来看你来了。现在就只有你和我还待在阿尔巴尼亚了。

这天晚上，李松获悉杨科的手术没有成功，死在了萨洛尼卡医院的手术台上。这件事真是难以置信，这么一个不是很大的手术竟然会让杨科死去，而且死在一个希腊外科手术专家的手里。据说手术当中一切都很顺利，快结束时杨科的血压突然急剧下降，医生用尽了办法也无法使他的血压升回去，就这样，他在全身麻醉的情况下无痛苦地死去了。杨科的尸体很快被运回到了吉诺卡斯特。本来这个时候因为动乱希腊边境已经封闭，因为是一个死人，希腊海关才让杨科通过了。

杨科的尸体摆放在了吉诺卡斯特的一个小教堂里，他的灵柩边上摆着很多石榴花。天气挺热，有几台电风扇对着他吹着。李松来到教堂，足足等了一个多小时还没轮到他进去。他看到很多人聚集在教堂外边，身上都背着枪支。李松不明白杨科这个地拉那的药剂师会在老家受到这样英雄般的待遇。他后来进入了教堂里面，看到了杨科的几个亲友守在尸体边上，伊丽达也在其中，她看起来特别地悲伤。李松看到了杨科的脸因中风而拧歪了，看起来有点不高兴的样子。但李松觉得他要是对杨科说一句来杯康涅克酒怎么样的话，也许杨科马上会睁开眼睛爬起来了。但是李松现在心里想的却是另一件事，杨科死了，那五十箱抗菌素针剂的货款可能会变得很麻烦。他要是现在对杨科说我的青霉素的货款向谁要啊？那么杨科一定会装作什么也听不见而不起来。小礼堂里很热，除了充满石榴花的香气，还有一种隐隐的尸体气味，这味道让李松明白杨科真的已经死了。李松浑身冒出了汗，他看到伊丽达一直在哭泣，她那个未婚夫一直在她身边。

后来看到了杨科的棺材盖子盖上了，他老是觉得杨科在里面闷不住了，会敲打着起来。然后人们抬着棺材到了教堂的墓地，一个大坑已经挖好了。有人放起枪来，大家都开始朝天开枪，结果还引起全城的枪声。当杨科的灵柩放入墓穴时，李松看到伊丽达将一大把红石榴花撒进了土里。几分钟后，李松终于有机会站到了伊丽达的身边。伊丽达在人们不注意的时候，捏了一下他的手，贴着他的耳朵说：她已经决定和那个未婚夫结婚了，婚礼就在下一周。

在这天的夜里，李松辗转反侧怎么也睡不着。尽管知道伊丽达早已有了未婚夫，可现在得知她马上要结婚了，他还是有一种说不出的难过。他不仅是心里难过，身上还很奇怪地有特别强烈的性欲。杨科真是一个魔术师一样的家伙，在他下葬的时刻，让伊丽达对他宣布了结婚的决定，还弄得他此刻欲火中烧不得安宁，似乎他的死亡在李松的身上激起了强大的生殖动力。到半夜时分有人轻轻敲门，他十分紧张，贴着门问道外面是谁？是伊丽达的声音。接下去的事情好像是李松还没有开门，伊丽达就已经穿墙而过进入了屋内，一下子扑入了他的怀里。李松问她怎么来了，发生什么事了吗？她说没有什么，杨科死了，她心里难受极了。今夜她无法独自面对着内心的无底空洞。由于房间里没有窗帘，李松把灯关了。可是窗外夜空上的星光还是照进来，照亮了伊丽达空洞而燃烧得发亮的大眼睛。李松开始小心地吻她的脸，她的嘴唇移了过来，和他对接了。李松抱住她从后面抚摩着她的背和臀部。当他把手伸进了衣内，

　　　　　　　　　　　　　　黑白电影里的 城市

意外地发现没有抵抗，她身上的铁布衫功夫解禁了。李松心里一阵战栗，把手移到她胸前。从掀开的衣内喷发出浓烈的白种女人的汗腺气味。能感觉到伊丽达今天没洗过澡，也没有洒过香水，完全是一种身体自然的气味，像一头雌性的绵羊或者像一只狐狸的气味。李松把脸埋在她的胸脯上。

那个夜里他们一次又一次做爱。李松处于半睡半醒之间。他不时会产生幻觉：以为怀里的这具和他交配的身体是城门口操场上无花果树下那具少女的雕像。继而那个在一九六九年叫喊着卖糖卖糖卖巧克力糖的女同学孙谦的脸也出现了。然后他的意识又清楚了，在星光的帮助下看见了伊丽达美丽的脸。他吻着她的嘴唇，意识里又交替着电影里美丽的米拉、米拉的伤痕、她脸上忧郁的微笑。这些女性的意象相互交替着，从少年到今天，李松的梦境里时常会出现她们，只是大部分的时候很模糊很虚无，不像现在这样明确无误。李松相信，在这一次和他交媾之后，伊丽达会和他撇清了。杨科的死亡使得她身体深处的欲望浮现出来，她用屈服于这个欲望的方式来摆脱它。这以后，她会渐渐和他疏远，她会去迎接下周那场并不让她觉得幸福的婚礼。

在经过数次潮汐般的起落后，他们最后变得筋疲力尽。相互拥抱着，进入了沉沉的梦乡。

在他们的梦境之外，这个时候有一种轰轰隆隆的战争机器的声音从希腊边境那边传来。地面的公路上爬满了最现代的坦克和装甲车，低沉的发动机声音使得旅馆的房子都震动着。夜空上有一架架武装直升机缓缓飞过，飞机的探照灯光扫描过地面，那灯光一度穿过没有窗帘的旅馆窗户照射到了他们赤裸的身体。在他们做爱正欢的时候，北约欧洲总部的七国联合部队越过了希腊边境，进入了阿尔巴尼亚的领土。而军队进入吉诺卡斯特的时候，他们已经睡着了，现在，他们还沉浸在海洋一样深沉的睡梦里。

四

北约欧盟联军以不可阻挡的力量从保加利亚、马其顿、希腊的边境同时进入了阿尔巴尼亚维持和平。北约的将领认为此时的阿尔巴尼亚是威胁世界和平的火药桶，过去的两次世界大战都是在巴尔干半岛点燃导火线的。所以，欧盟和北约联手迅速进行了军事干预，以防止阿尔巴尼亚发生南北战争。

从希腊经吉诺卡斯特进入阿尔巴尼亚的多国部队由意大利、希腊、德国组成，他们的最现代化的战车直扑向地拉那，天空上的飞机多得像蝗虫一样。吉诺卡斯特处于重要的地理位置，成了多国部队的桥头堡。一支德国维和军队迅速占领了城市，并宣布实行了宵禁令。他们毫不迟疑地把指挥部设在了城堡上，在城堡上头飘起了德国的军旗。李松这天早晨走出旅馆时，发现街上站满了戴着钢盔端着冲锋枪神情冷漠个头庞大的德国士兵。在城堡的城池上，垒起来沙包，架着重机枪，李松心里不禁冷笑了起来，这一切和《宁死不屈》电影里多么相似呢。

白天，他走上了街头，他试着说服自己是回到了电影里的年代。街头上不时有巡逻的德国士兵端着冲锋枪走过。商铺都开门了，小商贩在大声叫卖，卖土豆，卖活鸡，卖鱼的都有。那些女学生三三两两走过了上坡路，男孩子在一边搭讪着。李松在这里住了好几天了，很多附近的商铺都认得他了，向他喊：Kinez（中国人），早上好！李松向他们回礼。好多男人坐在路边咖啡店里，交头接耳着。这些人前几个晚上都从军火库搞到了武器，准备好了北上地拉那战斗。现在他们不动声色，变成了平民坐在这里观察着。李松知道他们的秘密，觉得自己是和他们站在一起的。他们的枪就藏在附近什么地方，随时都可以拿出来。李松也有枪，一支短枪就揣在兜里，还有一挺班用轻机枪藏在旅馆的床底下。

他在广场上一个露天的咖啡店坐下，看着广场上阳光明媚，小孩在嬉戏，有小狗跑来跑去。不时有漂亮的女人走过。广场的一角停着一部披着伪装网的德国坦克，上面的坦克手十分威武。广场上的很多市民围着坦克参观，还有的人爬上了坦克和士兵合影，而那些坦克手也都傻笑着摆出姿势对着相机。李松知道了这只是假象。这些在这里无所事事的人都是枪手，他们都在秘密地交换着眼神，这个秘密的力量他也在其中。前夜和伊丽达亲热的余波还在他身体内荡漾，让他感到心旷神怡，同时又带着点感伤。这件事让他觉得自己和阿尔巴尼亚这个国家更接近了，因为他已经进入了一个阿尔巴尼亚女人的体内，不仅是现实的，还是梦想中的、历史中的。现在他觉得自己真的爱上伊丽达了。有时候，肉体的性爱会把情感的真爱点燃，让你时刻经受着思念的煎熬。伊丽达，你这个让我不得安宁的女人！李松在心底呻吟着。

现在想来，那一次在国家药检局环形走廊里第一次看见伊丽达的时候，他就觉得这个姑娘会让他无法忘怀的。然而真正能让他接触到伊丽达内心的那次，是在她从意大利回来之后。在那个偏僻小街的小药店里，李松看见伊丽达站在柜台里面，她的脸色苍白眼睛无神，一副饱经沧桑的模样。当她看见了李松的时候，眼睛里浮出了泪水。这个晚上，李松和她一起吃饭，听她讲述在意大利的事情。她说自己这回去意大利是想和未婚夫结婚的，可是到了那里之后，未婚夫家里的人却不让她住在家里，把她送到海边一个瘫痪的老年妇人家里当护理保姆。那个瘫痪的老妇人每天要她把所有房间的地板擦一遍，要用手工擦。那时是冬天，她整天得跪在地上，不停地擦呀擦呀，她的泪水一串串滴在地板上。后来她明白自己不能过这样的生活，就和那个未婚夫吹了，回到了地拉那。她在国家药检中心的工作丢了，现在只得在小药店里当药剂师了。李松说伊丽达你是一个药剂师怎么可以跪在地上擦地板呢？我的公司虽然不大可是我会给你最好的待遇的。从那以后，伊丽达和他一起工作了。那是一段美好的时光。然而仅仅只有一年时间，伊丽达却再次告别了他，和他的母亲一起回到了故乡吉诺卡斯特。

李松对伊丽达的思念时时在加剧，可是他知道她很快要举行婚礼，他不可以再去找她，不能给她添麻烦。所以他只是整天坐在广场上的一个咖啡店里，不停地抽着烟，看着广场上来来往往的人出神。

大概是在他们分手两天之后的下午，李松突然远远看到了伊丽达出现在广场上。她好像在寻找着什么，在一个个咖啡店之间巡视着。李松明白她一定在找他，于是站起来向她招手，她马上快步走了过来。

"我刚才去旅馆找过你了。"伊丽达说。

"你怎么知道我在这里？"李松说。

"我找了很多地方才找到这里。要是再找不到你，我一定会哭了，

　　　　　　　　　　　黑白电影里的 城市

我会以为你回地拉那了。"

"是啊，要是不戒严的话，我想我真的得回地拉那了。"李松说。

"李，我想喝点酒，给我点一杯马蒂尼甜酒好吗？"伊丽达说。

"Waiter，来杯意大利马蒂尼酒。"李松向侍者喊道。

"李，你真好。我想你一整天了。"伊丽达说。

"伊丽达，你看起来脸色不好，很不开心。发生什么事了吗？"李松说。

"是的，我遇见麻烦事了。你还记得我在地拉那的时候那个飞机场的修理技师吗？昨天他到了吉诺卡斯特找我来了。"伊丽达说。

"他来找你干什么？"李松说。他记得那个变态的家伙，曾经好几次来他的办公室门口等候伊丽达下班。

"他说他还爱着我，要我继续和他保持关系。"

"这个流氓。你怎么回答他的？"李松说。

"我告诉他，这绝对不可能，我马上要结婚了。"

"他怎么说？"

"他说我不可以结婚的。如果我不继续做他的情妇他就要待在这里不走。"伊丽达说。

"这个令人讨厌的家伙，当初我第一次看到他就知道不是好东西。"李松说。

"我母亲也早明白了他是个品质不好的人。你知道吗？后来我为什么会离开地拉那，其实是我母亲知道这个人可能会毁了我，才带我回到家乡的。"

"这件事有点严重。也许你得把事情告诉你的未婚夫，让他出面对付那个家伙。"

"这个肯定不行。我的未婚夫是个十分妒忌的人。他要是知道我有这样的事情，一定会不愿意和我结婚了。我现在最怕的就是让他知道这件事情。"

"那么，没有别的办法了。让我来会会这个人吧。"李松说。

"李，你得小心，他是个危险的人。"伊丽达说。

这天晚上，李松在一个黑暗的小酒吧里见到了这个修飞机的技师，他的名字叫雅尼。他的脸上长满了胡子，眼睛布满了血丝，看得出他处于潦倒的境遇。

"你好，雅尼。我们以前见过面的。"李松用阿语和他交谈。

"是的，过去你是伊丽达的老板。"雅尼说。

"地拉那怎么样了？我一点消息都没有。听说全国戒严了，道路都不通了，你怎么能走到这里来呢？"李松问。

"是啊，公路全被装甲车坦克封锁了。我是走小路爬山过来的。"

"地拉那到这里有好几百公里路啊！你真的是步行过来的啊？"李松说。

"是的，我不停地走了四天时间，才走到这里。"雅尼说。

"可你为什么要冒着危险这么辛苦步行过来呢？为什么以前道路畅通的时候不来，或者为什么不等以后戒严解除了再来？"李松说。

"我已经完蛋了，所以我才会来这里。"雅尼说着，把杯里的酒喝完。李松让侍者再来一杯。

"你知道，半年多前伊丽达离开地拉那之后，我就完蛋了。从那以后我就一点精神都没有，整天靠喝酒才能度过时间。很快，我在雷纳斯飞机场的工作丢掉了。不过后来有了一点新的希望，我把房子卖掉了，把钱交给了集资公司，每月都会领到一大笔利息。我想这样过过日子也算了吧。可是我被骗了，集资公司倒了，我什么也没有了。"雅尼说。

"这种情况不奇怪啊，很多人都一无所有了，你并不是最不幸的。"李松说。

"不，他们只是失去了钱财，我失去了伊丽达，我失去了灵魂。"雅尼说。

"你来到这里找伊丽达又有什么用呢？据我所知，她很快要结婚了。她有了未婚夫。"

"不，她不能结婚。她是我的。伊丽达是我的女人。我不会让她和别人结婚的。"雅尼说。

"可是你有什么权力和办法阻止人家呢？这里是她的家乡，很多人会站在她的一边，你只是个外乡人。"李松说。

"你看，我带了这个。"雅尼说着，把一支勃朗宁手枪放在了桌子上。

"这算什么，连我都有了。"李松从裤腰里把五四大手枪掏出来放在他的小手枪旁边。"你看，我的枪都比你的大。伊丽达家族亲友的武器可能像一支部队一样了，你的枪算什么？"李松说。

"不，我不怕他们。我会赢的。"雅尼的脸上透出一种古怪的微笑。

李松心里打了一个寒噤，这个人的决心让他害怕。他知道自己根本无法影响这个绝望了的人的想法，但是为了伊丽达，他还想继续和他保持接触。他和雅尼说好，明天他们再到这里一起喝一杯。

但是在第二天早晨，李松被城内的德国军队逮捕了。

在多国联军控制了阿尔巴尼亚之后，立即发布收缴武器的命令，要把动乱后被抢的全国各地军火库的武器收缴回来。主动交回武器的不追究责任。如果不主动交回，将会面对特殊法律审判。电视上几天来一直在播着收枪通知，还播着有人交回武器的画面。但是交回武器的人数量很少，大部分人不予理睬。李松起先有点害怕，想把枪交回去。可是他想北约军队对于一个中国人也参加了抢枪，会不会有另外的处置办法？也许这会变成一个很麻烦的事情。因此他就打消了主动交枪的主意。

这天上午，李松要出门走走。在出门之前，他犹豫了一下，是否要把手枪留在房间里。可是他想这不会有事的，他就只是去附近吃点东西，再说他有点习惯了有把沉甸甸的手枪别在裤腰间，这让他有点安全的感觉。于是他出门了，出门后看看左右，没见什么异常情况。他的手插在上衣口袋里（口袋里布已撕开，他可以摸到裤腰间的枪），吹着口哨，缩着头颈向上坡方向走去。当时他的心情还不坏，正想着要吃点什么东西，是牛肉饼呢？还是烤鸡？

转过街角，进入了一条笔直的下坡路，路边的中世纪石板磨得十分光滑了。李松突然看到了对面方向有两个德国巡逻兵走过来了，他们的皮靴咯噔咯噔踩着石板发出响声。李松心里一惊，下意识地在口袋里把枪握紧了。他硬着头皮向前，小路不宽，当他和德国士兵交会时几乎肩头都擦到了。李松看到那两个德国人在看着他，眼神里有点惊奇。李松和他们点点头，走了过去。他只觉得手心里全是冷汗，虽然和德国人擦肩而过了，可是他觉得好像自己的背影还在被人盯着看。他紧张地走了五十来米，觉得那两个德国人应该拐弯了，忍不住转头回望了一下。他这个动作犯下了错误，他看到那两个德国士兵还停在路上，在看着他。当他回头望时，发现他们转身向着他走来了。李松听到了他们的皮靴声越来越近。他知道这下坏了，他们一定是要跟踪他了。李松紧走了几步，看到路边有一条小巷子。他闪了进去，贴住墙壁。他听到德国人的脚步跑过来了。德国人在喊：

"Freeze（站住）！不许动！"

李松又犯了一个错误，开始飞快地跑起来。他印象里这条小路是可以通到另一条路的，可是跑了一段，只见是个死胡同。路边虽然有一些门户，但都紧闭着，不像电影里一样会让他进去藏起来。当他想折回来时，那两个德国人已经逼近，冲锋枪瞄着他。

"不许动！"德国人又叫喊着。李松知道，如果他还做出反应，有可能被冲锋枪里的子弹射杀。他于是举起双手，面对着墙壁贴住，充分和德国人配合。

一个德国人用枪顶住他，另一个对他进行了搜身。他身上的手枪被搜了出来。李松看到又有很多德国人增援过来了。他被铐上了手铐，带上了一辆军车。他的身边左右各坐着一个德国兵，像夹板一样夹住了他。

车子在窄小的街路上缓缓开行。从车窗的两边可以看到城市的景色一一闪过。熟悉的感觉又在李松的心里浮现了出来：那个黑白电影里米拉和另一个女游击队员被捕后也是这样坐在车上，望着车窗外的城市出神的。李松还能记得米拉当时的表情：苦闷的微笑、忧郁的眼神。他想试着也在自己脸上模仿出同样的表情，可这样的结果是自己在心里骂了一声：真他妈见鬼，怎么会出现这样的事情。

车子开始爬坡了，发动机的声音变得低沉。李松看见了城堡就在眼前，车子正开向城堡。他想：干吗带我去城堡啊？一个顿悟电光一样闪出：他要被关在城堡内的监狱，就像一九四四年的米拉一样！

车子停了下来。李松被提溜了下来。这里是一个位置很高的城楼一角，阳光特别强烈。一扇铁门哐当一声打开了，李松被带到了里面。里面很黑，他在强光下待过的眼睛一下子还没适应。过了几分钟，他看到了两边都是监室，好多阿尔巴尼亚人的手和脸扒在铁栏上。看到了李松，他们在大声兴奋地喊着：

"Kinez！Kinez！（中国人！中国人！）"

李松被解开手铐，再次被搜身，然后被关进一个监室。监室的屋顶有一盏微弱的灯光。有一张小小的木床。

李松坐在木床上，靠着墙壁，心情很平静。他打起了盹来。他大概睡了两个多小时，醒来后觉得精神饱满。这时有人送吃的来了。是一个夹肉的面包，还有一瓶水，两个无花果。

李松坐到了地上，把食物放在了木床上，一边吃，一边想着。

他开始想念伊丽达。他想着伊丽达现在一定满心欢喜地在筹备婚礼。过几天她就要做新娘了。她穿上婚纱的样子一定很漂亮吧。他的感觉被放大了，好像她的婚礼是在天堂里举行一样地美丽辉煌。但是他的心里又有一个黑色的影子飘了过来。那个雅尼会怎么样呢？今天晚上他本来是要和他再次见面的，如果雅尼见不到他，会对伊丽达做出什么举动呢？李松担忧着，可他根本想不到，伊丽达这个时候即将要死去了。

李松被捕后的当天下午，伊丽达正在药房里上班。她一点也不知道李松被德国人抓起来的消息。在这天的上午，她还去旅馆找过他，后来又找遍了附近的酒吧咖啡店，一直不见他的踪影。她又折回了旅馆，看见了李松的吉普车还在那里，知道他不会走太远。伊丽达写了张纸条，说自己来过了，晚上她还会再来，请他等着她。十点钟的时候，她赶到了医院去上班。一路上遇见了人都向她祝贺很快要结婚了。自从李松把药品送来之后，很多肺炎的病人都治愈出院了。医院都传说李松的药品是伊丽达争取来的，所以对她都很赞赏。

如果不是前几天雅尼突然出现在药房外面的花园里的话，伊丽达应该是个十分幸福的人了。但是现在她的幸福感觉已经给毁了。她一直在注意着窗外的石榴树林，雅尼第一次就是从石榴树中间出现的。短短两天，雅尼已经拦截了她五六次，在药房、在医院门口、在她住家附近。尤其当他出现在医院内外的时候，伊丽达感觉到了一种末日到来似的恐惧。她最担心的是她的未婚夫会看见雅尼，那样的话，她简直不知道怎样才能收拾。伊丽达的心里还在想着李松，指望着他会给予帮助。因为上午一直没有找到他，她更加显得心神不宁了。

四点钟左右，伊丽达把晚上病房用的药配好了，正好想喝一杯咖啡休息一下，她看见了从石榴树中间的小径上又出现了雅尼的影子。她的心猛一下就揪紧了。他还是来了。伊丽达想。然而看到他真的又来了，伊丽达反而显得镇定了。该发生的事总要发生，你无法回避。当雅尼进入药房时，伊丽达的助理药剂师也在现场，她目睹了接下去发生的一切。

"伊丽达，今天下午你下班了跟我一起走。"雅尼对伊丽达说。他当时刚进门，站在柜台外面，伊丽达在柜台里面。

"你要我去哪里？"伊丽达说。

"我们一起去吃饭，然后到我住的地方去。今夜我们要在一起过夜。"

"我跟你说过，这是不可能的事，你不要再说了。"

"伊丽达，相信我，只要你和我在一起，我会变好的，我会让你幸福的。"

"不，我对你的感情早就结束了。我不想再过那种生活。"

"伊丽达，不要逼我。你知道我现在生不如死。不要让我们去死。"雅尼说着，他把手枪拿了出来。

"你想干什么？"伊丽达说。

"跟我走吧，伊丽达！求你了！"雅尼把手枪抬起来，顶住了伊丽达的眉心。

"不！我不会跟你走的。"伊丽达平静地把话说完。雅尼手里的枪响了。

那个助理药剂师后来向人描述了当时的情景。她说枪声响过之后，她看到伊丽达的眉心有个黑洞。她的眼睛还张在那里，脸上的表情好像很震惊。她还站立在那里，大概有几秒钟时间。然后看到她好像叹了一口气，脸上出现了痛苦的表情，仰面倒下了。枪杀了伊丽达的雅尼在她倒下之后，随即举枪顶住太阳穴，扣动扳机把自己的脑袋打穿了，趴在了柜台上。

伊丽达被一枪打死，她的灵魂脱离躯壳慢慢升上天庭之际，李松正在城堡内的石头监室艰难地吃着他的难吃的食物。很奇怪的是，他这个时候觉得心里说不出的平静。他看着监室黑黝黝的石头屋顶和墙壁。他知道这里是城堡的内部，屋顶上方和墙壁外边还是厚厚的石头。他很奇怪这个古老的城堡会造得这么精致结实，也许它是在几百年前造的，也许会更早一些，是公元以前造的。那个名字叫斯坎德尔的市长曾经解说过这个城堡在建成之后一个重要的功效就是用作监狱，一直到前些年劳动党政府倒台为止这里的监狱才废弃了。这个说法要是真的，那么这些石室里也许监禁过古罗马时期的犯人。有一件事毫无疑问，那就是一九四四年的时候真正的米拉就是被德国人监禁在这里。而一九六九年一群演员和电影工作者在这里所做的只是把一段历史凝固到了一盘盘黑白的胶片中。现在，他也被德国人关在这里了，说不定，这就是历史的意志。

夜深了，凉气从一个看不见的通气孔里钻进来。他缩成一团。他后来慢慢睡着了。

不知过了多久，他被铁门打开的声音惊醒了。他赶紧坐了起来。两个戴着钢盔端着冲锋枪的德国士兵走了进来，让李松站了起来，给他又上了手铐，示意他走出监室。李松想：现在我会去哪里呢？大概会是去接受审讯吧？他们会严刑拷打我吗？他们会用狼狗咬我吗？我得让他们通知伊丽达，只有她才会证明我的清白。

他走出了监室，在黑暗的通道里慢慢向前。他又看到了两边的监室里的犯人，他们这会儿都一声不响地望着他，眼睛里闪着光芒。李松看见通道的尽头发着耀眼的亮光，那是外部的城市天空。李松再次想起了那部黑白电影最后的场面：米拉和女游击队员被德国鬼子押着从这条石头的通道里走出来。在那棵生长在城门口的无花果树上，绞索已准备在那里，她们正从容地走向死亡。音乐在李松心里再次升起：赶快上山吧勇士们，我们在春天加入游击队，敌人的末日即将来临，我们的战斗生活像诗篇……李松泪流满面，一阵对时间的悲喜交集的感动在心里汹涌成潮。

图书在版编目 (CIP) 数据

义乌之囚 / 陈河著. — 北京：北京十月文艺出版社，2018.6

ISBN 978-7-5302-1816-7

Ⅰ. ①义… Ⅱ. ①陈… Ⅲ. ①中篇小说—小说集—中国—当代 Ⅳ. ① I247.5

中国版本图书馆 CIP 数据核字 (2018) 第 080984 号

义乌之囚

YIWU ZHI QIU

陈 河 著

出 版	北京出版集团公司	
	北京十月文艺出版社	
地 址	北京北三环中路 6 号	
邮 编	100120	
网 址	www.bph.com.cn	
发 行	新经典发行有限公司	
	电话（010）68423599	
经 销	新华书店	
印 刷	北京盛通印刷股份有限公司	
版 次	2018 年 8 月第 1 版	
	2018 年 8 月第 1 次印刷	
开 本	880 毫米 ×1230 毫米 1/32	
印 张	10	
字 数	228 千字	
书 号	ISBN 978-7-5302-1816-7	
定 价	38.00 元	

质量监督电话 010-58572393

如有印装质量问题，由本社负责调换。